チョンジン（憧憬）

——花王双樹と沙羅双樹——

上巻

坂口麻里亜
SAKAGUCHI Maria

文芸社

わたしにとって
知り得ぬことが四つ
天にある　鷲の道
岩の上の　蛇の道
大海の中の　船の道
男がおとめに向かう道

新共同訳聖書
『箴言（しんげん）』より

曙（邂逅）

わたしの愛する花嫁よ
今から後
あなたは新しい名前で生きなさい
あなたの息のある限り
持てる力の全てをもって
愛し
感謝し
希望を抱いて歩みなさい

わたしは約束をする
あなたの生ある限り愛し続けると
あなたの生の尽きる時、
天の国に伴って愛すると、 約束をする
永遠に……
美しい乙女と息子達よ
あなた方は永遠に、
わたしの瞳には
愛おしい

目次

主な登場人物

水森紅（べに）　孤児院育ちの二十六歳。真山（さなやま）建設秘書課。翡からは紅桜（こお）と呼ばれる。

井沢 翡（みどり）　通いの孤児院育ちの二十六歳。紅からは翡桜（ひお）と呼ばれる。心臓を患っている。

湯川沙羅（さら）　双児の姉。三十七歳。紅や翡と一緒に育つ。障害のある柊、樅の母。

湯川薊羅（そら）　双児の妹。沙羅とともに柊、樅の面倒を見る。

ダニエル・アブラハム　凄惨な過去を持つ。真山建設の社長付運転手。

藤代勇二　藤代一族の落ちこぼれ。留学中はダニエルを頼り、彼に恩がある。

フランシスコ元神父　教会から去り、観光バスの運転士、その後ホームレスとなる。

ダミアン神父　紅、翡、沙羅、薊羅が育った孤児院のある修道院の厳格な神父。

高沢敏之　真山建設の現社長。愛人がいるうえ、紅や元愛人に気を移している。

藤代勇介　高沢の悪友であり、義兄。勇二の兄。

チルチル（井沢ミチル）「さくらの民」の娘長（むすめおさ）。

序章・曙

今から二十年程前の或る夏の終りの日。

その夏の終りの特別な日の、早朝の事……。

ダミアンは、教会の名付け子である二人の女の子が、手を繋いで、落葉松(からまつ)林の上の空、東の方角を見詰めて、放心した様子で立ち尽くしている姿を見付けた。

少女達はまだ幼く、今春小学校に入学したばかりで、初めて迎えた夏休みが終り、秋の気配が忍び寄ってきていた頃の事だと思う。

ダミアンは、その少女達に声を掛けてみた。

「何をそんなに一心に見詰めているのか」と。

彼女達は答えた。

「パパ、パパ。あたし達は時間が止まるのを見ていたの」

「時間が止まってしまうとね、お日様もお月様も止まってしまうのよ。そうすると、隠されていたものが見えてくるのよ、パパ様」

「この世界って、天上の海の底に在ったのよ。パパ、あたし、その海の上を航(い)くお船を見たわ。あたし達にも乗りなさいって、天使が言ったの。とても美しい天使達が言ったの！」

「でも、駄目なのですって……。白い衣の銀の鷲のような人が、わたし達はそのお船に乗らないでいなさいって」

「それで、いつかは花嫁になりなさいって、その人が言ったの。これからはあたし達、別の名前になるの。あたしはヴェロニカ。青いお花よ」

「わたしはバーミリオン・ローズ。赤いお花なの」

ダミアンは、上気した頰をしている二人の女の子達が告げた言葉を、吟味した。

「これ」は上に報告するべきなのか、否なのかと。

何しろ、たった六歳かそこらの、子供の言っている事なのだ。その二人の少女が嘘を言うような子供達では無い事くらいは、彼にも解ってはいるのだったが、その内容が問題だった。ダミアンは困惑していた。

長上に「これ」を上げたら最後、この子達は一体、どうなってしまうのだろうか。この、自分も。

「白い衣の銀の鷲のような人」とは誰で、「天使達が乗っている船」とは、何の事なのだろう。

いずれにしてもこの少女達は新しい「名前」を与えられ「花嫁になるように」、と求められたと言っているのだから、只事では無かった。

「ブライド」。それは、召命(しょうめい)を受けたという事に他ならないのだ。ダミアンは目眩のようなものを覚えていた。召命を受けた者は、いつかは修道院に入るようになるのだった。

例えそうで無くても、この二人の女の子達は審問官に依って、あらゆる検査を受けさせられ、浴びるような質問を、際限なく受ける羽目になってしまう事になるだろう。

だが、それがまだ教会内で行われている間はマシなのだった。問題は、他にもある。幾つも、ある。

少女達が見詰めていたのは、「あの」不吉な森の上空だったからである。「其処」に神や天使が「出現」した等という事が、万が一にでもマスコミの連中に洩れでもしてしまったら。この子達とこの教会は、どうなってしまうのだろうか……。ダミアンは、自分自身のマスコミへの露出の事迄考えて、身震いをした。

けれど、もし「これ」が本当の事だったら？

ダミアンの一存で隠蔽してしまって良いような事柄ではない。それは、勿論の事だった。

ダミアンは慎重に、少女達に尋ねてみた。

「それを見たのは、君達だけだったのかね？」

「ううん。パパ。沙羅(さら)と蒯羅(そら)も見ていたのよ。それでね。蒯羅にはその人は、スイートシスルと言っていたの。甘紫の花だって」

「沙羅にはアイスカメリアと言っていました。パパ様。夏椿の沙羅は、冬の氷の花なのですって……」

「それだけかね」

「それだけよ、パパ。でも。沙羅には、その人は変な事を言った。沙羅は赤ちゃんを産むけど恐がるなって。恐がらないで愛しなさい、って言ったのよ」

沙羅が出産する？　そんな筈は無い、とダミアンは思った。修道の道に召命された娘が、身籠ったりする事は有り得ないからである。

ダミアンは、二人の少女に夢想癖がある事を思い出していた。そして。その二人のために、修道会のために、教会のために、自分自身のためにも安堵していた。

教会の、鐘が鳴っている。

ダミアンは笑顔を作って、その少女達に「もう行きなさい」という仕草をしてみせていた。

昨日中、葬送のための特別ミサが行われた所為で、関係者達は皆疲れていたからだ。

二十年の後に、ダミアンは知る事になった。

その時の二人の少女は身体的に欠陥があり、他の二人の少女達には精神的な欠陥や、それぞれが貧し過ぎた事で修道院に入る事は無かったのだったが。結果的には、その四人共全員が、申し合わせたように十字架の道を行き、愛に殉じて生き、死んで、「花嫁」としての生涯を見事に進み、閉じたのだと……。

湯川の向こうの森が、不穏に騒めいていた早朝。教会の鐘が、鳴っていた。高く、遠く、いつ迄も……。

ダミアンが行ってしまうと二人の少女達は手を繋いで、再び落葉松林の上の空を見詰めてから、言葉を交わした。

「ねえ、桜。わたし達が見た人の事は、誰にも言っては駄目なんだって」

「ええ、さくら。あたしにもそう聞こえたわ。それから、こうも言っていた。あたし達は、悲しみの御母に似た道を歩くと言っていた……」

「そうよね。あたしも聞いていた。でも、変だね。あたしはもう悲しみの母親だけれど、さくら。あんたには子供なんていないじゃないの」

「そうよね、桜。あなたのママはもう天のお国に行ってしまったけど。わたしのママは、まだ何処かで生きているかも知れないのに。悲しみの子供ではなくて、ママになるのね、わたし。それなら、桜。わたしはあなたの子供達のママになる。そうすれば、わたしはいつ迄もあなたと一緒にいられるのじゃないかしら……」

「いつ迄も、なんていう事は、この世の中には無いんだよ。さくら。人はいつかは皆死んで、天のお国に行ってしまうの。あたし、あの人を見ていたらその事が良く解った。怖い程凄く沢山の事を、あの人はあたしに思い出させたの。あたし達は、いつか死ぬのよ。さくら。若くても、年を取っていても、赤ちゃんのままでも」

「あの、美しい森で亡くなった人達みたいにして？　解るわ、桜。わたし、あなたの事なら何でも解る。それ程あなたが好きなのよ。いっそ、あなたに成れたら良いのに！」

二人の「桜」はもう一度、憧れに満ちた瞳を宙に上げた。

幼い桜の名前は、山崎美咲だったが、その朝を境にして少女は、エスメラルダ（エメラルド）・ヴェロニカ・翡桜になった。

もう一人のさくらは、水森紅であったが、こちらはバーミリオン・ローズ・紅桜となった。

ダミアン神父が、子供達の言葉を退ける原因になった少女の名前は湯川沙羅で、沙羅は夏椿の花からアイスカメリア・沙羅となり、薊羅はスイートシスル（甘薊）・薊羅となっていくようになった。

つまり、双児の妹の方の湯川薊羅は姉の「影」のようになり、献身的に、姉と姉の子供達に尽くすだけの生を送って、終えたのだった。人生という名の、船旅を。

四人は、その朝から後の二十年を、互いに助け合って過ごしたが、その二十年は愛に満ちていながら過酷で、憧憬に満たされていながら、灼け付くように残酷でもあったのだった。

花王双樹と沙羅双樹。

ヴェロニカ・翡桜を除いた三人は、その修道会の運営する孤児院の子供達だった。そして翡桜だけは、篤信の信者の子供ではあったが、その六歳の年にはもう母親を亡くしている、半分孤児のようなものでもあったのだった。

ダミアン神父は、少女達との会話とその言葉を忘れてしまっていたが、花王双樹と沙羅双樹達は、その日の早朝に起こった事と、彼女達が「出逢った」美しい方の事を、決して忘れる事が無かった。僅か二十六、七と三十八、九で生涯を閉じなければならなかった四人の娘達は、弱々しく哀しく逝ったのではなく、勇敢に戦い、他人には優しく、愛の限りを与えて逝った。

「彼」の下へ。白く輝く衣の、銀の鷲のような人の所にと……。「彼」に手を引かれて、憧れに満ちて。

一　（船道）ロザリア・バーミリオン・ローズ（紅桜）

わたしは
あなたの名を呼んだ

母がわたしを身籠った時から
わたしはあなたに
すがってきました
母の胎にある時から
あなたは
わたしの神でした
一生愛し続けると
誓って下さる方でした……

黒塗りの高級車。けれど外車では無い。高沢は、飽く迄も国産車に拘っているかのようだった。根っからの愛国者なのか、只、自国のメーカーに親近感を持っている所為なのかは、ダニエルは知らされていなかった。

知らされていないだって？　と、ダニエルは薄く嗤った。バックミラーの中には自分より十一歳年長の高沢敏之と、一人の娘が映っている。

高沢が根本的な愛国者で、ガチガチの差別主義者なら、俺のような男を雇いはしないだろう。嫌、仮にもしそうでなかったとしても、雇い主が雇用人に一々自分の考え方を言う必要等は、どこにも無いのに決まっている。

けれども、とダニエルは思う。

高沢の下に来て（というよりは拾われて）からこの方、この男が外国産車に乗り替えるのを、見た事がなかった。服も大抵はオーダーメイドで、国産のもの。身に付ける装身具類（時計やネクタイ、タイピンにカフス、ベルト、靴、鞄から携帯電話に至る迄）も、決められてでもいるかのように国産物オンリーなのだった。

もっとも、それには高沢の妻である由布の意向の方が大きいのかも知れない、とダニエルは感じてはいたが……。それを、口に出して訊いてみられる程には、彼等は親しくしてはいなかった。

ダニエルはつまり、真山建設工業株式会社所有の、唯一の「アチャラ産」となる、外国製品なのである。その事を社内の人間達がどう思っているのかは、ダニエルにも良く解る。社長夫人の由布がどのように感じているのかも、それこそ嫌になる程解っている積りだった。

だが。ダニエルは誰に対しても、鉄面皮で通してきた。何も知らない。何に対しても気が付きもしなければ、気付く気持すら持ち合わせてはいない。と、いった態度で通してきてしまった。実際に、それ以外の態度は取りようも無かったのだし、周囲の人間達の方でもダニエルに対しては、存在しない影か、特別展示品ぐらいにしか、考えても感じてもいないのだから。ダニエルはもう、それに慣れてしまったのだ。

夜の中をゆっくりと、車は滑るように走って行く。

今年も、既に十二月の半ばが行ってしまった。そして今夜は、クリスマスも近くなった週の、夜更けである。夜更けて、副都心近くの家々の窓には明かりが少なくなっているのを、ダニエルは認めていた。もう、真夜中なのだ。

バックシートに席っている高沢と娘の間には、柔らかい、とでも呼べそうな沈黙が在るだけだった。そうでなければ拒絶に似ているような慎みが……。深と静まった時間だけが、闇の中を行く車の、内と外に在る。そうしている内にダニエルは、ふと懐かしい森の、夜の匂いを嗅いだような気がしてきて、首を振った。大都会のこんな車の中にいて、故郷の夜の、濃厚で香しい草原や樹木の匂いを嗅げる筈は無いのだ。それに、高沢と一緒に居てこのような匂いを嗅いだという記憶すらも、彼には一度もなかった事だったのだから。

気の所為だ、と思おうとしてダニエルは、ゾクッとしてしまった。娘なのか？　あの娘なのか？

高沢の車に同乗しているのは、今夜はその娘だけしかいない筈であるのに……。彼女はどうやってか気位の高い社長を寛がせ、ついでに気位なんぞは溝に捨ててしまった筈の俺にも、昔話の一つも思い出させてやろう、とでもしているかのように思われてきてしまうのは、何故なのか。

ああ。この、懐かしいような夜の匂い。闇の中に息づいている獣達の体温と、草樹と花々の香りが混ざり合った、甘美なこの匂い……。

ダニエルは、バックミラーの中にいるその若い女に素早く瞳を遣ってみた。娘は、それでもダニエルの一瞥に気が付いたらしく、それとも解らない程の微かな会釈を、瞳だけで返してくる。

森の、草原の夜の匂いはそれで消えてしまった。やはり自分の気の所為だったのに違いない、とダニエルは思い、苦い気持になった。苦くて痛い。

故郷の一切を、もう十年以上も想い出した事等一度も無かったというのに。あの娘の、あの瞳。

ダニエルは、思う。あの瞳は、どこかマリアに似ている。病的な程に黒くて、大きくて、慎み深い。

それで。それで……。嫌、そんな筈は無い。俺はマリアの事さえももう、忘却という海の彼方に、遣ってしまっているのだから。けれども、もし何かがあったのだとしたら、やはりあの娘の何かが、俺のどこかを刺激でもしたという事なのだろうが……。

だが一体、何が？　あの娘はこの車に乗ってから、高沢とは低く何かを少しだけ話していはしたが、この俺にはひと言だって何かを言ったという訳でも無かったではないか。

ダニエルはそこまで考えて、あの、懐かしいようだった夜の匂いを、自分の頭の中と車の中から、深夜の高級住宅街の何処かに放り出してしまう事にした。

大体、あの娘には取り立てて変わった所もない筈であるのに、時々とんでもなくぶっ飛んだ噂が流されている事がある、という事位は、ダニエルのような立場の男でさえもが知っているのだったから、何も気にする事は無い。

ダニエルは、車のスピードを落とした。

豪壮な家が続くその街並みの中にあっても、ひと際目を引く立派な邸宅の前で、黒塗りの車は音もなく停まった。落ち着いた日本家屋の前庭には、季節の花樹や果樹が植えられ、枯山水のような巨大なグラニット（花崗岩）が趣きを添えているのである。けれども……。防犯用のカメラと照明が何ともチグハグな感じがして、ダニエルはいつも奇妙な嫌悪感に捕らわれてしまうのだった。

万全のセキュリティを施した家に住んでいながら尚、運転手兼ボディガードである自分のような男を必要としている高沢家（というよりも日本の富裕層者達）の現実に、アメリカを思い出さずにはおかない「何か」が有るからかも知れない、とダニエルは思う。

日本は安全な国だ、と聞いては来たのだったが、聞くと見るとは「大違い」とでもいったような所があるのだ。それとも、高沢には実際的に、身辺に危険が迫ってくる時もあるという事を、この何年かの間に知ってしまった所為であるからなのかも知れないが……。

ダニエルは車を降りて、高沢のために後部座席のドアを開けた。いつものように、家の中からすぐに人の気配のするのが伝わってくる。高沢よりも三歳下だという妻の由布が、自分で玄関の扉を開けて、夫の敏之を迎えに出て来た。住み込みのメイドである風子が、律義に由布の後ろに控えている。

「お疲れ様」

細い由布の声に続いて、風子も言った。二人共ダニエル等には、目も言葉もくれない。

「お帰りなさいませ。敏之様」

風子は決して高沢を、「旦那様」とも、「高沢様」とも呼ばなかった。家付きメイドのその白髪のふっくらとした婆様（ばば）は、高沢を「敏之様」と呼び、家付き娘の由布を、「お嬢様」と呼び続ける事を、止めようとはしないのだ……。

「旦那様と奥様が、お待ちでございます」

敏之はそれを言われる度毎に、頬の辺りが強張ってしまいそうになる。鬱陶しくて仕方が無いという思いが、年々増してきているというのに。真山浩一も珠子も、妻である高沢姓を名乗っている肝心の由布も、もちろん原田風子も、高沢を「入り婿」扱いする事を当然のようにして、この二十年間を過ごし続けてきたのだった。名前だけでは無い。そうした真山家側の意識は事ある毎に顔を出し、高沢の神経を逆撫でにしてくれるのであった。

その一番良い例が、今では十八歳と十五歳になる娘の六花と敏一に現れてしまっているのだ。六花と敏一は、幼い頃から自分達の名字が「真山」では無く、「高沢」である事を不審に思い続けてきた結果、今では実の父親の姓である「高沢」よりも「真山」の方が良かった、等という憎まれ口迄、利くようになってしまっているのだから。そして、父親に対してはまるで、真山家から「離別」をされている人間を見るかのような瞳で見、接するようになっているのだ。

「お前が、強く言って聞かせないからだ」

敏之が口を酸っぱくするようにしてそう言ってみても、妻である由布の方は、

「だって、あなた。仕方が無いじゃありません？　二人共、もう子供じゃないのですもの」

等と言って、困惑をしているばかりなのだった。

子供の内にきちんとしないで放っておいたからだろうが、と敏之は時々声を荒らげたく

なってきてしまう。だが、現実に由布に対して（真山浩一と珠子、六花や敏一に対してもだったが）、敏之がその態度を硬化させたり、激昂したりしてみせた事は、一度も無かった。敏之は黙っている。敏之のストレス解消法は、別に有るのだから。

「先に寝ていてくれと言っているのに」

敏之は、不機嫌に聞こえない程度の声で言ってから、車の方を振り返った。その瞳に苛立ちの色があるのを高沢は、ダニエルにも水森紅にも、隠そうとは思わない。

ダニエルの方なら敏之の秘密を知っているのだし、紅の方は、義父の浩一が誰かの紹介だとか言って、中半強制的に高沢の（元々は真山の）会社を受験させた娘だったのだ。だから高沢にしてみれば、その二人に対しては、何の遠慮も要らないのだった。

明るく広い玄関ホールには、すっかり飾り付けを済ませた大きなクリスマスツリーが置かれている事でさえも、敏之にとっては何かの「当て付け」のようにさえ、思われてきてしまうのだ。もちろん、由布にも真山夫妻や風子にも、そんなケチな根性等はどこにも無い、と承知はしているのだが。そう感じてしまうようにさせるものが、幾重にも敏之の中に積もり重なってきてしまっている、という事なのだろう。

玄関ホールからの明かりの中に立っている由布と風子が十二月の夜気に首を竦めるようにしているのが、小気味が良かった。

「それじゃ、おやすみ」

高沢は車の外に出て、由布と風子に迄挨拶をしようとし掛けている紅を制するようにして、そう言ってしまっていた。舅と姑の肝煎りである紅に余計な挨拶等をさせて、殊更話を面倒にする積りには、なれなかったのだ。紅が、浩一か珠子の名前を口にでもしたなら風子は、紅にも真山達に「挨拶をしていけ」ぐらいの事を、言い出し兼ねないのだから。由布の方は反対に、若くて美しいその娘が、夫の車に同乗している事を好ましく思っていないのを、高沢は知っていた。

紅にはその辺りの事も理解出来てはいないのだろうか、と思うと高沢は、疲れが一気に吹き出してきてしまうかのような、不穏な気持になってしまうのだ。高沢にとっての紅は、手の届かない高嶺の花なのだった。どんなに紅が美しくても、どんなにその娘が匂やかであると思ったとしても、浩一の息の掛かっている娘に手を出す事等、出来たものでは無かったからである。

それなのに。そんな夫の気持も知らずに由布の方は由布で、紅の若さと美しさに対して嫉妬めいた、複雑な感情を抱いているらしかった。

当の紅はというと日頃から口数が多い方では無く、偶に何かを話しても当り障りのない事ばかりであったり、時には直球的な答えが返ってきたりするだけなのである。幾ら美しいとはいってもそれだけでは高沢に、危険を冒す程の気持に迄はさせられないという事を、由布は理解していないのだ。しかし。紅の方は何故なのか正確に理解しているように、思われる時がある。何もかも解っていながら惚（とぼ）けているのではないか、と高沢が苛立つ事の有るのは、仕方が無かった。

その水森紅という娘に関しては、社内的にも社外的にも、正反対の評価が聞こえてくるから尚更の事に……。けれど、どんなに注意して見ていても、あるいはどんなに彼女の注意を引こうとしてみはしたとしても、紅という名前のその娘は、一向に摑み所が無いのだから始末が悪かった。

丁度、今夜の車の中での会話のように……。紅は、高沢にお愛想の一つを言うわけでも無く、媚を含んだ笑顔を向けるわけでも無く、そうかといって無関心を装っているわけでも無く、只高沢の質問や話に対して柔らかく、低く、受け答えをしているだけだったのである。それは、柔らかいものだった。そしてそれは、高沢を寛がせるものだった。けれど、只それだけだったのだ。

紅という娘は、女というよりは、ヒーリング（癒やし）ソングか、ヒーリングボイス（声）のような感じがしてきて高沢は、危く車の中で眠ってしまいそうになってしまったものだった。それ程に紅は、摑（こ）めない……。

「まるで、綿菓子みたいな娘じゃないの」

紅を指してそう言った、柳（りゅう）の言葉を思い出す。

柳は、妻の由布とは異（ちが）っていた。高沢との関係は「お互いの気持と、金銭の続く間だけのものよ」、と公言して憚らないような明け透けな所が、柳にはあるのだ。その柳に、噂の紅を見せろとせがまれて、一度だけ紅を「摩耶」に連れていった事が有ったのだが。バー「摩耶」は、真山建設の社員達の内の、一部の者だけが出入りしている高級バーだった。その後で柳は、紅を評して、そう言ったものだ。艶然と、けれど棘を含んで。

「綿菓子？　何でだ」

訝し気に訊いた高沢の手を抓って、柳は笑った。自分の美しさを、十分に意識している顔だった。

「綿みたいだけど、綿じゃない。雪みたいだけど、雪じゃない。飴みたいだけど、飴でも無い」

「つまり？」

「つまりねえ、社長さん。正体が無いって事なのよ。ママは（ママとは呼んでいるが、葉にとって柳は五歳違いの姉だった）ね、あの子には正体が無いって言ってるの。面白い子だったわよねえ」

「何が面白いのか、俺には解らないね」

高沢が言うと、柳と葉は二人揃って笑ったものである。嬉しそうに。少し意地悪く……。

「これだから男って、駄目なのよねえ。ねえ、社長さん。綿菓子の綿を取ったら、何が残ると思うの」

「割り箸の芯だけだろうが」

不機嫌に高沢が言うと、二人はニンマリとしてみせてから、言ったものだった。声を揃えて、歌うように……。

「そう。そうなのよねえ。あの子は芯がない綿菓子か、餡がない芯みたいなものだった」

「何々だ、それは」

と言って、高沢は苦笑したものだったが、だが。それは、当らずといえども遠からずだ、と今では高沢も思っている。嫌、正直に言ってしまえば多分、紅に付いての愛人の柳の評価は、「そのものズバリ」であったのではないかとさえも、思われてきているのだった。

高沢のストレス解消法とはつまり、後腐れの無い女を愛人にして、こっそりと息抜きをする事であったのだ。それで辻褄が合う、と高沢は本気で考えていた。別に由布に飽きたとか、飽き足らないとかいう事では無いのだ。

ただ、善人ぶった舅と姑、世間知らずの由布と煩わしい風子達との暮らしを続けていくためには外に、別に息抜きの出来る所が必要だった、というだけの話に過ぎない。必要悪と言っても良いのだろうが、では、それが「何で女なんだ」と訊かれると、困った事になるのは目に見えている。

世間の男達は何か有る度に、女に走ったりは、していないからだ。ある者は酒で、ある者は賭け事で、ある者はゴルフや飲食、旅行で憂さを晴らしているというのに、何故お前だけが「女なのか」と言われても、困る。

敏之にとっては偶々それが、女であったというだけの話なのだから。家庭を壊すためにでは無く、家庭を維持して行くためにも「女」が要るのだとは……。敏之自身も自分の矛盾というか身勝手さを、少しは解っている振り位はしたくて、妻にも、友人や対外的にであっても、趣味は「酒」と「ゴルフ」であるという事にしてあった。酒の席とゴルフ仲間に女性がいたとしても、それだけでは誰も、文句は言えないからである。

浩一も珠子も由布も、それを信じて疑わない振りを通してきていた。少なくとも敏之本人に向かって、正面切って女の問題を持ち出した者は、今のところ、真山家にはいなかった。

高沢の娘の六花と息子の敏一だけは思春期特有の潔癖さで、父親の不行跡を咎めでもするかのようにして、敏之に反抗したりはするのだが……。それだからといって、別に何か根拠が有っての反感という訳ではない、という事を敏之は知っている。

高沢の先制にあって大人しく車のバックシートに落ち着いた紅は、それでも礼儀正しく深々と頭を下げて、社長夫妻と風子に挨拶をした。

「お疲れ様でした。おやすみなさい」

紅も疲れている筈だったが、その声はいつもと少しも変わっていなかった。穏やかで、嫋やかで……。

由布と風子に押し込まれるようにして玄関に入った敏之は、思わず溜め息を吐きそうになってしまった。これからまだ、浩一と珠子の待っている別棟に「帰宅の挨拶」に行け、と言うのか、と。

十二月に入ってからの連夜のように遅い帰宅に、さすがに疲れを感じていたのだ。特にこの何日かは接待パーティーが続き、気を抜けなかった。だが、それも今夜でほぼ終ったと言っても良いのだ。何も考えず、何も感じたりもしないで、ゆっくりと風呂にでも浸かり、「寝んでしまいたい」と敏之は考えていた。

ダニエルは口の中でだけ、高沢の背中に「おやすみ」と言っていた。それから、少しだけ息を吸う。

普段の夜ならダニエルの仕事は、これで終りになる筈だった。屋敷の裏手に車を廻していって、ガレージに車を入れさえすれば良い。後はざっと点検をして、さっさと自分のベッドに潜り込んでしまうか、シャワーでも浴びれば、それで良かった。

けれども今夜は、紅がいる。

今夜はもうひと走りをして、秘書課の紅を、家迄送っていって遣らなければならないのだ。高沢と同じようにダニエルも疲れていたのだが、仕方が無かった。今夜のパーティーは社の展望ラウンジで催されたのであるが、パーティーが終ったのはかなり遅い時刻になってしまっていたのである。そして。後片付けを済ませた頃には、男性社員も女性達の方も、とっくに姿を消してしまっていたのだ。紅だけが残って、本社ビルの前でタクシーを拾おうとして、外灯の明かりの中、一人で立っていた。

今夜も高沢は、ホテルも料亭も使わなかった。それも、別に珍しいという程の事では無い。ホテルや料亭のラウンジや広間、小ホールやバー等を借りる金が有れば、社の展望ラウンジにおいて盛大な料理が出せる。コンパニオンと、必要であれば出張バーテンダー、出張ホスト擬きのハンサムなウエイター達迄揃えても、お釣りが来てしまうからだった。

高沢はそういった時のために備えて、社員食堂の上の屋上に、豪華な調度で整えた展望ラウンジを、建て増しさせていた。もう十年以上も、昔の事だそうである。だが、それで良かったのだ、と今では真山の下で働いていた役員達さえも、折に付け口にするようになっている。

真山浩一が社長だった頃とは時代が変わり、昨今では、大規模なパーティー等よりは家庭的な、というのか内輪的な会食会の方が、時宜に合っているようなのだから。それに、自社ビルの展望ラウンジでなら、大人数でも少人数でも幾らでも融通が利くので、大変便利だというオマケ迄あった。特別に内密な話でも出て来ない限りは……。高沢はその辺りの事情にも敏く、相手の会社や目的に依って会場を絶妙に調整させていたのである。紅に……。

紅は、入社六年目の「御中臈様」だった。

高沢は新宿中央公園を眼下に見下ろせる一角に建てられている、真山建設工業株式会社の地の利を、十二分に理解していたという事なのだろう。

そして、高沢には質の良いコンパニオンとバーテンダー達を、いつでも手軽に調達出来るという用意迄、有っただけの話であった。

ともあれ。そうした夜のパーティーや宴会等には、社内の有望株である若手社員と役員達の他にも、必ずと言って良い程秘書課の女性達（男性秘書もいる事はいるのだが、彼等は秘書というよりはボディガードか警備員かのようだった。丁度、今のダニエルのように）が、駆り出される事になっていたのだ。丁度、今夜の紅のように。紅は誠実である分、要領が悪いのだ。

紅は、いつものように今夜も地味な（と言って悪ければ、シックな）、ダークブルーのパンツスーツ姿だった。

そして、いつもと変わらず、たった一人だけで立っていたのだ。長い、腰まで届く栗色掛かった髪をきちんと後ろで一つに纏め、サテンのリボンをきれいな形に結んでいるだけの紅の姿は時代遅れで。それだけ見れば、滑稽であるとも言えそうな代物だった。けれども。紅の場合には、その艶のある美しい栗色の髪と、どこか儚気ではあったが黒々とした大きな瞳と、透き通るように白い滑らかな頬とが、完全とも言えるような形で調和していたので、誰も文句の付けようが無かっただけであったのだ。

紅は、厚手の黒いオーバーコートを着てはいたが、それでも寒そうに首を竦めるようにしていた。その姿を見た高沢がダニエルに車を停めさせて、紅を拾ってしまったのである。

紅の家は高沢家（つまりは真山家）から、電車で二駅程先に行った所に在るからだった。

紅は、チラリとダニエルを見て「もう遅いですから」とか何とかと、高沢に断っていたようだったが……。高沢が、大きな声で「遅いから乗れと言っているんじゃないか」と命じた言葉だけが、ダニエルには聞こえてきただけだった。だが、ダニエルにはそれだけで十分だった。この娘も俺が嫌いなのか、と思うためには、それだけで十分だったのだ。

高沢が家に入ると、ダニエルは黙って車を発進させた。水森紅の家の場所なら、もう知っているからだ。以前にもダニエルはこのようにして、紅を送っていった事があった。もっともその時には他にも社員が乗っていたので、彼は更に遠方に迄走って行かなければならなかった、と記憶している。

紅は、さすがに疲れてしまったのだろう。

ゆったりと後部シートに身体を預けて、寛いだ様子で目を瞑（つぶ）っている……。紅の方でもダニエルに向かって、「家、何処なのか解ります？」等とは、問いはしないでいた。只瞳を閉じて、運ばれていくのに任せている紅の様子は無防備で、そんなところもダニエルの心を刺して止まなかったのだ。女なんか、とダニエルは思っていた。

ダニエルは減速する。高沢家の在る高級住宅街から車でほんの少し走っただけなのに、辺りの様子は一変していた。広い歩道と槐や桜の大木の植えられている並木道から走り出てしまうと、どこか砕けた、下町のような感じがする町並みに入っていくのだ。道は狭くなり、片側一車線であったり一方通行になっていたりしていて、その道の両側に建てられている家々も、何故か古色を帯びているようにさえ、見えてくるのだった。そのような町並みが、何処迄も続いて行っている。そして、町はもう完全に眠りについていた。まるで年老いた家々には、早寝の人種しか住んでいないのか、としか考えられないぐらいに、完全に。道は暗く、秘っそりとしていて静かで、猫の子一匹歩いてさえもいないのだ。夜の中で、眠っている町……。

ダニエルは、バックミラーの中の紅の顔を見た。まるで、自分の家の居間にでもいるように寛いで目を瞑り、落ち着き払った様子でいる、若い女が其処に居た。

怯えていない？　とダニエルは最初不審に思った。そしてその次には、横面を張られたような不快感を、覚えてしまっていたのだった。

嫌ってすらいない、という事なのか、と。

嫌ってすらもいないという事は、人間として認めてさえもいない、という事ではないのか。他の奴等と同じように……。「奴等」は、ダニエルを見てはいても、見ていないのだから。

ミラーの中の紅をダニエルは一瞬見詰めてから、首を捻ってしまった。どうも、そういうのとも異うらしい、と気が付いてしまったからである。

その若い女は、本当に寛いでいるのだ。深夜、男が運転している車に乗っているというのに、すっかり寛いでいて、自分が何処に運ばれていっているのかさえも、確かめてみようと思いもしていない？　ダニエルは、もう一度紅を見てみた。落ち着き払っている紅は、やはり酷く異質なものに見えてしまった。少なくとも深夜に、男が運転して行く車の中にいる女達のどれとも、紅の顔は異っていたからなのだ。

しかも、この俺の車に乗っているんだぞ、とダニエルは吐き捨てるようにして考えていた。

そして。ダニエルの心が珍しく、少しだけ動いた。意地悪な質問を、自分に対しても紅に対しても、してみたくなったのだ。

「怖くはないのか」

紅は「え？」というようにして瞳を開けた。やはり、眠ってはいなかったのだ。ダニエルは問う。

「怖くない？」

「何の事？」

紅は、ダニエルを恐れていなかった。何も恐れていないと解って、ダニエルは却って、ふいを衝かれてしまった。もう長い間、すっかり忘れていた感覚。何も恐れなくて良いのだという、あの静けさが、一瞬鮮やかに眩しく蘇ってきて、消えていったから。「それ」は、余りにも遠い日々の事……。

「何なの？　ミスター」

その声は、紅が理解している事を告げていた。理解していながら紅は、ダニエルの向けた小さな棘を何事も無かったかのようにして、消してしまっていたのだ。

馬鹿な事を言った。ダニエルは思って、黙って首を振ってみせた。

紅は少しの間だけダニエルを見詰めていたが、何も言おうとしなかった。過ぎていく町並みを僅かに見て。そして、すぐに又、その瞳を伏せて、シートに深く身体を預けるようにした。怖れも媚も、同情もそこには無く、そうかといって空々しい程の無関心も感じられない……。只、微かな温もりだけが、紅のどこからか漂うようにしてきて、ダニエルを包んだのが解った。

それは、思いがけない程に心地良く、思いがけない程に強く、ダニエルを摑んで揺さぶった。ああ。あの、懐かしいような夜の匂い。昼の温もりを抱いたまま、闇の底に沈んでいた森の匂い。

そう思い掛けて、ダニエルは我に返った。

疲れ過ぎているのだ、と思おうとしてみたのだが、上手くはいかなかった。暖かいのだ、本当に……。

紅の白い顔を盗むようにして見てから、ダニエルはもう一度首を振った。何か得体の知れない、恐ろしいような予感が、ふいに彼を捕らえたからだった。暖かくて懐かしい、涙のようなもの……。「それ」が何かを知りたいと思う程、ダニエルの心はもう、柔らかくは無かった。だから。彼は首を振る事で、自分に触れてきた静かで暖かな何かを、車の外へと放り出してしまったのである。

紅は、柔らかい息をしていた。まるで日溜りの中で眠っている子猫のように、柔らかな息をしていた。ダニエルにはその息の細さと暖かさとが、手に取るように良く解った。息が止まるようだ、とダニエルは思った。怖れを抱いているのが紅では無く、この自分の方であるという事が信じられなかったのだ。

ダニエルは、乱暴にハンドルを切った。

見憶えのある家が、その先に建っている。通りから少し入った先の突き当りに、まるで周囲から取り残されてしまったような、空き地が有るのだ。その空き地の奥に、紅の住んでいる小さな古い家が在るのだった。秘っそりとしていて、暗く……。

空き地は黒く闇に沈んでいて、まるで墓地のようだった。十二月の下旬だというのに、微かに枯れた草の匂いがまだしている……。

ダニエルは、柄にもなく車を降りてしまい、小道を行く紅の後ろに従っていった。そのまま車で走り去ってしまおうとするのには余りにもその一角は淋しく、暗く見えた所為もある。

家の前迄辿り着くと、静かに紅は振り向いた。玄関の上にある小さな灯りの中に、紅の細い、少年のような身体がくっきりと浮かんでいるのが瞳に染みて、夢のように美しい。

「遅かったのに、ごめんなさい。でも、お陰で助かりました。どうもありがとう」

ダニエルの黒くて大きな瞳を真っ直ぐに見上げてから、紅は礼を言った。深くて暖かな、優しい声と口調だった。

ダニエルは、口籠ってしまいそうになった。

「おやすみ」

「おやすみなさい。お疲れ様でした」

紅は、玄関の扉を開けて明かりを点けたが、ダニエルが車に戻り、車を出す迄其処に立って、彼を見送っていた。

ダニエルは最後に、紅の家の窓が明るくなるのを見た。そして。その灯りが、自分の暗く閉ざされた筈の心迄も、明るくするのを見てしまったのだった。ダニエルは少なからず狼狽え、戸惑って、その腹癒せのようにして深夜の町を走り抜けていった。眠りの中にいる町から、去っていった。まるで、何かの恐ろしい影か予兆から、逃れようとでもするかのようにして……。

ダニエルの車が完全に見えなくなってしまうと、紅は小さな溜め息を吐いた。寒かったし、それに酷く疲れてもいたのだ。深夜迄無人であった古い家は、深として凍えるように冷たく、それでいて居住者の帰宅を喜んで迎えてくれているかのように、心安げでさえあった。

誰もいないと解っている家の中に向かって、紅は「ただ今」と言う。それは、紅の変わらない習慣だった。

「ただ今。今、帰ったわ」

そうすると、キッチンの小さなテーブルの上に置かれているシクラメンの紅い花や、古びて黒ずんでしまっている部屋の天井や床迄が「お帰り。遅かったのだね」、とでも言ってくれるような気のしてくるのが、紅にとっては慰めだったから。

電気ファンヒーターのスイッチを、紅は押した。電気は、ガス暖房器具よりも効率が悪い。けれど紅は、ガスに付けられているあの臭いが苦手なので、仕方が無かった。

寝室との境の戸を開けると、薄暗闇の中で赤いランプが点滅していた。留守番電話が全部で四件入って、紅を待っていたのだ。

一番目のは、十一歳年上の沙羅からだった。

「紅？　あたしよ、サラ。この間の事、考えておいてくれたかどうか聞きたくて。でも、もう間に合わないみたいだから、勝手にあんたの分も申し込んじゃったわ。どうしても来て欲しいの。じゃないと困るのよ、あたし。じゃ、お願いね」

二番目のは、薊羅からのものだった。

「紅。あたし。ソラよ。サラから電話が入っていたでしょう？　ごめんね。サラったら、少し可笑しくなってしまっているの。だから、気にしないでよ。あんな新興宗教に入れ込んじゃって、もう信じられない。迷惑だって、はっきり言って遣って良いからね。じゃ」

三番目のは、真山珠子から。

「紅さん？　珠子です。お疲れ様でしたね。風子から聞きました。紅さんが、宅の敏之と一緒だったたって。寄って下されば良かったのに。浩一もそう言っていますのよ。良かったら今度のクリスマスかお正月にでも、ぜひお顔を見せにいらしてね」

四番目のは、翡桜（ひおう）からのもので、つい先刻掛かってきたもののようだった。

「紅桜（こおう）？　あ、いけない。紅（べに）だったね。紅、いつもこんなに遅いのかい？　身体に悪いよ」

何言っているのよ、そっちこそ。と、紅は思った。

「報告その一。上手くいったよ、ありがとう。紅の言っていた通りだった。『摩耶』のママと葉さんは、姉妹なのに上手く行っていなかったんだね。僕が来てくれるのなら葉さんは、堂々と『摩奈』の方に行けるって言ってさ、喜んでいた。アパートも小さくて良いなら、ってオーケーしてくれた。助かったよ。報告その二。体調はまあまあかな。心配しなくて良いからね。でも、新しい、アレ。間違えちゃった。ママとパパは心配ばかりしていて、見ていられない。仕方が無いけどね。僕は紅と沙羅達の心配をしている。又、電話するよ。それじゃ、お寝み。妹よ」

何が妹よ、よ。馬鹿言っちゃって、と紅は泣きたくなってきてしまう。それは、妹には違いないのだけれど。学年は同じなのに、年上振ってばかりいて……。

翡桜は、身体が弱いのだ。もっと端的に言ってしまえば、心臓が悪いのに。わたしの身体の心配なんか、しているような場合じゃないでしょう。

久し振りに聞く翡桜の声は、相変わらず掠れていて低く、柔らかかった。そして。翡桜はいつものように、沙羅達の事迄、心配していた。その上あの新しい（アレ？古いと言った方が良いのかしら）、ママとパパの事に迄も気を遣っていて……。それじゃ、幾つ身体が有ったとしても足りないじゃないの、翡桜。

翡桜。あなたには、わたしの他にも可愛い妹と弟が居るんじゃないの。良いな……。わたしはその妹さんと弟さんが羨ましいの。あなたに死ぬ程愛されている、その妹さんと弟さんが羨ましいのよ。少しだけだけど……。

紅は大好きな翡桜を思って、少しだけ泣いた。どんなに愛していても、結ばれる事の無い翡桜を嘆いて、泣いたのではなかった。紅は只、知っているだけなのだ。翡桜の身体が、それ程長くは保(も)たないのだという、事実を。そしてその事実こそが、新しい（?）翡桜のママとパパの心配事の尽きない種であり、彼等もいつかは紅と同じ様に、翡桜のために、胸が潰れるような思いをするだろう事を思っての、涙だった。

皆に、こんな思いをさせて。翡桜の馬鹿……。

そう思いながらも紅は、翡桜を誇りに思わずにはいられなかった。翡桜のために、祈らないではいられないのだった。紅の命のように大切な翡桜が、少しでも長く生きられますように、と……。

紅は、翡桜が好きな桜の歌を口遊(くちずさ)みながら、洗いあげた長い髪をタオルで巻いていった。

さくら　さくら
弥生の空は　見渡す限り
かすみか雲か　匂いぞいずる
いざや　いざや　見にゆかん……

紅の細く澄んだ声は、しっとりと重い濡れた長い髪の中に沁み入っていって、栗色の髪を更に淡々と、染め上げてでもゆくようだった。

赤くなれば良いのに、と紅は思う。桜の大樹の幹肌か蕾のように赤くなって、翡桜の妹だったというラプンツェルのように成ってしまえば良い。でも……。そのラプンツェルはもう逝ってしまっていた、と翡桜は言っていた。それならばせめて。わたしの髪よ、赤くなれ。もっともっと明るく赤くなって、大好きな翡桜のための髪になれ。紅の願いは、一体何処迄昇っていくのだろうか。紅は眠りに落ちてゆく前に、愛して止まない『その人』の名を呼んだ。いつものように、繰り返し……。

同じ頃、ダニエルはガレージの上の自室にいた。

ダニエルが戻って来た時には、屋敷は既に暗くなっていた。高沢の書斎だけが明るく、それでダニエルには解ったのである。敏之が今夜も酔っ払った振りをして書斎の中に一人閉じ籠もり、愛人の柳か、元愛人の摩奈こと「真奈」にこっそりと、電話でも掛けているのだろう、と……。

ダニエルは、自室に戻ってからも、紅の眼差しを見ていた。何の蟠り(わだかま)りを持つ事も無く、彼の心に迄も触ってきていた、紅の黒い瞳を。まるで家族の一人にするように、友達の一人にするようにして、車を見送ってくれていた紅の姿を、見ていたのである。求めても、与えられなかった物を見る様にして……。それは、優しさであったのかも知れない。慎ましく、然り気ない心遣いであっただけかも、知れなかった。

けれども。それは国を出て以来、三十年もの間異邦で生きて来なければならなかったダニエルが、とうの昔に諦めていたものであったのだ。

不当な扱いや物珍しさからでは無く、只の一人の人間として、強いて言うならば一人の隣人としての、全く当り前の扱いをして貰えるという事が……。ダニエルは、紅を見続けていた。

紅の何もかもが、不可思議なものに思われる。その態度の自然さと、然り気ないその姿。それでいて、年齢には不相応な程の大きな理解力と紅の静けさとが、ダニエルのどこかに「優しく触れた」という、その事実を見詰めていた。

紅は、自然だった。ごく自然に、ごく普通に、或る一人の男の心に触っていったのだ。自然に接して貰える事、普通に触れ合える事を望んで得られず、忘れ果ててしまう事で辛うじて生きてこられた、男の心に……。ダニエルは、紅の包み込むような温もりと、同胞の一人に対するような、節度のある優しさに、灯りを見てしまったのだった。

しかし、ダニエルはもう若くはない。日本式に言えば、何年も前に、三十路の坂もとうとう越えたのだ。ニューイヤー（クリスマス）を迎えたならば、俺はもう三十九という事になる、とダニエルは思った。そんな男の心は、甘い夢等もう見ない。過ぎ去ってしまった過去や、捨て去ってしまった故郷の森や、草原の夜の匂いを嗅いだりはしないのだ。ダニエルは、目頭を押さえた。

「あれ」は、只の単なる心遣いに過ぎなかったのだ。それ以上でも、それ以下でも無い。

多分紅という娘にとっては、あのような暖かさを差し出すという行為は、ごく当り前の、意識にすら映らないようなものなのだろう、と。

それでも良い、と思っている自分がいた。意識すらしていないような温もりでも、どんなに小さな優しさでも、無いよりは有った方が良いと思っている自分がいる事に、ダニエルは怯えた。

「マリア」

ダニエルは、アメリカを出てから初めて、マリアの名を呼んだ。優しく、健気で、儚かったマリアの名前を呼んで、助けを求めるかのように、赦しを請うかのようにして、手を組んでしまっていた……。

携帯の着信音が鳴っている。

「はい」

ダニエルは、名前を名乗らない。深く沈んでいた物思いから現実である深夜にと呼び戻されたから、という理由からでは無く。ダニエルはどの電話に対しても「こちらダニエル」等という応答をする積りには、一切ならなかった。それは、社長である高沢に対しても変わらない事だったが……。

その電話は、敏之からではない。

「俺だよ、勇二。藤代勇二だよ。ダニエル？」

「聞いている。随分な御無沙汰だな、勇二」

「御大層な日本語を知っているじゃないか、ダニエル。俺だってそんな言葉を使った事はないよ」

「十年も日本にいるんだ。このぐらいは覚えるさ。で？　元気なのか。今、何処から掛けているんだ」

「あんたの部屋の下」

ダニエルは驚いて、カーテンの透き間から十二月の夜の闇を見てしまった。

高級住宅街の街路は広く、歩道も広くて。街路樹の間には所々に、レトロ調の蒼い灯が趣きを添えるようにして、点されている。その街路樹である今は裸木のような桜の樹の下に、確かに見憶えのある男が一人、立っていた。

黒のダウンジャケットに黒のジーンズ、ブーツ。そして、肩からは大型のナイロンザック。おまけに大荷物を積み込んだキャリーバッグを足元に置いて、ダニエルの部屋の窓を見上げて立っているのだ。

ダニエルは、尋(き)いた。

「車はどうした？　勇二」

「売っ払っちまったんだよ。金が無くなってきたもんでさ。あれより他には、売る物が無かった」

そう言うとは思っていたのだが、ダニエルはやはり、溜め息を吐いてしまっていた。

「それで？　金なら少しは持っているよ」

又、金の無心かと思ったダニエルが言うと、勇二は携帯を握ったままで、首を振ってみせている。

「嫌、金の事じゃ無いんだ。しばらく振りだしさ、積もる話も有る事だし。二、三日あんたの所に泊めてくれないかな、なんて思っちゃってさあ」

「そんな事、出来ない相談だと解っているだろう。勇二。此処迄来ているんだ。家に帰れよ、自分の家にな」

ダニエルの言葉に勇二はぐっと詰まって、二階の窓を見上げていた。風が、出てきているようだ。勇二の黒い髪が、フワリと揺れている。

「藤代の家に帰れるぐらいなら、こんな時間にこんな所で、ウロウロしてはいないさ。その位の事は、あんたにだって解っている筈じゃないか。そうだろう？　何たって、ユーと俺の仲は長いんだもんな」

勇二に「ユー」と呼ばれてダニエルは、怒る気持にもなれなくなってしまっていた。大体、ダニエルが東の果ての海の中に在る島国に迄、流れて来なければならなかった理由の大半（どころか、殆ど全て）は、この藤代勇二という、駄目男に有ったからだったというのに。ユー（君）とは、巫山戯ているものだ。

ダニエルの沈黙の意味しているものは、勇二にも良く解っているのだった。けれども。それで怯んで等は、いられないだけなのだ。勇二は、いざとなればダニエルの所に逃げ込むしか無いのだし、ダニエルの方でも最終的に勇二を、完全に放り出してしまう事等出来ないという事を、勇二もダニエルも知っているのだから。

「此処は駄目だよ、勇二。俺の部屋じゃない。ホテルでも取ってやるから、そっちに行けよ」

「あんたの部屋だろ、ダニエル。な、頼むよ。迷惑は掛けないから。音も立てないし、クソにも行きやしないからさ。ウンと言ってくれよ」

「トイレぐらいは付いているのに、決まっているだろうが」

言ってしまってからダニエルは、それこそ「クソ」、と思ってしまった。クソ。又なのか。又、あいつの手にうまうまと、乗せられてしまうところだった、と。

「帰れよ。とにかく、此処は駄目なんだ。社長（とその妻である由布も）が煩いからな。見付かりでもしたら又、俺の首が飛ぶ」

「飛ぶもんか。俺の義姉は社長の奥さんの姉貴で、社長は俺の兄貴の友達なんだからな」

何処かで番犬の吠える、大きな声がし始めていた。勇二は縋り付くような瞳をして、ダニエルのいる窓を見上げたり、犬の吠え声の聞こえてくる方向を見たりして、足踏みをしている。

ダニエルは、舌打ちをした。そうなのだ。勇二の言う通り、藤代由貴は高沢由布の姉で（つまりは元は真山由貴であったという事であり）、藤代勇介は高沢敏之の悪友であった。親友というのでは無い、とダニエルは思っていた。高沢敏之と藤代勇介、それにもう一人、吉岡勝男（まさお）という男達三人は、何かしら暗い影のようなものを持っているように、ダニエルには感じられているので……。藤代勇介は由貴を娶っていた事で、敏之の義兄となる形に成ったらしいが、二人の仲は、もっとずっと古いものらしかったのだ。敏之と勇介と勝男の三人は、小学生だか中学生だかの頃からの「悪友」だとは、勇二も言っている事であった。但し、この三人のどこが「悪」であるのかと訊かれても、ダニエルには答えようが無い。

三人が三人共、社会的には成功している立派な社会人であり、家庭的にも一応は安定している（例え内情はどうであろうと）、家庭人なのである。人格的な破綻者達であるという訳でもなかった。「それ」を言うのであれば、勇二やダニエルの方が「破綻者」又は「破局者」という事になるのだろう。だが、ダニエルにはその三人に、自分と同じような「破綻」の匂いがする、と思われてならないだけの事だった。勇二は、そこまでは思っていない筈だった。何しろ勇二という男は、十歳違いの兄勇介とは気質が合わず、ついでに父親である藤代勇とは桁違いに人生観まで合わずで、母親である桂の悲しみを他所に、フーテン擬きの自称カメラマン（兼自称画家）を、名乗っている始末なのである。藤代家の人間（特に勇介）に言わせると、勇二は父、勇と母の涼が結婚をした年に、何処へともなく出奔をしてしまったという、父親の弟の勇輝の「生まれ変わり」だと迄も言われているのだから、「何をか言わんや」なのだった。それ程に勇二は、彼等から言わせると出来損ないの馬鹿息子だったのである。

その駄目勇二のために、ダニエルの人生は破滅してしまったのだが。それも、もう遠い昔の話なのだ。日本で言う処の例え、「十年ひと昔」とは良く言ったものだ、とダニエルは自嘲してしまいそうになり掛けて、止めた。昔の事等を思い出しても、何にもなりはしないのだ。

行ってしまったマリアはもう帰っては来ないのだし、取り消されてしまった「ドクター」の称号も、もう返ってくる事は無いのだから……。

ストップ。と、ダニエルは自分自身の心に向かって命令を下した。こんな風に昔の事や、マリアの事迄、今夜に限って思い出してしまうのは、何故なのかさえも、思い出してしまいそうになったからである。

長く美しい髪の、若い娘。静かで暖かい声と深い眼差しをしていた、あの若い娘。水森紅。真っ直ぐにこの俺の瞳を見てくれた初めての日本娘、紅。美しい紅……。ストップ。

ダニエルはそれこそ溜め息を吐きながらも、車庫の横にある裏庭の奥の小さな戸を開けてやるために階下に降りていったのだった。

木枯しの季節は過ぎたのだが、酷く冷たく強い風が吹き始めてきている中で、勇二は俯き加減にして震えていた。勇二も、決してダニエルの瞳を見たりはしないのだ。けれども勇二の「それ」は、大多数の日本人や会社の連中達のものとは、異っている理由からだった。

藤代勇二はダニエルと知り合った頃には、もっと威勢が良く、もっと強がり、粋振っていて恐い物知らずの「お坊っちゃま」であったのだ。けれど意地悪な運命が、勇二を変えてしまった。

「辛辣な運命」、と言い替えてみても良い。とにかく「そいつ」にやられて、勇二は変わったのだ。勇二の場合の運命とは、もちろん父親である藤代勇であり、兄である藤代勇介と藤代一族の代々の職業である「政治家」という名前の奴だっただけの話なのだが……。

俺とは異う、とダニエルは皮肉な瞳になるのを抑え込もうとした。ダニエルは勇二とは異うのだ。決定的に。そうではなかったら、致命的に……。

ダニエルの場合の運命の名前は、「意地悪」だとか、「辛辣」だとかいう、生易しいものでは無かった。「それ」はヘイト (憎悪) であり、戦争であり、差別であり、貧困と孤独だったのだ。しかもその「貧困」は経済的にばかりでは無く、愛に、暖かさと理解に迄も及んでいる、苛酷なものだった。ダニエルは八歳の時から「それ」を生き抜き、耐えて、戦い抜いてきたのだ。永遠に美しいままの、マリアと共に……。

そう。紅の眼差しは美しく、マリアのようだった。ダニエルは声に出して我知らずの内に再び、

「クソ」

と言ってしまっていたのだった。

勇二は怯えた瞳を、一瞬だけ上げた。勇二には、ダニエルの瞳を真面（まとも）に見られないだけの理由があるのだ。

「悪かったな。こんな夜中に」

それでも勇二は、殊勝な声を出す。

「嫌。今のはお前に言った訳じゃないから、気にするなよ、勇二。それで、明日の朝には出ていってくれよな」

「そんなあ、ダニエル。もうとっくに明日になっちまっているんだからさ。久し振りだな、ゆっくりしていけぐらいは言ってくれないものかな」

黙れ。このお調子野郎。

思い掛けて、ダニエルは自分の方が黙ってしまった。哀し気なマリアの声が聞こえる。

「優しくしてね、ダニー。困っている人には優しくしてあげて。自分が辛くても、優し

さは忘れないで。微笑みは、神様からの贈り物なの。どんなに人にあげたって、減る事はないのよ」

ね？　ダニー。

ダニーは、幻のマリアの声に向かって頷いた。皮肉な運命に向かって、頷いてみせた。ああ。そうだったよ、マリア。あんたの言い付けを守ったお陰で、俺はこのザマだ。満足かい？

ガレージの横の階段を上っていくダニエルの胸の中には、マリアと同じ瞳をしていた紅がいた……。

紅は夢を見ていた。夢の中でも目覚めている自分が居るという、あの不思議な感覚の夢だった。それは丁度、幻を見ている時に「自分は今、幻を見ているのだ」、とはっきりと自覚の出来る、その感覚と良く似通ったものであった。紅には区別が出来るし、翡桜にもはっきりと区別が出来るのである。実体の無い幻と、幻等では無い「もの」との異いとが……。

例え人が何と言おうと、この世界には別の「もの」が存在しているのだ。自分達、人間とは異なる「もの」や、「彼の人(かのひと)」が……。丁度、時間が止まった時、この世界と空は天上界の海の底に当っているのだと、悟った時のようにして。白い衣を着た方が、鷲のように大空を往く時のようにして……。

その夢の中では、翡桜はもう死んでしまっていた。儚くなった翡桜のお骨を抱き締めて、二十歳前後の美しい娘と少年が泣いているのだ。二人の嘆きは深く、思慕に満ちていた。

「ああ。母さん」

「母さん。母さん。ああ、母さん」

それで、紅にはその二人が、翡桜の妹と弟なのだと解ったのである。何といっても翡桜はあの身体で、命よりも深く愛したのだから。この、妹さんと弟さんを、と紅は思っていた。翡桜は十八年間をその二人の母親として生き、最後の三年間は、父親としても生きたのだ。そして。永遠にそれは、変わらないだろう。

「愛のために逝った……」

紅は逝ってしまった翡桜の小さな骨壺に向かって、囁き続けているのだった。夢とは呼べない、夢の中で。

「ああ。翡桜。だから言ったのに。だから、言ったのに。無茶しないでって、あんなに言ったのに。あなた、心臓が悪いという事を、最後迄、妹さんと弟さんに隠していたのでしょう？　馬鹿ね。こんなに小さな壺に入ってしまうなんて。馬鹿ね、翡桜。あなた、本当の馬鹿。でも愛しているわ。翡桜。わたし、あなたが今でも好き」

小さな壺の中から、翡桜が答えて笑っていた。

「馬鹿なのはお互い様だよ、紅桜。紅桜だって手術を受ければ救かるのに……。沙羅達が何と言っても、拒んでいるじゃないか。でもね。紅桜。僕は紅桜のそんなところが、好きだからね。愛しているよ、紅桜。短い縁だったけど天の国に行っても僕は、君を憶えている。バーミリオン・ローズ。紅い花の紅桜を一番に……」

嘘よ！　嘘よ。翡桜の嘘吐き。わたし、知っているんだから。あなたの話してくれた事は皆、本当に有った事だって、ちゃんと知っているのだから。ああ。わたしの翡桜。わたしを想う以上にあなたは、あなたの一族の人達を想っている。あなたの一族のママとパパと、パトロの事を想っている。そうして……。それ以上にあなたは、「あの人」の事を慕っているじゃないの。わたしと同じように「あの人」の事を、愛しているじゃない……。

「泣かないで。ダニー」

と、翡桜が入っている筈の、白い壺が言っていた。小さな壺の中からは、愛に震える声がしていた。

「ダニー。ああ、わたしのダニー。泣かないで。済んでしまった事はもう、仕方が無いのよ。泣かないで……」

その白い壺を抱いて泣いているのは、ダニエルだった。背が高く、痩せていて彫りの深い顔に、肩に迄掛かるカールした長い巻毛のダニエルが、苦悶の余りに声を忍んで泣いているのだ。

「ああ。マリア……」

紅は、ダニエルの悲痛な声を聞いてしまった。会社内では（多分、日本人の大多数からも）孤立していて、超然としているダニエルの、心の声を聞いてしまったのだった。

可哀想に。可哀想に。ダニエル。あなたも、わたし達と同じなのね。あなたも愛した人を失ってしまって、今ではたった一人ぽっちなのね。

紅は、白い壺を抱いているダニエルのカールした長い髪を見ながら、そう思っていた……。

「紅桜。紅桜。息が止まりそうだよ。又、始まった。又、始まったみたいなんだよ。紅桜……」

紅ははっきりと目覚めて、小さなベッドの上に飛び起きていた。冷たい汗を、掻いていた。翡桜の声だった。紅は、夢の中で翡桜の声を聴いていたのだ。

神様。助けて下さい。翡桜にはまだ、しなければならない事が有るのです。ああ。助けてあげて下さい……。

紅は泣き出しそうになるのを堪えて、素早く身支度を整えていった。バッグの中に入れてある携帯電話を取り出す時間さえ惜しんだ紅は、暗闇の中で置き慣れた位置から鍵だけを取り、戸閉まりをして駆け出していったのだった。身を切るように冷たい風が吹いている古い町並みの中から、タクシーが拾える筈の大通りの方に向かって。

紅は、この世界の中でこの時、たった一人だった。紅の秘密を知っていて尚愛していてくれるのは、翡桜だけしかいないのだから……。

その翡桜が、苦しんでいるのだ。その翡桜が、苦痛の余りに泣いている。翡桜がもし逝ってしまったりしていたら、どうしたら良い？　どうしたら良いの？　ああ……。そうしたら今度こそわたしは又、一人ぽっちになってしまうのよ。

翡桜の妹と弟に、現実には紅は会った事が無かった。翡桜が会わせてくれなかったという意味では無くて、紅の方が二人に会う事を怖れ、拒んでいたから、そうなってしまったのである。

紅は、その妹と弟は普通の健康体であり、精神も健全な可愛い子供達だ、と翡桜に聞いた時から、翡桜の陰に隠れるようになってしまったのだ。「健全な」人種である人々が、身体的、精神的に欠陥が有ったり病を抱えて生きている者達に対して、どのような態度で接し易いかという事を、紅は六歳にしてもう、はっきりと知らされていたものだから。

大丈夫だよ、と翡桜は言って聞かせてくれはした。

「大丈夫だよ、紅桜。あの子達はママが逝った事も受け止めているし、パパの身体の弱い事も解っているからね。病気の人には、優しい気持を持っているんだ。本当に自然に、優しく成れる子達なんだよ。だから、恐がらないで」

「ううん。翡桜。わたし、あなただけで良い。あなたと『あの人』だけで良いの。翡桜」

「ダミアン神父様も、沙羅と薊羅も要らないの？」

「ダミアンパパは、わたしを恐がっているわ。沙羅と薊羅は、わたし達の事を何も知らない。沙羅が手術しなさいって執こく言うのは、わたしの身体もあなたと同じで、心臓が悪いのだと思い込んでいるからだけじゃない」

「だけど、紅桜。それは沙羅達の所為じゃないんだよ」

「そうよ。ダミアンパパとお医者様の三田先生の所為なの、解っている。だって、聞かされたのですもの。あなたも憶えている筈よ。あの二人はわたしが小さいからって、何も理解出来ない、って思い込んでいたでしょう。馬鹿みたい。どんなに小さくっても、自分の身体の事ぐらいちゃんと解るものだという事を、あの人達はまるきり知ろうとしなかったわ……」

「それは言えているね、紅桜。三田先生とダミアン神父様は、悪気じゃなかったのだろうけど。何も知ろうとも、しはしなかった。そして、皆には隠してしまったんだよ。僕達の身体の事とか、何もかもをね。何故なのか、解るかい？　紅桜」

紅は涙ぐんでいた。それはまだ、想い出に迄はなっていないから。

ええ。解っているわ。良く解っていたわ、翡桜。ダミアンパパと三田先生は、わたしの身体と、翡桜の身体が、恐ろしかったのよ。病気や欠陥が「悪いモノ」だとか、「罪深いモノ」だと考えているから、恐がったの。染る事なんかは無いって、知っているのにね。それともあの二人は本当に、こんな「病気」迄伝染するとでも、思っていたのかしら？解らない。笑っちゃうわよね……。

どちらにしても、わたし達の「病気」は誰からも隠されてしまう事になったのだった。育ての親だった、修道院のシスター達にさえも……。

修道院の掛かり付けの三田医師と、ダミアン神父の意向によって……。

「その時」の事を思い出すと、紅の心は震えた。

だから。わたしも翡桜も、ダミアンパパとお医者様には、心を閉ざすようになってしまったのよ。明るくて厳しくもあったシスター達にも、何も言えなかった。ええ、そうよ。パパと三田先生は、病気は「悪い心の人間」に対する神の罰か、そうでは無かったら「悪霊に取り憑かれた」罰当りな者達が罹るものだ、と思っていたから。心の中では、怯え切ってしまっていたの。だから。だから！　沙羅だって逃げるより他に、道が無くなってしまったんじゃないの。だから、薊羅だって沙羅に付き添って、逃げ出すより他に仕方が無くなってしまったのじゃない……。

「そんな風に思うのは良くないよ、紅桜。三田先生の事は、良く解らないけど。それでもダミアン神父様達は、紅桜のためには良かれと思ってそうしたんだ、と思いたいもの。

結果的には、紅桜と僕は傷付いたけど。傷付けようとしてなさった事だと迄は、決め付けたくないから」

「でも。恐れていたという事は、否定出来ないでしょう？　翡桜。パパも三田先生も、わたし達を恐がっていたわ。特に、わたしの方を……」

「馬鹿だね、バーミリオン。人は、良く知らない物事が怖いというだけなんだ、と思えば良いんだよ。ダミアン神父様だってきっと、どうしたら一番良かったかなんて解らなかったのだと思う。只、それだけの事だったと思う方が良い」

「人が良いのね、翡桜は。なら、どうして沙羅達はあそこにずっといられなかったの？　薊羅はともかくとしても、沙羅は困っていた筈よ」

翡桜は、優しい瞳をしていた。はしばみ色の大きな瞳に、優しい翳りが揺れていた。

「紅桜。解っているだろう？　君と同じだっただけなんだよ。神父様は、沙羅が理解出来なくなったんだ。沙羅のした事が、ダミアンパパを恐がらせたというだけなんじゃないのかな」

「神様を信じている癖に、人が恐いと言うの？」

「神様を信じているからこそ、恐いものがあるんだよ、きっと。うん、きっとね。僕達と同じで……」

紅桜は、翡桜の口調に釣られて笑ってしまった。翡桜は、いつでもこんな風なのだ。大きな瞳を含羞んだように輝かせて、フワリと微笑う。紅は尋いた。心は軽く、暖かい……。

「翡桜は？　翡桜。あなたはどうなの？　本当は、あなたもわたしが恐いのではない？」

翡桜は、微笑った。

「君はどうなの。紅桜。君は、僕の病気だか悪霊だかが、恐くはないの？」

「嫌な翡桜。怖くなんか無いのに決まっているでしょう」

「嫌な紅桜。怖くなんか無いのに、決まっているだろう？　君はね、紅桜。天使なんだ。天使には、大人も子供もないからね」

翡桜は紅に、そこ迄しか言わなかった。けれども、紅にはそれだけで十分だった。「罰当り」だとか、「悪霊がどうのこうの」とか思われて恐れられている自分を、翡桜は「天使」だとさえ言ってくれるのだったから……。あの、白く輝く翼を持ち、白い衣を持って自由に空を翔け、大人も子供も無く、男も女も無い美しい天使に、翡桜はこんなわたしを例えてくれる。翡桜の優しさが、紅を生かした。その翡桜の言葉だけで、紅はこれ迄生きて来られたのだし、これからも生きていけると思っていた。それだけで、もう十分なのだ、と思ってはいたのだけれど……。

ああ。でも！　やっぱり嫌よ！　紅は、翡桜を想ってきつく瞳を閉じていた。

タクシーのスピードが、まるで玩具の国の車か、水の中の国の車のようにゆっくりとしか感じられなくて……。現実感というものが、まるで無いのだ。

「息が止まりそうだよ。又、始まった」と言っていた翡桜の、切な気だった声だけが、紅を捕らえていて離さなかったのだ。

翡桜は、紅の家よりももっと古びた小さなアパートのキッチンの床に倒れ、身体をエビのように丸めて震え、喘いでいた。紅は倒れている翡桜の傍に、碧い瞳の五歳ぐらいの女の子と、プラチナブロンドとブロンドの、双児のように似ている美しい少年と少女を見た、と思った。心配そうに翡桜の傍に立っていたその三人の人影を、一瞬「見た」ように思ったのだ。けれどもそれは、紅の見間違いだったようだった。何故なら、その三人はゴーストではなかったし、別世界の「もの」でもなかったのに、紅の姿を認めるよりも早く、その姿を消してしまっていたからである……。邪悪さは、感じられなかった。だから、デーモン（悪魔）ではないし、そうかといって只の人間でもない。只の人間が一瞬で空気中に「消えて」しまえたりする筈は、無いのだから……。強いて言うならば、天使に近くて、天使には成れなかった「もの」達？　だって、あれは、何だかとても暖かそうだった。だって、あれは何だかとても、哀しそうだった……。

これ迄一度も見た事のない「存在」に、紅は一瞬だけ気を取られ掛けたのだが、すぐに、その三体の「人のようだったもの達」の事は、忘れてしまった。

翡桜が、苦しんでいる。片手で胸の辺りをきつく押さえ、片手で喉を押さえながら、何とかして息を吸おうとして、喘いでいるのだ。紅も喘ぎ、翡桜のポーチから急いで薬を取り出していた。その薬の袋の表には只、「水穂医院」とだけしか印刷されていない事を、紅は知っている。

「冷蔵庫……」

小さな、古びたその冷蔵庫の中から翡桜の求めに従って、紅はエビアン水のボトルを掴み出し、栓を開けた。

痛みと窒息に困って、蒼白になってしまっている愛する人の口元に、紅は水を持ってゆき、ついでに薬も、口の中に押し込んで遣る。翡桜の看護なら、紅は慣れているのだ。そして紅は、翡桜の身体がいつからここまで酷くなってきたのかも、その経緯も、具に承知していた積りだった。翡桜は呻いて、薬と水を飲み下した。そうして、苦しさの余りに涙で滲んでしまった瞳を開いて、紅を見る……。

良く解ったね、紅桜。助かったよ、ありがとう。

翡桜は、こんな時には口も利けない。けれどもその大きな、感情を豊かに表す瞳の色だけで、思いの丈を話し、伝えてくるのだった。

「いつからなの、翡桜。いつからあなた、又、こんなに悪くなってしまっていたの」

言ってはいけない。尋いてはいけない。そう思いながらも紅は、訊かないではいられなかった。

だが翡桜は黙って、その瞳を瞑ってしまうばかりであったのだ。それが、翡桜の答えなのだった。

「わたしに摑まって。翡桜。ベッドに行かないと。あなた、冷え切っている。まるで氷のようよ」

「白く氷ったチェリー（氷桜）か……。翡よりマシかな……」

やっと口を開いた翡桜の口から出てきたのは、冗談なのか本気なのか解らないような、情け無い言葉と声だった。紅は安堵の余りに、泣きそうになっていた。少なくとも翡桜は、まだ生きていてくれる。

「アイス（氷の）カメリアは、沙羅の事でしょう。あなたは氷じゃない。あなたは碧。青くて翠なの。春の女神は氷ったりしないものでしょう！」

「ヤだな、紅桜。忘れてしまったのかい？　僕は男なんだよ。女神なんかじゃない。それに春の女神は佐保姫といって、桜の神様でもあるからね。翡桜なんていう名前で呼んでも、振り向いてもくれはしないんだよ」

「嫌な翡桜。わたしはあなたの身体が冷たい、って言っただけなのに」

「嫌な紅桜。僕は碧では無くて、翡なのだよ。もう忘れてしまったの？　忘れんぼ」

紅は、溜め息のように、息を吐く。

「それだけの口を利けるのなら、もう大丈夫みたいね。良かったわ、翡桜。心配したのよ。心配したのよ……。さあ、横になって」

翡桜は苦し気に咳き込んで、それでも薄く笑んでみせていた。紅にとっては、宝物のようなその笑顔……。

「悪かったね。紅桜。こんな時間に。寒かっただろう？　もうじき夜が明けてきてしまう」

早く、夜が明ければ良い。十二月の夜も、一月の夜も。二月は飛ばして、三月も行けば良い。二月の寒さは、翡桜の心臓に悪いのだもの。三月の寒さだって、まだまだ油断は出来ないもの……。

桜。桜。桜の精よ。佐保姫よ。あなたが本当にいるというのなら、来年の春にはいつもより早く、花を咲かせて。わたしの上に。翡桜の上に。美しい花を、せめて咲かせて……。

紅は祈るような気持で、翡桜と自分のために、春の女神だという佐保姫に呼び掛けていた。

格別に寒い冬の年には、春はいつまでも遣って来ては、くれないのだから。呼んでも呼んでも。待っても、待っても春は遅く、桜の花の咲く日も遅く……。花はすぐに散っていってしまうから。やっと開花をしても白っぽいその花は、紅くも無く翠（あお）くも無く、どこ迄も白々としていて心淋（うら）しいばかりなのが、紅には哀しかった。

毎年気候が可笑しくなっていっている。毎年、季節が狂っていっている。紅は思う。

そうよ。こんな風が吹く日が、当り前のようになってしまった。こんなふうに、身を切るように冷たく、身体の芯迄凍えさせるような風の吹く冬が、当り前のようになってしまった。昔はまだ、これ程酷くはなかった筈なのに。今ではこの星は「水の惑星」では無く、「風の惑星」のようになってしまったわ。こんな、乾いた冷たい風は、わたしの心をも凍えさせそうにする。こんな乾いた冷たい冬が、翡桜の身体には一番堪えてしまうのだから。

だからお願い。花の女神よ。フローラでも佐保姫でも、桜姫でも良い。フェアリーでも、仙女でも。わたしの天使よ、あなたでも良い。今年の冬も来年の冬も、温暖で過ごし易い、暖かくて短なものにして。前の時のように、翡桜が倒れた時のように、厳しい寒さの冬にはしないで。お願い。あれから、まだ二年しか経っていないのよ……。

紅の願いは祈りになって、まだ明け初めない十二月の、蒼黒の空に向かって昇っていくのだった。

翡桜は、まだ苦しそうに少し眉を寄せながらも、紅のために身体を少しずらして言った。

「何をしているの、紅桜。お入りよ。凍えてしまうだろう？　それとも紅桜も、僕の病気が、」

「怖くない。脅かそうとしても駄目よ、翡桜。誤魔化そうとしても、駄目なんだから。

ねえ翡桜。あなた一体、何をしたの」

「何って？　何もしてやしないに、決まっているじゃないか。嫌な紅桜」

「嘘吐きの翡桜。急にこんなに進んでしまうなんて。何かしたのに、決まっているでしょう？　嫌な翡桜」

翡桜は優しい、深い眼差しをして紅を見た。

「ちょっとね。古いけど、手頃なアパートを見てきたんだ。変人ばかりが住んでいる猫屋敷だよ。猫と一緒に住みたくなって。飼えないけどね」

「変人ばかりって……」

紅は、絶句しそうになってしまった。

「翡桜。あなた、まさかあの久留里荘に迄、又出掛けていったのじゃないでしょうね」

あそこは駄目よ！　あそこは駄目だって、翡桜。あなただって知っているじゃない。だって、あそこには。あそこには……。やっぱりお馬鹿さんなのね、翡桜。

「摩奈に所属していた変人ばかりが、うようよしている。それだけなら問題無いと思っていたのだけど。用心していても彼に会ったらマズいからって、思い直したんだ。沙羅か薊羅に、うっかり言い付けられでもしたら、大変だからね。心配無いとは思うけど、慎重にした方が良いと思って止めにした。結構気に入っていたんだよ、あのアパート。それに、紅桜が言っていた変人達も気に入っていたけどね。残念だった。あの二人を助けられないのが辛いから余計……」

紅は、翡桜の横にそっと滑り込んで、言うのだった。

「わたしも、あの人達が好きよ。でもね。翡桜」

「分かっているよ、紅桜。幾らこちらは気に入ったと言っても、向こうがどう思うか迄は、解らないものね。それに、何よりもあそこには、あの二人が住んでいるんだもの。顔は合わせないけど、やっぱりマズイと思うよね、紅桜だって。幾ら二年も経っているといっても……」

「当り前。当り前に決まっているじゃないの、翡桜。何といってもあなたは、お忍びの身なのだから」

「犯罪者」だとは、口が裂けても言えない。何が有っても、言わない。翡桜が「犯罪者」だと言われるのなら、それは「愛の涙」に染まった行為だったのだと、わたしは大声で叫んでしまうのに違いない。翡桜が「罪人（つみびと）」だと言われるのなら、わたしは彼等に石を投げ付ける。でも。でも……。ああ。ダミアンパパは？　ダミアンパパ様と三田先生達は、今のわたしと翡桜を見たら、何と言うのかしら。沙羅と薊羅達の事は、何と呼ぶのだろうか。やはり、ひと言「罪人」と？　そして、やはり昔と変わらないように、わたしと翡桜を、沙羅達と薊羅をさえも恐れて。「穢れた者」だとか「悪しき者達」だとか何とかと、思うのかしら？　心の中で。

口に出して言わなければ良い、と大抵の人は思うようだけど「それは異う」、と紅は考える。

口に出して言われる事も辛いけれど、心の中に溜め込む想いのその方が、もっと悪い事だとどうしてダミアン神父様達には、解らないのだろうか。紅には、その事がずっと不思議に思われて、口惜しい。

罪人にはなったとしても、紅から見れば翡桜は、「殉教者」に似た者の様にさえも見えるというのに。わたし達四人は皆、シスター・テレーズ、シスター・マルト達のように、修道院には入れなかったというだけで。神の掟に背いて等決していない、と思われるというのに。

神の掟。それは、愛。それは、愛……。

「紅桜。思い詰めてはいけないよ。僕達は無心に生きていけば良いんだ。唯、生きる。愛のためにね。その他の事は考えなくても良い。それを考えるのは、ダミアン神父様達の仕事だよ」

そして、「あの人のね」と、紅と翡桜は思ってフワリと心が軽くなっていった。愛して止まない方の事を考えるのは、どんな時でも心が熱くなるからだ。

例えそれが、こんなに寒い冬の明け方でも。

例えそれが、孤独の道を行く辛い時でも。

紅は、翡桜に身体を寄せていった。翡桜の身体は冷たく、それなのに額と息だけが異様に熱いのだ。そして、その息は細く、乾いていて。いつものように、仄かに甘い花の香りがしているのだった。バラよりも淡く、桜よりは甘い、りんごの花か君影草の花のような……。

紅がその事を言うよりも先に、翡桜は嬉しそうに、静かに告げる。

「紅桜。やっぱり君は、いつも良い匂いがしているのだね。君の身体からは夜の匂いと、白い花茨のような甘い香りがする。バーミリオン（赤）では無くて、淡くて白い、花茨の香りだよ」

「そう。今の所はね。でも。見ていてよ、翡桜。わたし、きっと真紅になるわ。今にきっと真紅のバラに成って、あなたと沙羅達のためにも、もっと沢山役に立つようになってみせるから」

白い顔のままの、翡桜は言う。

「君はもう、十分役に立ってくれているよ。紅桜。余り、頑張り過ぎない方が良い。君が程々にしておいてくれないと、僕達は随分困った事になるだろうからね。沙羅と薊羅も、そうだよ。今では沙羅達の方が、君を頼っているのじゃないのかな。柊（しゅう）と樅（しょう）の、過保護なママ……」

「そんな事はないのよ、翡桜。沙羅達が先に上京していてくれなかったら、わたし迄もが東京に落ち着こうなんて、思わなかったわ。あなたを残してわたし一人だけ先に来るなんて、とても思えなかった事だもの。まだまだよ」

翡桜は、紅よりも三年遅れて東京に出て来たのであった。紅が短大の秘書科に入り、其処で学んで真山建設に無事入社して尚一年も経ってから、翡桜は妹と弟を伴い、とうとう上京して来たのである……。その三年間を翡桜は、入退院を繰り返していた父親の看護と弟妹の育成のために費やしていたのだ。そして。愛して止まなかった父親が、愛する神の国に、愛する妻のいる所にと旅立っていくのを見守り、見送ってから、故郷を後にした。

翡桜にとってはいつの日か上京し、春四月に満開の桜の下に立つ事は、もうずっと昔から心の内に秘めて、決めていた事だから。翡桜の希みは、病弱だったという父親も望んでいた事だった、と紅は聞いている。その、穏やかでありながらも妻亡き後十五年間も、一人で三人の子供達の養育に専心してきたという、強く優しい父親の生き様は、紅の憧れにも似た晞きを呼び覚ました。

紅は、その人の子供として生まれなかった自分を哀しんだ。そして……。そのために、尚一層の事、翡桜を愛しく思うようになったのだ。そうして、彼は逝った。三人の子供達に、

「自分の人生を、悔いが残らないように精一杯生きなさい」

「父さんは、母さんが待っていてくれる御国に行くけれど。いつでも祈っているからね。だから、お前達はみなし子には成らないのだよ。大丈夫。この身体は朽ちてしまうけれど、わたしと母さんの心はいつも皆と一緒にいて、見守っているから」

「安心しなさい。わたし達の神様がいつでもお前達を助けて下さるだろう」

「三人で助け合って、仲良く幸福に暮らしておくれ。何が有っても、振り向かないで。前に、前に、進むのだよ。だが、疲れてしまった時は、頑張らなくて良い。キリストの御下に行って休みなさい」

というような事を言い続けて、逝ってしまった。彼の最後の言葉は、

「ありがとう。君達と暮らせて、わたしは幸福だった」

というものであったのだと、翡桜は言った。紅は思った。

自分も、人生の終りの時には彼のように、

「ありがとう。あなた達と暮らせて、わたしは幸せでした」

と言って、逝きたいと。そんなふうに振り返れるというのなら、自分の人生も翡桜と沙羅達の人生も、決して無益では無かった事になるのだろうから。

紅達四人の願いは唯、一つだけだった。

愛する事。そして「愛」に還る事……。

父親がいよいよ「向こう側」の世界に旅立っていってしまうと、翡桜は妹と弟の勉学とその才能を生かしてやるため、そしてもう一つには、十五年間も胸に抱いてきた夢を果たすために、家屋敷を処分して上京して来たのだった。翡桜には捜し求めている人達が、いたからだ。そして「彼」もしくは「彼等」とは、春四月、満開の桜の花の下で出会える筈だ、と翡桜は信じてきたのであった……。

何故なら翡桜はその「生きている夢」を、繰り返し、繰り返しして見てきているからなのだ。その「夢」の中には、紅は入っていなかった。

その事が、紅の哀しみの中心にある。紅は、愛する翡桜とその一族の者では、無いからなのだろう。紅は、希う。叶わない夢と知りながら、願う……。

ああ。いっその事わたしは、翡桜になりたい。そうすればわたしは愛する翡桜と一つで、一緒で。これから先も、ずっと共に行かれるのだもの。そうすればわたしは、翡桜と同じに愛する妹、弟に尽くせて、見失ったという一族の人達の行方を捜して歩く事も出来るようになる。だって、わたしの心臓は、翡桜のようにボロボロにはなっていないもの。だからね、翡桜。わたしがあなたになってしまえたら、あなたは健康な、わたしの心臓を持てるようになるのよ。そうなれたなら、わたしはあなたのハート（心臓）として、永遠にあなたと一つでいられるわ。ああ！　そうなれたなら！　駄目ならわたし、あなたに心臓をあげるために、死なせてしまって下さいと神様に祈りたい……。

けれども、それは出来ない事だと、紅は深く承知していたのだった。そんな事は、翡桜も「あの人」も、望んではいないのだから。「贈り物」は真に望まれた時だけ、光り輝くものなのだから……。

紅は、翡桜のように妹や弟に必要とされ、古くて新しいパパとママ（この人達は、翡桜の一族だった）にも愛されて。もし生きていたなら誰よりも会いたかったという「ラプンツェル」という愛称の、美しい娘長（むすめおさ）に成長する筈だった翡桜の妹にも会ってみたかった。翡桜のように、別々に、散り散りになってしまった「一族」に焦がれて、春の空の下、桜の下を尋ね歩いてみたかった。

何故ならば、と紅は呟く。声にならない声で十二月の曙の彼方に向かって、訴える。

何故なら。わたしは、一人ぽっちなのだもの。誰に捜される事も無く、誰一人、わたしが探す人もいはしない。わたしは、一人。沙羅と薊羅は、まだ良い方だった。わたしよりもずっと幸運だった。だって。沙羅と薊羅は双児で、生みの親に捨てられた所迄は、わたしと同じだけど。だけど、それから後の二人は、まるで月と月の光のようにいつでも一緒だった。小川とせせらぎの水音のようにいつでも一緒で、離れた事は一度も無かった。只の一度も無かった双樹達。でも。わたしは一人だけ。わたしは、一人だけ……。

「僕がいるよ、紅桜。君は一人ぽっちなんかじゃない。僕の可愛い妹で、沙羅と薊羅は君の姉さんなんだ。君がいてくれなかったら沙羅達も僕も、生きていくのが一層辛くなってしまうという事位、ちゃんと解っているだろう？」

　翡桜は、紅の心の内側迄も覗いて見てしまう。

「嫌な翡桜。わたしの大事な、大事な人。そうやって皆で、わたし一人を悪者にしていれば良いでしょう」

「嫌な紅桜。悪者じゃない人間なんて、この世の中には一人もいないと知っている癖に……」

「ダミアンパパは、そうは思っていないでしょ？」

「ヤだな。又、ダミアン神父様の所に話を持っていく積りなの？　何度も言うようだけどね。考え方の相違なのだから、仕方の無い事だと思わなくちゃ。ダミアンパパの頭の中味に責任が持てるのは、神様だけだと思うよ。僕達では無くて」

「それは、解っている。解っていて言っているのよ、翡桜。わたしが間違っているのかも知れないし、そうでは無いかも知れないと解っている。わたし、いつでも考えているの。あなたの名付け親で、わたしの名付け親でもあったというフランシスコパパだったら、何と言うだろう、って。わたしには顔も知らないパパ様になってしまったけど。彼なら何と言うのかしら、って」

「少なくとも僕達には、優しくしてくれたんだろうね。彼は僕にも紅桜にも、とても美しい名前を付けてくれたのだし。ユーモアだって有ったと思うよ。沙羅と薊羅は両方とも香木で、夏椿に沈丁花。可愛らしかった君と僕には、桜双樹の紅と翠」

「そんなの嘘よ、嫌な翡桜。名前を付けて貰ったのは、あなたの方が何ケ月も先なのに。沙羅達みたいに双樹なの？　それに。自分の事を可愛いだなんて、平気な顔して良く言うわ。名前も、違っている」

「シスター・マルトの言葉を聞いていなかったの。紅桜？　神様にとっては、僕達は皆、一人一人掛け替えの無い大切な子供なのだって。それって、可愛いっていう事になるのに決まっているんじゃないのかなあ。僕達はキュートな双樹でしょ。嫌な紅桜」

全くもう。ああ言えばこう言う、っていうのはきっと、翡桜のような口の事を言うのに決まっている。それでも、こんなに話せるのなら、良かった。翡桜の発作はきっと、かなり治まってきたのに違いないのだろうから。そう、今は。今はまだこんなふうにして、治まってくれている。でも。この次は？　そして、その次は？

紅は、明け初めて来始めている冬の遅い朝まだきに、翡桜と自分達を襲う事になるだろう「運命」を思って、心を震わせていた。

「大丈夫だよ。僕はまだ逝かない。捜し物を見付け出さなくちゃいけないし、妹と弟の事もある。君と沙羅達のためにもまだ逝かないから、安心していて」

紅は、秘っそりと溜め息を吐いた。翡桜は紅以上に敏いので、うかうかと泣き言等は考えられないし、繰り言を考える事等は、以ての外であったのだ。そういう点では、翡桜と紅、沙羅と薊羅は似た者同士なのだった。

ダミアン神父（パパ）は、わたし達四人のそんなところも嫌っていた。嫌っていたのか恐れていたのか、今となってはもう解りはしない事だけど。

だけど、と紅は翡桜に微笑んでみせてから、思っていた。人魚姫が、愛を求めて泣いたみたいに。わたし達四人の名付け親に成ってくれたというフランシスコ神父様なら、こんな欠片（かけら）だらけのわたし達を知ったら、憐れに思ってくれるのではないかしら。泡になるのを、止めてくれるのではないかしら……と。

「そんなに簡単に逝かれて、堪るものですか。良い？　翡桜。あなたはわたしと来年の春も、又、桜を尋ねて歩いて廻るのよ」

翡桜は、ふっと遠い声になる。

「名にし負わば、だね」

「そう。いざ言問わむ都鳥。さあ、もう少しだけ寝（やす）みましょう」

そうだね、紅。君はいつでも、そうして優しい。でもね。来年の春の話は、約束をしない方が良さそうなんだよ。本当は、まだ心臓が酷（ひど）く痛んでいるのだもの。ごめんね、紅。僕は君に、何もしてあげられなかった。せめて今一度の春を君と迎えられたら、とは願っているのだけどね。尋ね人の一人はもう、たったの五歳で逝ってしまっていた、という事が解ったのだし。桜巡りをしたくても、余り時間が無いかも知れないのだよ。哀しいけれどね、仕方が無い。僕の心臓は、これでも頑張ってくれたのだからね。泣かないでおくれよ、紅。「我が想う人はありやなしや……」と、いつ迄も泣いたり、桜の下を尋ね歩いたりするのは、止めておくれよね。桜は、人の心を狂わせると言うだろう？　僕は、見たくない。桜狂女か桜官女か、桜精姫のようになって、泣きながら、恋いながら、来る春毎にさ迷い歩くだろう、君の姿を……。

紅は、翡桜の思いを悟って心の中で泣いていた。

「しづやしづ　しづのをだ巻繰り返し
昔を今に　成すよしもがな……」

紅と翡桜は、それぞれの想いを歌に託して胸に収めて、眠った振りをした。口に出せない祈りなら、只黙って天への風に乗せて、飛ばせてしまった方が良いからだ……。

その頃、長野県でのK町に近い別荘地、N町の修道院では、朝ミサを立てる準備が進められていた。教会堂からは少し離れて建てられている院の敷地内で。会運営の孤児院で働く世話係のシスター達のための早朝ミサが、間もなく修道会の小礼拝堂で始められるのだ。礼拝堂は深い落葉松林の中に建っている。

シスター達は実に良く働く、とダミアン神父は考えていた。そう。実に、実に、良く働く。厳冬のN町の質素な修道会で。簡素な造りの、孤児院で。何日か後に迫ってきているキリスト降誕祭の準備に備えて祈り、備えて、働く。子供達のために。教会のために。そしてもちろん、神のために。

日本人の大多数が、意味も無く浮かれて騒ぐクリスマス。神を信じていてもいなくても、互いに贈り物を交わし合い「メリー・クリスマス」だとか「ハッピークリスマス」だとかと言って、ケーキや飲食に贅沢をして喜ぶ、クリスマス。

「彼等」の多くがクリスマスの本当の意味を理解しているとは、ダミアンにはとても考えられなかった。何故なら「彼等」はクリスマスが終ればすぐにも年越しを祝い合い、その翌日には新年を祝い合って、その次には七草を、次には小正月やら成人の日を、というふうに、次から次へと祝い、浮かれ騒いで忘れるだけだから。

喜ぶのは、良い事だ。だが、上辺だけで通り過ぎていってしまうだけの「それ」は、風に吹かれて一斉に同じ方向に靡（なび）いている葦か、野の草のように空しくて侘しい。秋から冬に掛けては葉を落とし、裸木の枝を空高く伸ばして、春の陽を待つだけの落葉松よりも、侘しく思えてしまうのだった。丁度、湯川の向こうの「魔の森」の入り口に在る、深い湖の面に立っているさざ波のように。波は、自分を波だとは知らない。自分が底深い湖に満々と湛えられている青く澄んだ水で、空と地の間を吹いていく風に揺られ、煌めいているだけだとは、知らないでいるのだ。只、寄せては返し、返しては寄せてゆくだけの波のように、徒に「祭り」の日を待ち、祝い、浮かれる事だけに熱中し、費やされていくだけの、「彼等」の日々と人生とは……。

「それのどこが悪い?」と尋かれたら、ダミアンは言うだろう。

「どこも悪くはありません。けれど今浦島のように生きるのが、余り利口だとは思えないだけです。飲んで食べて踊っていて、気が付いてみたらもう、どう仕様も無い程年を取っていただとか、もうどうする事も出来ない程に、孤独になっていただとかいう事になったりしたら、どうするのだろうと。その時、あなた方は誰を頼りにするのでしょうか。神ですか? それとも空しく朽ちますか」

「余計なお世話なんだよ。耶蘇の坊さん。俺達には立派な、八百万の神様と、仏様が御座して下さるんだ。その上更に俺達はあんた達の神様の祝い事も祝っているんだぜ。いざとなったら、どの神様にでも頼っていけるのさ」

「俺達は、まだ若い。家族も友達もいて健康な、結構な身の上なんだよ。辛気臭い面なんかしていられないね。楽しければ良いんだよ。面白可笑しく暮らしていってどこが悪いのか、教えて貰いたいもんだね」

何もかも、とダミアンは心の中で言う。

「それ」が永遠に続くと、誰が保証してくれるのですか？「それ」は一年後にはもう、終っているかも知れないのですよ。「それ」は、明日の朝にはもう、取り去られてしまっているかも知れないのですよ。その時になっても尚あなた達は、「捨てる神あれば拾う神あり」と言って、気楽に笑っていられるでしょうか。世界に満ち満ちている「不幸」に目を瞑っているままで、自分達だけが楽しければそれで良いのだ、とあなた達はいつ迄言っていられるでしょうか？　理不尽に、理由も何も無く、愛する人が取り去られる時迄？　昨日迄は健康そのものだったのに、今日病に倒れてしまう時迄？　立派な会社に勤めていたのにリストラをされて、失業する迄？　親しくしていた無二の友に、手酷く裏切られて踏み付けられる迄？　信じていた妻や夫や子、親に、或る日突然背かれたり、捨て去られたりしていたと気が付く時迄？　自分の赤ちゃんにもし障害が有ったりしたら、産まずに始末してしまえるのですか。自分自身が障害の有る身になったら、その時こそ、あなた方は気付けるのですか。「この世界」には、弱者の数が圧倒的に多く、悪霊も多くて……。弱者は祝う時も、喜ぶ時もその日限り。生命の限りと知っていて生きる、という事に。あなた達は、そういう人達の一刻一刻を考えてみた事がありますか？　健康な身体を持っていて、家族も友人も仕事もあり、その日一日を何の心配も無く過ごせるという幸運に、心から感謝をした事がありますか。一度でも良い。そのような気持でクリスマスを祝い、神に（と言って悪ければ、何事の御座しますかは知らねどもかたじけなさに涙こぼるる、の「何事」にであっても）、心から感謝をした事があるのでしょうか。悪の使い達は常に、あなた達の傍にいるのです。常に、と。

「幸運」とは、理由も無く与えられるのだが「幸福」は、異うのだ。何処かの誰かから（例えば、修道院の奥深く住んで、弛む事無く祈りを捧げてくれている修道者の執り成しや愛によって、神から。あるいは、愛する者や祖霊達の祈りによって）、贈られてくる「幸福」と、「幸運」とは絶対的に異う物だ、とダミアンは知っていた。「幸福」とは、幾らでも望みさえすれば見付けられるものなのだ。幸運には見放されている者達でも「幸福」は摑めるし、日々の中の幸せも見付ける事は出来るのだ、とダミアンは知っているのだった。経験と、教えによって……。

その人が、その気にさえなれば。小さな幸福は惜しみ無くその笑顔を向けてくれるものだし、日々、その人に喜びという贈り物をもたらしてくれもするのだ、とダミアンは解っていながら、顔を曇らせてしまうのである。本来なら、どんなに孤独の中に在っても、どれ程酷（ひど）く痛んでいる者でも、口には言えない程の苦しみの最中（さなか）にいる人にであっても、小さな幸福は見付け出せる筈であるのに。世の中にはそんな小さな「幸せ」すらも、手には出来ない者達が多い……。ほんの小さな「幸運」にさえも恵まれないで、暗い夜の道に取り残されでもしたように、悲しんでいる者達も多い。例えば。この修道会運営の、唐松荘の子供達のように。例えば、その子供達が学齢期になると、謂れの無い差別を受けたり、苛めに遭ったりし、夜毎、見廻りのシスター達の瞳からも隠れるようにして、泣いていたりするように。そして。その子供達がやっと高校を卒業し、大学に進んだり実社会に出て働こうとする時にも、歴然とした差別や蔑視を受けて、しばしば立往生してしまう時のように。「彼等」は、それでも頑張り抜こうとはするのだが、この世界は余りにも「彼等」に冷たいのだった。「彼等」は、結婚相手の親族一同とも戦わなければならないし、「彼等」に子供達が授かると、その子供達も又、「彼等」と似たり寄ったりの辛苦を強いられる事になってしまう羽目になる。「彼等」の心は安まる事が無く、「彼等」の人生は、余りにも厳しかった。

長野県N町の山の奥、秘っそりと慎ましく建てられ、其処で暮らしている子供達を例に取ってみても、こうなのだ。この町全体で、この県一県で、この日本という国だけでもこのように、無惨な位に「幸運」や「幸福」の手から取り残され、落ち零れてしまっている者達が、何と多くいる事なのだろうか。この地球全体では、一体どのくらい？　それでも「彼等」は、必死に生きようとして、脱出口を探し続けるのだ。探して、探して。探しあぐねて、涙も涸れ果てる程迄に戦い、さ迷い、力尽きては倒れて、又、起き上がる。これでもか、これでもかというように吹き付けてくる、世間の荒波という嵐と格闘し続けて、生きているのだ。唐松荘の子供達だけでは無い。そういう、口には出せない程の苦難の道を行く者達にとっての人生での「祭り」は、数える程しか無い事を、それは余りにも少なく、彼等の人生が痛みに満ちている事を見聞きをする度に、ダミアンは思ってきた。「不公平だ」と。有り余る程の「祭り」を、無意味に、無感動に只管楽しみ、騒ぐためだけに費やしてしまう、同胞達への腹立ちを思った。

「祭り」は、浮かれ騒いで楽しむためだけにあるものでは無く、分かち合い、与え合う機会のためのものであり、もっと言うならば互いに喜び合い、助け合い、愛し合うためのものであったのだという事を、思う。今、この同じ時に生かされて在る者達同士が、ほんの少しの間だけでも良い。心から互いの事を想い合い、手を差し伸べ合えるための機会だからこそ、古人達は「祭り」を祝ったのだという事をダミアンは、一人でも多くの同胞に知って欲しかった。少しでも多くの人達にこの世界の真実の姿を在るがままに見、生の儚さに気が付いて欲しかった。生が、ガラス細工の万華鏡か、土塊のように脆いものだと知って、初めて人は真実「生きられるように」とされ、生きてゆくものなのだ。無関心は、冷酷な悪でしかない。

小礼拝堂に向かって未明の中を歩いていくダミアンの足は重く、心も重かった。唐松荘の子供達はまだ眠りの中にいる。凍えるような寒さと人生の始まりの刻に、辛うじて暖かなベッドの中で寝んでいるのだ。

ダミアン神父は、祭服の上に着込んだ黒いコートの衿をしっかりと合わせる。その、コートのポケットの中に入っている手紙が、ダミアンの心を一層重くしているのだった。

その内の一通は、断り状だった。水森夏樹という、来春には高校を卒業して、何処か長野県内の企業で働きたい、という願いを持っている十八歳に成ろうとする少年への、何通目かになる体の良い断り状だったのだ。又断られたと知ったら、夏樹はどれ程深く傷付く事だろうか。それを思うとダミアンは、シスター・マルトやシスター・テレーズ達にさえも、夏樹が拒絶された事を伝えるのが、辛かった。「水森夏樹」といっても夏樹は、紅（べに）と血の繋がっている姉弟（きょうだい）という訳なのでは無かった。只、唐松荘で育てられる子供達の中には、姓名さえも不明な者達が時折り居るという事なのだ。その子達には「兄弟姉妹」として、便宜的に「水森」か「湯川」という姓が与えられてきたというだけの事なのである。「水森」という名で紅の事を思い出してしまったダミアン神父は、溜め息を吐きながら、落葉松林の中の小道を曲がって、瞳を上げた。

あの子は今でもわたしを恨んでいるのだろうか、と胸を刺すような痛みを覚えながらも、幼気（いたいけ）ない子供だった頃からの、紅を思う。紅は、温和な可愛らしい子供だった。けれども。人とは、外見からではその真の姿は、解らないものなのだ。ダミアンは思い、黒々として不気味に蠢いている、湯川の向こうの「魔の森」を見遣って、呟いていた。

「悪は有る。悪は在るんだよ、フランシスコ」

ダミアン神父は悪の存在と、人の心の無情さを信じて、疑っていなかった。彼がここまで厳格になり、辛辣な気持になってしまったのも、無理は無かったのかも知れないのだが。

ダミアンは、親友だったフランシスコ神父が好きだった。フランシスコはダミアンとは異っていて、「人間とは、善と悪が同居しているものであり、幸運と不運も、概ね公平に与えられているものだろう」ぐらいの事を、サラリと言っていたものだった。

その頃のダミアンはN町からは北へ、車で凡そ一時間程掛かる、U市にある小さな教会の司祭だった。ダミアンは東京生まれで、東京育ちの「お坊っちゃま」だった。けれど、親友だったフランシスコが一家の故郷の北の、長野県N町のこの教会に派遣される時、共に長野県行きを希望し、上申して、許可された程の仲だったのだ。二人のその仲は当地に来てから一層深まり、十年の時が流れていった。フランシスコは、言っていたものだ。

「風（神の意志。あるいは、幸福と言っても良いだろうが）は、思いのままに吹く。今持っている者は失う事を恐れ、今持っていない者は、与えられるようになると言われているだろう？　だからさ、ダミアン。君のように深刻に考えなくても良い、と、わたしは思うがね。悪は在る。だが、真の悪等、そう滅多にお目に掛かれるものでは無いと、わたしは思っているけど、違うかね？」

「違うと思うね。悪は、善と同じ様に、大から小まで、様々あるのではないかな。そして、それが人々の心に悪さをする。もちろん人の身体にも、悪は悪さをするんだよ」

「病気や、障害の事を言っているのかね。それは違う、と聖書に書いてある」

「悪霊に因って病や障りが起こる事も、書かれているのだよ。フランシスコ」

フランシスコ。フランシスコ。わたしの方が正しかった。君が突然消息を絶ってしまった後で、君の後任にはこのダミアンが遣わされたのだよ。君が何故消えてしまったのか、何処に行ってしまったのかは、誰も知らない。

だが。君と親しくしていたというあの一家迄も、いつしか霧の中に隠れるようにしてこの地から消えてしまった理由なら、解る気がする。

「あの森だ」、とダミアンは礼拝堂の冷たい、それでいて、蠟燭と、小さな電灯の明かりで暖かな空気の中に、入っていった。祭壇に向かい、十字架像に向かって十字を切るダミアンの頭の中にはまだ、あの不吉な、「魔の森」の事が影を落としていた。あの森は不気味だ。あの森は、不吉だ。あの森には、緑色の瞳をした少女の姿のデーモン（悪魔）が棲み、次から次へと人の心を惑わしたり、消息不明にしたり、死者達迄出したりしてきたのだ。だからきっとあの一家も、森のデーモンに引き寄せられたか、追い払われでもしたのだと思われてならない……。

「入れずの森」では、二十年前に多数の死者を出して行方不明者も出ているのだった。

そして。その森の北東深く、隣のK町からも離れた奥深い場所には「帰らずの山」、又は通称「桜山」という山迄、在るのだったが……。その「桜山」方面でも時折り、死者を出している……。つい三、四年前にもその「桜山」だか「帰らずの山」だかで、少女が一人、消息を絶ったままになっている、と彼は聞いていた。

フランシスコ神父も又、あの不吉な森の中、奥深くに迄も誘い込まれてしまったのではあるまいか、とダミアンは思っているし、シスター達の多くもそのように考えている様だった。魔は、悪は、存在しているのだ。少なくとも、あの森に。その奥深くの、山に。人の心と、その身体に……。ダミアンは、そう思いながらもシスター達に、

「お早う。今朝も寒い事だね」

と言った。

同じ時、そのフランシスコ元神父は（正式に退願をしていないので、この呼び方は適切では無いのかも知れないのだが）、東京の下町の、その又下町のガード下で、厳しい寒さに震えていた。

フランシスコは（この名前を、彼はまだ捨ててはいない）、白い吐息を吐いては、吸っている。そして、彼は考えている。自分の幸運と、不運とを。白い息のように。途絶える事なく……。

不運は、彼が愛して止まなかったN町の山の中の教会を去らせた事であり、幸運は、その地で彼が巡り逢った或る一家の父親と母親と、その子供達の上に有ったからである。取

り分け真一と美月という信者の夫婦と、その二人に与えられてきた嬰児とによって、彼の運命は大きく変えられてしまう事になったのだから……。

つまりは、フランシスコ元神父の幸運と不運とは、表裏一体だったという事なのだ。彼はしかしその事を、別の言い方で呼んでいた。すなわち、「神の摂理」だったのだと……。それなら何故、正々堂々と、教会の長上や親友だったダミアン神父に向かって「神の憐れみだった」と言わないで、彼は消えたりしたのだろうか？　尋ねてみる迄もなく答えは唯一つだけ、「言えなかったから」なのであった。

今のこの時代に、一体どうしたら言えるのだろうか。尋ね求めてきた、離散してしまっていた一族の者、里人達の長であった真一夫妻に巡り会えたのは、輝く白い衣を着けた人のお陰であった、等という事を。その、白い衣を着けていた人の両手両足に、生々しく痛ましい、赤い傷跡が在ったという事も。そして、その人のお告げの通りに、真一と美月夫妻の間には、やがて一人の子供が与えられて、きたのだった。

「神のお告げを聞いた」両親とフランシスコは、その嬰児の瞳の色に希望を抱いたのだ。元々は「パール」と呼ばれていた筈であるその嬰児に、両親に請われて彼は、名前を付けたのだった。心から、喜んで……。「美咲」と。

「あの時の赤ん坊は、もう二十六歳に成る筈だったのか……」

と、フランシスコ元神父は、寒さに震えながらも呟いているのだった。

N町から消えた彼が向かった先は、一生戻る事は無いと決めて出た生家のある、高崎の先の山奥でも無く、当時は兄が一家を構えていた、新宿近郊のお屋敷街でもなかった。フランシスコは、東京都内の観光名所を案内して廻るはとバスの運転士として就職をするために、真っ直ぐに、まず自動車教習場に向かっていって、大型バスの免許を取得したのである。フランシスコ、ダミアン共に四十六歳の年の事だった。神父のままでいる限り、フランシスコは「その人」の御言葉には、従えなかったのだから……。

フランシスコ元神父は、現代の教会でも「神の出現」だの、「神のお告げ」だのと言い出したりしたら、どの様な扱いを受けるかを良く知っていた、という事情も有った。そんな事を言ったら、良くても「夢か幻だったのに決まっている」と言われ、普通で「ノイローゼ」と。悪くすればダミアン神父のように、「悪魔に欺かれている」だとか、「可笑しくなった」だとかと言われて、散々頭の中味を調べられ、弄くられたり探られたりを、されてしまう……。その挙句に、「休養しろ」とか何とか言われて、更に辺地に飛ばされるか、逆に神学校に呼び戻されて、再教育をされるかするのが、落ちだった。フランシスコは、それでも嘘は言いたくなかった。彼は、神に「会った」のだ。その事実に就いては、一切の嘘を言う積りにはなれなかった彼は、進退窮まって、黙って逃げるより他に道が無かったのである。フランシスコは、N町と教会からは逃げ出してしまった。けれども、神から逃げた訳では、決して無かった。逆なのだ。

彼は神に従い、神がこの現代においても今も尚生きて働いている、という事実を大切に抱いて生きるためだけに逃げて、一族の者を捜して廻った。何故なら神は彼、フランシスコに、

「春を待ちなさい。桜の花の下で、あなた方は揃うだろう。あなた方の一族は、東京に集うのだ。此処ではない。東京の桜の下に行きなさい。あなたは其処で、再びわたしに会うだろう。探しなさい。そうすれば見付かる」

と、告げたからだった。白い衣の人は、又、告げた。

「わたしは憐れむ。わたしはその故にあなた方を導いて、再び一つの船に乗せるだろう」

と……。

フランシスコは肩を震わせて、笑っているかのようにして泣いていた。二度目に会った時、「その人」は、確かに彼にそう言ったのだ。

「わたしは憐れむ」と。だから、その憐れみによってフランシスコとその一族の者達を、東京の「桜の下」に集め、「再び一つの船に乗せるだろう」と、告げてくれたのである……。

神に仕えている聖職者が、神に出会って「良き知らせ」を受ける事。「それ」は、その者にとっては、口では言えない程の歓びであるのには、違いなかった。けれども。その、文字通り「天にも昇る程の喜び」を、その人は長上にも、親友の神父にも打ち明けられない、という事になってしまったら？

それこそ「それ」は、天から落とされる程の苦痛と悲哀に、他ならない事だろう。

「さくらの民（注：「上巻」の巻末）」について説明出来る言葉を持たなかったフランシスコは、逃げ出した。

その頃には、親友だったダミアン神父よりも親しく、近く、無二の友となっていた真一と美月夫妻にのみ「それ」を打ち明け、互いに喜び合い、互いに抱き合って、一つの「約束」をした後で。

フランシスコ元神父は、泣いていた。

「東京の桜の木の下で」と言われた彼はすぐに、途方に暮れる事になってしまったのであったから……。

「それで？　その桜の樹とは、東京のどの辺りにある桜なのでしょうかね」

と、真一と美月に尋かれる迄も無く、フランシスコにもその事が、良く解っていたからだった。

「東京の桜の下に行きなさい」と言ってくれた「その人」は、肝心要の「何処の」桜の樹であるかと迄は、教えてくれなかったのである。

「その人」が言ったのは、

「探しなさい。そうすれば見付かる」

という事と、

「あなたは其処で、再びわたしに会うだろう」

という事だけだったのだから……。

フランシスコと真一、美月達は祈り、相談を重ねて、一つの結論を出すより他に無かった。すなわち「花の都」とも呼ばれる東京で少しでも多くの「桜の花の下」に立つためには、それなりの職に有り付かなければならないだろう、という結論を。それで……。

フランシスコ元神父は観光バスの運転士へと、運良く「転職」を果たしたのだ。運が悪かったのは、彼の後に続いて「必ず東京に向かう」と約束していた山崎美月と真一が、事情が有ってとうとう彼の下には遣って来られなくなってしまった事である。だから……。フランシスコはたった一人切りでこの二十年以上を、来る年来る年、満開の桜の下を走り廻って来たのだった。花の盛りは短く、桜の名所と桜樹は、数え切れない程に多く、東京都内に有ったので。花の都は、桜の都でもあったのである。

フランシスコ元神父は老いて、バスの運転士からは退職をする事態に至る迄になった。それから後、今年の春先迄の事は、余り思い出したくはない。フランシスコが今思っているのは、ダミアン神父の事だった。

ダミアン。ダミアン。君はやっぱり間違っていたよ。わたしの方が正しかったと言う積りは無いが。風はやはり、思いのままに吹いていていたのだ。幸運も不運も、同じ一つのコインの表と裏のようだったよ。幸福も不幸も数え切れない程見てきたが、それも、一つの夢のようだった。人生は、一つの夢なのだ。天を往く鷲（神・キリスト）の見ている、一つの壮大な、創造の物語の中の夢でしかないのだよ。そこには、善も悪も無い。在るのは唯一つの、「わたしは在る」と言われている方の、愛と憐れみだけだった。「あの方」の憐れみがわたしに伴っていてくれなかったなら、わたしはとっくの昔に死を選んでいた事だろうよ。解るかね？　それ程にわたしの「待ち時間」は長く、それ程迄にわたしの「持ち時間」は、少なかった。君もそうだったのではないかね、ダミアン。君にとってもこの二十六年間は、孔子が見ていた蝶の夢のようなものだったのでは、ないのだろうか。異うと言うのなら、謝るよ。君に黙って「其処」を立ち去った事も、併せて謝る。

わたしの後任に、まさか君が選ばれるとは考えてもいなかったのでね。それとも、君の方で「それ」を志願したとでも、いうのだろうか。今となっては、もうどちらでも良い事なのだろうがね。「其処」での任務は、さぞかし辛い事だろう。わたしにとっては天国の前庭のようだった「其処」が、君にとっては地獄の前庭にいるかのように辛いという事ぐらいは、解っているよ。唐松荘の子供達とその周辺の人々の織り成す人生は、君にとってだけでは無く、わたしにとっても、わたし達の前任者やシスター達にとっても、岩の上の蛇に咬まれるようなものだったからね。黙って消えたわたしを恨んでいるだろうか？　それとも、許してくれているのだろうか。心配しなくて良い。わたしは何も気にしていない。

君には謝るが、君がわたしを許してくれてもくれなくても、わたしは気にしない。

　何故ならばだね、ダミアン。

　神は、わたしを許してくれているのだし、君にも良くしてくれている、とわたしは知っているのだから。君は、確かに苦しいだろう。だが。その苦しみが君を育てて、鷲の道（神の道）に導いていってくれる事を、わたしは祈っている。蛇の道（悪魔の道）には、気を付けていってくれよ、ダミアン。「理不尽」だとか、「不平等」だとかだけに目が行き過ぎていると、知らない間に蛇に咬まれてしまうからね。嫌、余計な事だったかも知れないな。君は良く遣ってくれているよ。そうだ。「とても」とは言われないからといって、怒らないでくれよ。ダミアン。わたしが「とても」とは言わない理由なら、君には心当りが有る筈だ。それともそんな事はもう、忘れてしまったのだろうか。いずれにしても、お互いに年を取った。君は神の家の中で、神と共に。わたしは神の家からは遠く離れて、それでも神の憐れみに縋って……。

　今のわたしを見たら、君は何と思うのだろうか。わたしは年を取った。必要以上に年を取ったんだよ、ダミアン。「待つだけ」の、「探すだけ」の人生とは、易しいものでは無かったからね。ましてや、一人で捜すのは……。

　フランシスコ元神父は、冬の早朝の寒気と自分の流していた塩辛い涙に噎せて、身を震わせた。ガード橋の上を、轟音を立てて下りの始発列車が通り過ぎていく。

フランシスコは、思う。「あの時」の、あの子供の事を。あの子供が今生きていてくれたら、どんなにか励みになってくれた事だろうと。あの子供は逝ってしまった。二十六歳の春も、二十二年も前に。たった二十四歳の若さで、あの子は、死んでしまったのだ。もう十七歳の春ももう迎えられない所に、行ってしまったのだ。

フランシスコには、その事が哀しかった。あの時の、あの、パールの瞳をした、与えられてきた子にもう一度会えたなら……。叶わない願いに焼かれて、彼は咳き込む。フランシスコの身体は長年の無理が祟って、ガタがきているのだった。

フランシスコ元神父が寒さと熱意（失意でもあったが……）に焼かれて震えている時、同じその町では一人の男と四人の青少年達が、まだぐっすりと、あるいは寒さに震えて眠っていたのだった……。

高沢由布は眠れないままに、身動き一つしないで、柔らかな羽毛布団に包まれて、ベッドの中にいた。夫の敏之は午前三時頃になってから、漸く書斎から寝室に戻って来たのだ。が、妻である由布の寝顔に触れる事も無く、ツインになっている自分のベッドの方に行き、さっさと眠ってしまったようだった。由布は思う。いっその事本当に浮気でもしていて、外に女でも「囲っている」と言うのなら、余程すっきりするというのに、と。由布は、敏之が憎かった。

　高校三年生の六花は父親を不潔なダニのように避けているし、中学三年生の敏一は、敏之の言動を内心では酷く嫌っていた。そして、由布の父である浩一と母、珠子とは二人共口を揃えて、敏之の酒癖の悪さ（度を越して飲むという訳ではないのだが、時折剣呑な迄に無口になったりする）に、陰では眉をひそめたりしている時はある。だが、お手伝いの風子にさえも敏之は、その正体を悟らせてはいない。

　けれども、由布には解っているのだった。夫の心はもう、とうの昔にこの「家」の中には無いのだという事が……。由布一人に対して、というのでは無かった。敏之の心は六花と敏一に対しても、義父母である浩一と珠子に対しても、上辺だけの「お愛想」以上の何物も持っていないように由布には思われていて、久しい。

「外に、女がいるのだわ」と、由布は思ってはいる。だけど。だけど、この人は尻尾を摑ませない。悔しいけれど「疑惑」の影さえも、皆には感じさせてはいないのだもの。わたしに対してだってそうしているのに決まっているわ。上辺はね、理想の夫婦のように振る舞ってみせてくれてはいる。妻想いで、子供想いで、働き者で。理想の婿のように内外に対して、上手に取り繕ってくれてはいるわ。あら。婿という言葉は禁句だったのだわね。でも、そんなの可笑しくて、笑っちゃうわ。幾ら高沢姓を名乗ってはいても、実質上は、この「家」の婿なのですもの。そのぐらいの事は敏之には良く解っていた筈だし、今だって嫌になる程良く理解している筈なのよ。違う？　それにしても、あれはどういう事なのかしらね。「変人クラブ」って、何の事なの？　嫌だわ。女では無いのなら、敏之は一体何に引っ掛かっているというのかしら。ううん。ダメよ。この人には、騙されない。この人が、心底わたしと子供達の事を想ってくれていると言うのなら、わたしはもっと幸福な筈ですもの。こんなにも空しくて、こんなにも淋しくて、こんなにも遣り切れない、捕らえ所のない心許無さと物悲しさで、眠れない夜を過ごすなんていう事が、ある筈等無いと思うもの……。

由布は、淋しくて哀しく、空っぽだった。

敏之は、寝室の中では由布と、他人も同然だったのだ。他の誰にも見せない顔で、由布を見てきた敏之……。十年以上も、と由布は固く瞳を瞑る。いいえ。もしかしたら、それ以上かも知れない。由布は、考え続けていた。敏之と心が通じたと感じていた頃の事さえも、全ては吹き過ぎていってしまった風のようにしか、今では思えないという事を、考え続けているのだった。

だから。由布は今夜も一人で酒を飲んでいる筈の、敏之の書斎の扉の前に忍んで行ったりしたのである。夫が酒を飲むためだけに、わざわざ書斎に籠もるような男では無い事を、由布は知っていたから。皆に遠慮をしたり、気を使ったりして書斎に籠もるのではないのなら、夫は其処で一体何をしているのだろうか、と由布が不審に思うのも無理は無かった。

「一人だけになりたい」というような、繊細な神経の持ち主であってくれたなら、由布はどれ程救われた事だっただろうか。けれども、敏之はそういう種類の男では無いという事を、由布は身をもって知っている。

書斎の扉の前で、ドアをノックしようかどうかと、由布は迷っていた。言い訳なら、幾らでも有ったのだから。例えば……。

「この所毎晩遅かったのだし、早くお寝みになったらいかがですの」

だとか、

「今晩は酷く冷えますから、風邪でも引いたらいけませんわ」

だとか、何とか。

六花と敏一に対しても、もう少し接する時間を多く取って欲しかったし、父と母に対しても、

「たまには一緒に、外で食事でもどうですか」

程度の事は、言ってあげて欲しかった。でも、その前に。妻に対して、

「仕事が忙しくて、構ってやれなくて済まないな」

位の、優しい嘘の一つも言って欲しい、と由布は思っていたのである。そして、そんな自分が惨めになった。

ドアを叩く事等、止めよう、と思った由布の耳に、敏之の良く響く笑い声が、届いてき

てしまったのだ。家では、決して聞いた事のない、その笑い声。

「ハハハ……。良く言うよ、君も。俺は浮気性なんかじゃないよ。病気でも無い。一本気で忠実な、家庭第一の男だと知っている癖に」

良く言うのは、あなたじゃないの。由布は思って、気分が悪くなりそうになってしまった。

敏之の話している相手が女性だと、嫌でも解らされてしまったからなのだ。相手は誰なの？　と由布は思った。まさか、あの水森紅さんではないでしょうね。そうね。そんな筈はないでしょう。幾ら何でもあんな、自分の娘のような若い娘さんとだなんて。でも、解らないわ。あの娘は、いつかもあなたの車に乗っていた事があるし、どうしてなのか家のすぐ近くに住んだりしているのですもの。あの、紅さんの家は誰が借りてあげたの？　あなた？　それともダニエルか誰かに、世話をさせでもしたのかしら？　訊きたくても、怖くて尋けないと知っているのね。ええそうよ。わたしは怖くてあなたには訊けないし、ダニエルは恐くて、口を利くのも嫌なのよ。あなたの命の恩人だという事は、良く解っているる積りなのよ。それでもわたしは、ダニエルが恐いの。あの、背が高くて痩せていて、まるで映画で見るマフィアの男か何かのように、カールした長髪を肩に迄垂らして平気でいる、彼が恐い。時々、心の奥底迄見透したような瞳をして、わたしと六花と敏一を見ている。風子や両親迄も見下しているかのような、無口で冷たい彼の、黒くて大きな瞳が恐いのよ……。

由布は、危く悔し涙を零しそうになってしまっていた。敏之は、由布や真山家の人々のそうした気持を知っている筈なのに、嫌がらせのようにしてあのダニエルを、同じ敷地の中に住み込ませ続けているのだから。

由布にはその事が我慢出来なかったのだ。

両親も風子ももう年老いてきているのだし、六花は十八、敏一は十五歳の微妙な年頃なのである。それに、わたしは……。

それに、わたしはまだ四十六歳で、まだ十分に美しいし、女盛りでもあるのよ。ダニエルが、わたしを見る時のあの瞳に、敏之。あなたが気が付いていないとは、言わせなくてよ。何故あなたは、彼をこの家に置き続けているの。何故、水森紅さんや他の社員達のように、彼を此処から出して、何処か近くのアパートか何かから、通わせるようにはしてくれないの。何故？

ダニエルが、車庫の上の部屋に住み続けている事が、由布には苦痛だった。敏之の生命を助けてくれたという男にそんな感情を抱くのは妥当では無いし、正当でも無い事は由布自身が良く解っているので、口に出す事は出来ない。けれど、口に出せない思いというものの程厄介なものは、他に無いのだった。敏之が笑っていた。

妻にも子供達にも義父母にも、決して聞かせる事の無い、屈託のない声で笑っていたのである。由布は扉の前から動けなくなっていた。

「ミューズのクリスティーヌとバーテンダーは、まだ口説き落とせないのかね。君とした事が、やけに手間取っているではないか」

「わたしの所為ではないわよ、女誑しさん。あの娘の事なら、諦めた方が良いのじゃないのかしらね。わたしの目的はあの娘達だって、どうしてカトリーヌにバレちゃったのか解らないのだけど。ともかくカトリーヌの奴に嘲笑われてしまって、こっちは良いザマだったんですからね。それにあの娘はもう、ミューズを辞めてしまったし。湯沢ちゃんは、堅気になりたいのだそうだから。仕方が無いでしょう？」

「店を辞めただって？　どうしてかな。だってまだミューズに入って二年かそこらしか、経っていなかっただろう」

「占いの館とかいうのを、オープンしたらしいの。銀座の外れ辺りの、オンボロビルの中にね。チルチルの館、とかっていうのだそうだけど。どうするの？　占い館迄追い掛けていってみる積りだ、なんて言うのじゃないでしょうね」

「チルチルの館？　何でチルチルなんだ？　チルチルは男の方だろう。あの娘なら青い鳥だとか赤頭巾だとか、ミチルの館の方が良いと思うがね。白雪姫でも構わない」

「わたしに言わないでよ。気になるなら自分で行って、直接クリスティーヌにそう言ってあげれば良いじゃないの。でもねえ。敏之さん。占い娘に興味がお有りなら、あの娘で無くても、飛び切りの占い師を演せるようになったのよ、ウチでも。もっともウチの子の方は、あの娘よりはぐんと年が行ってはいますけどね。見た目は若いし、何よりも日本風のかなりの美人なのよ。それに、ミステリアス」

「ミステリアスな占い師だって？　良いね。何処からスカウトしてきたのか知らないけど。何で今夜のウチのパーティーに、その占い師を演してくれなかったのかなあ。余興としては美人の占い師というのは、悪くないのに」

由布には、敏之が誰と何の話をしているのかは判然としなかったが、少なくとも夫と電話の相手の女性との間には男女の関係は無く、仕事絡みの話をしているらしいという事だけは、解ったのだった。それなら敏之はどうしてこんなふうに、一人切りで家人に隠れるようにして、長電話をしたりしているのだろうか？

その方が気楽だから、と思う事で由布は又傷付いて、静かにその場を離れようとしたのだった。

「演せないのよ、彼女だけではね。彼女の条件はたった一つだけだったの。お客の方を自宅に出向かせてくれるか、変人クラブの仲間達と一緒でなければ誰も覘る気はありません、とこうですもの。ね？　ミステリアスな話でしょう。ウチではとても良い条件を出していたのに」

「変人クラブって。例の変人クラブの面々の一人なのかね、その美人は。しかし、何とも解らないな。例の連中なら今日のパーティーでも、随分と良く遣ってくれていたと思うけど。あいつ等のどこが変人で、どうして変人クラブだなんていう、妙な名前で呼ばれる様になったというのかね。それに、今夜は、連中はちゃんと来ていたじゃないか。どうしてその美人占い師様だけがお出ましでは無かったのか、知りたいものだね」

敏之は興味津々で、上機嫌だった。帰宅した時の疲労感と鬱陶しさは、ひと風呂浴びてから書斎に籠もり、「摩奈」の女社長である真奈と「クリスティーヌ」の話でもしようと決めた時から、嘘みたいに消えてしまっていたからである。その「クリスティーヌ」は、真奈の前歴である銀座の高級クラブ・ミューズからは、消えてしまっているらしいのだが……。追う積りならちゃんと手掛かりは残されているのだから、焦る事は無いのだった。

敏之は、笑っていた。

長い睫毛に、黒くて大きな瞳と桜色の唇をしていた、腰よりも長い巻毛のクリスティーヌ。そのクリスティーヌは独立をして、ホステスとしてでは無く、「チルチルの館」とかいう占い館をオープンしているというのだ。それも、銀座の外れ辺りに……。そこ迄判っているのなら、敏之はいつでも「館」を訪ねていけるだろう。もちろんの事、ダニエルに自分の高級車を運転させていって、そのオンボロビルの前に車を横付けにして、停めさせるのだ。これ見よがしに。そうすれば、どんなに堅いと言われた女でも……。

真奈が、説明していた。真奈の方でも、今夜の真山建設での「仕事」が上首尾に終っていたので、気分が高揚していたのだ。

「晶子ちゃんには、今夜は先約が入っていたのですってよ。義理堅いっていうのか、融通が利かないって言うのか。とにかく、手を焼かせられはするんだけど。でもねえ、敏之さん。晶子ちゃんの占いは良く当るらしいの。それに、あのお上品さでしょう？　一度観て貰った人はこの次も、っていう事になってしまうのよね。とにかく一見の価値はありますわよ」

「あのお上品さ、と言われてもなあ。会ってもいないんだから、解らないがね。そう聞いたからにはこの次にはぜひ、ウチのパーティーにも演して貰いたいものだね。その、変人クラブ専属の、美人占い師さんをさ。ところで、どうしてあいつ等が変人クラブなのかを、まだ教えても貰っていなかったと思うがね。腕が良くて男前のバーテンダー二人に、それこそ美人でお上品なウエイトレスが二人。どこにも変わったところなんか、無いと思うがねえ」

由布と同じ年の真奈は、クスクスと笑った。敏之はその声をまだ「好ましい」と思っている自分に、気が付いていていた。

「それはね。又、今度にしましょうよ。別に出し惜しみをして言わない訳では無いのよ。話せば長くなるし、聞けばとても面白い話だと思うからなの。それでどう？」

「ああ、良いよ」

と、敏之は答えて、他の話に移っていった。

真奈が「又、今度」と言う時は「何処かで会って、食事でも一緒にしましょうよ」という話に、相場は決まっているからなのである。

だから。話に夢中になっていた敏之は、知らないままでいたのだった。別談に移っていった真奈との会話の後で、次に会う約束を彼女としていた時にはもう、書斎の扉の前からは妻の姿が消えていた事を。そのために自分が、辛うじて妻の疑惑の念から逃れ得たのだという事も……。

それが敏之にとって幸運だったのか不運だったのかは、今はまだ誰にも解らない事だった。敏之は明日（もう、今日になってしまってはいるのだが）の夜にでも、「チルチルの館」とやらに寄ってみようと思いながら、自分のベッドに潜り込んでいた。厚いカーテンを下ろした部屋の中は真の闇で、由布はもうとっくに寝入っているようだった。敏之の方には背中を向けている由布の、身体の形になった羽毛布団だけが、僅かに見分けられていた。風が強くなったようで、庭木の枝がザワザワと、不穏に騒めいているのが、聞こえてきていた。いつになく、はっきりと。

それが、自分の運命の明日を告げている音のように聞こえた敏之は、首を捻ってしまっていた。何もかも上手く行っているのだ。何も不穏な材料等、何処にも在りはしないというのに何故だろう、と。それからものの数分もしない内に、高沢敏之は深い眠りに入っていたのであった……。

沙羅達を心配している嘘吐きの翡桜が「猫と暮らしたくて」と、こっそりと覗きに行ったというアパートの久留里荘では、二年程前から人材派遣会社「摩奈」に入った「変人クラブ」の面々が、それぞれの部屋で、それぞれに、健やかな眠りについていたのだった。

下町の下町の、その又、下町のアパートで。

すなわち、水晶球占いを業とする晶子とその飼い猫、金瞳銀瞳の白いルナ。

その部屋の向こう側は、高級下着ブティックに本職を持っている霧子。晶子の部屋を挟んだ手前の部屋では、日本でもトップクラスの大学に通う、現役女子大生の奈加。

その隣の部屋が今は空室で、久留里荘の管理人でもある金子不動産が、広告を出している部屋だった。

その、鍵の掛けられていない空室の扉を上手に開けて、金子美代子の飼い猫である太った白黒猫のブーツが、秘っそりと音も無く、暗い部屋の窓の前を歩き廻っていた。ブーツは友達猫のルナに会いに来たのだったが、誰もいない部屋に「何か」を感じて、こうして入って来てしまったのだ。だが、ブーツが探していたモノ、嗅ぎ当てたと思ったモノの「影」は、もう其処にはなかったのである……。

一階部分の住人達の内二人も又、「変人クラブ」のメンバーだった。一人は「腕の良い男前」のバーテンダーである幸男。

もう一部屋には、バーテンダーとしても働きはするが、本職は「生花造り・飾り」と、「ローズティー作り・ハーブ菓子作り」の咲也が住んでいる。咲也と晶子は、遠縁の間柄だった。

残りの二部屋の内の片方には、重度心身障害者の樅（しょう）と、知的障害を持つ柊（しゅう）の、双児の兄弟達が二人で住んでいる。

兄である柊の方は六、七歳程度の知能が有ったので、彼が弟の樅の面倒を見ている事になっていた。二人の姓は、「湯川」となっているのだった。

残りの一部屋に、彼等の母親と思われる三十七、八歳の、晶子と同年輩の女性が住んでいるというよりは「通って来ている」らしかったが……。彼女の姓も名前も、誰も良くは知らない。知っているのは湯川柊と樅の兄弟だけなのだろうが、彼等は他人と同等には話せなかったし、話す事を特に好んでもいなかった。猫のルナとブーツは別だったが。

占い師の晶子には、その辺りの事情は、多少は解っているようだったが……。晶子は他人様の事を、軽々しく口にしたりはしないのである。金子不動産の「社長夫人」こと女将の美代子に至っては、謎の住人（？）と、その子供達であるらしい柊と樅に対しては「我関せず」という立場を取っていて、それを崩す積り等は毛頭無いようだった。美代子の言うところによると、こうなるようである。だが、本当のところは判らない。

「あの二部屋はね。あたし等が此処の管理を任される前から、都心のTホテルの偉いさんに頼まれて、ホテルの社宅になっていたんだってよ。何で都心の一流ホテルの社宅だか寮だかを、こんな辺鄙な下町くんだりに借りたかなんて訊かれたって、あたしは知らないね。大家の下村さんは、とっくの昔に川向こう（千葉県・市川市）に引退しちまっている事だしさ。他人様の事情なんて、知るもんかね。お代は毎月毎月、きちんと振り込まれてきているんだしさ。誰が住んでいようといなかろうと、火事でも出されない限りは、文句なんか言わないね」

実際、その二部屋の住人達は、久留里荘の住人の中では一番の古株という事になるようだった。不動産屋である金子夫妻はともかくとしても。この、たった八世帯しか無い木造の古いアパートに、十年近く住み続けている沢野晶子でさえも、彼等よりは十年も後輩という事になってしまうのだ。晶子が久留里荘に入居した時には、湯川柊と樅はまだ、八歳か九歳かそこらにしか見えなかったらしかった。問題の「社宅」の一室には、重度の障害を持つ少年達が二人。もう一室の方には、何人もの女性（若いのも三十代後半のも含めて）が、出たり入ったりを繰り返しているらしいのだが、彼女達は一号室に寝泊まりする事は無く、二号室の湯川兄弟の面倒を見るためだけに、その部屋を借りて貰っているらしいとしか、傍目には見えていなかった。

その、不可思議な借り主である「美人」には、管理人の美代子でさえも滅多にお目には掛かれないのだ、という事だった。何しろ「彼女」もしくは「彼女達」は、朝早くまだ暗い内か、夜遅くもう暗くなってからか、とにかく人目に付かない時間に限ってしか、「ご帰館」だか「ご出勤」だかをしないし、金子夫妻は普段は店の方に居るので……。

管理人等というものは因果な商売だ、と金子夫妻は考えていた。何しろ朝は早くからゴミ出しだの清掃だのをしなければならないし、夕方には見廻りがてら建物の点検をし、月末には部屋代だの雑費だのの受領をして、それを大家の下村家の口座に振り込んだりしなければならないのだから。その上、住人同士のちょっとした諍い事や相談事等にも乗ったり、首を突っ込んだりをしなくてはならないものだから、面倒臭い事この上無い、と公太と美代子は考えていたのである。だから。部屋代、雑費共に振り込みで済ませてくれていて、騒ぐでもなく汚すでもなく、玄関横にはきちんと郵便受けさえも設置しておいてくれ、何一つ二人の手を煩わせる事がない一号室と二号室の入居者に就いて、文句等を言う積りは全く無かったのであった。

心身に障害が有るとはいっても、柊は六、七歳児と同等の知能は有るそうなので日常生活に殆ど問題は無かったし、縦の方は寝た切りに近い生活で、車椅子に乗せて遣らなければ外出も出来ないしで大人しいものだった（と、皆が思い込んでいた）からなのだ。

どちらにしても一、二号室を除いて今は、真奈の言うところの「変人クラブ」の面々で久留里荘は占められてしまっている、と言っても過言では無かった。もっとも、自分達がそんな名前で呼ばれている事を知ったなら、彼等は全員、大いに気分を害する事だろう。気分を害するのには、大抵理由があるものだ。一つは、それが全く見当外れの言い掛かりであるのに反して、もう一つにはそれが、ズバリ本質を言い当てているからである事が多いからなのだが。さて。

晶子と霧子、奈加、幸男、咲也という五人組はどちらの側なのだろうか？　いずれにしても、金子公太と美代子とは、彼等が「変人」である等とは思ってもいないという事だけは、確かな事のようだった。

問題の一号室の「美人」は、今夜も自室では眠らないで、二号室の柊と樅の傍らで仮眠を取っていた。寒さが、日に日に厳しくなっていく。この冬も、無事に乗り切れるのだろうか。柊にはガスと灯油は危険過ぎるので、どんなに高く付いても、電気ヒーターしか使わせられない。エアコンは温度設定等を全て自動にしておいても、それでも一抹の不安が残るのだ。何よりもエアコンの工事をするためには、大家（管理人）の許可を求めたり、立ち合ったりしなければならないしで、設置していなかった。この古い木造アパートでは、エアコンを設置したくても小さなベランダ（つまり、物干し台）しか無かったし、フルオートの高級機種を六畳間二つに設置するだけの余裕は無いしで、不安だけが募っていくのである。せめて柊に、十歳か十二、三歳くらいの知能が有ったなら、と沙羅は溜め息を吐きたくなって、思い留まった。

柊も樅も、望んでこのような知能と身体に生まれ付いてきた訳では、決して無いのだ。それなのにそんな事を思ったりしたら、柊が可哀想。樅だってそうだわ。誰も好んで肢体不自由な、言葉も自由に話せないような身体に生まれてくる訳では無いのに、決まっているじゃないの。可哀想に。可哀想に。あたしの愛しい、柊と樅。それなのに。

ダミアン神父(パパ)は、あんた達を見た途端に「悪霊祓いをしなければ」、と言ったのよ。こんな身体に生まれ付いたのは、悪霊の仕業だから「悪」を祓って清めてあげないと、と言ったのよ。そんな馬鹿な事が、あるものですか。あんた達は、「贈り物」だったのに……。

もちろん、父親は誰かと訊かれたわ。でも、あたしは言わなかった。どうせあそこにはいられなくなったんですもの。どうせあそこでは、あんた達を受け入れてはくれない、と解ってしまったのだもの。言う必要なんて、無いでしょう？　ねえ、そうでしょう？　柊。樅。ううん、良いのよ。返事なんか、出来なくても。あんた達があたしを愛しているのは、良く解っているの。だからね。もう少しの間よ。もう少しの間だけ、我慢していてね。

あたしがきっと、あんた達を治してあげるから。今度こそ、大丈夫。薊羅は、止めなさいって言うけれど。あたしは、平気よ。インチキ宗教だなんて薊羅は言うけど、そんな事、無いの。薊羅ってば、先生に会ってもみない癖に、良くあんな事を言えるわよね。キリスト教と神道と仏教の良い所取りだけした、インチキ教祖だなんて。酷い事ばかり言っちゃって。自分で行って、見てみれば良いのよね。耳の聴こえない人が聴こえるようになり、立てない人が立てるようにされている所を……。あたし、紅も誘ったのよ、柊。樅。先生に御祈禱して頂くためにはね、もっともっと働いてお金を貯めないと駄目だけど。それだって、平気。秘密の、奥の手がちゃあんと有ったのよ。

柊。樅。いざとなったら、あたしはそれを使ってあげるわ。あんた達のためになら、何も惜しくない。あんた達のためなら、何も恐くないの。あたしは、御自分を、「救世主の再来だ」と言われている先生を信じるわ。あんた達の事を聞いて、「必ず治してあげる」と言ってくれた、太白光降先生を信じたの。ああ。柊。樅。早くあんた達二人共、先生に会わせてあげたいわ。お名前の通りに、天から舞い降りて来てくれたかのような美しい人なの。まるで、光り輝いているみたいに、きれいな人なのよ。あの先生はきっと、あたしが見た方に違い無いわ。「困っている人や病気の人を、もっともっと沢山集めて来なさい。わたしが治してあげよう」、と言える人だもの。だからなのよ。あたしが紅を誘ったのは。ノルマのためなんかだけでは、決してないんだからね。紅は若いのに、心臓が悪いのよ。

放っておいたらあの子のように、逝ってしまうかも知れないじゃないの。今、紅に迄逝かれてしまったら、誰があんた達の心配をしてくれるというの。あの子が逝ってしまっただけでも、あたし達はもう十分に辛いのだもの……。

人手とお金が、足りないのよ。柊。樅。

あたしも薊羅も、紅も疲れている。疲れ切ってしまって、いるのよね。だって。あの子は、随分と良くしてくれたんだもの。あの子のお父さんにも良くして貰ったけど。あの子も援助してくれるだけでは無くて、手伝ってくれていたのよ。手伝ってくれたのに！

沙羅は、二年前に突然逝ってしまった、紅と同じ年の十一歳も年下の「妹」の事を思って、涙ぐんでいた。夜が、明けてきている。

沙羅は身体を起こして台所に行き、手早く柊と樅のための朝食と昼食の支度を整えた。冷蔵庫の中の決められている位置に、昼食の分を入れておく。朝食は小さなダイニングテーブルの上に、それぞれのトレーに載せて並べて置いてゆく。薊羅も自分も、食事は社食で済ませるようにしているので、調理に時間は掛けないでいられた。沙羅達には他にするべき事が山程あったからなのだ……。

「ママ。今度はいつ来るの？」

柊だった。

いつの間に起きて来たのか、パジャマの上に分厚いセーターを着て、下にはジャージのパンツを穿いている。黒瞳勝ちの大きな瞳に、黒く描いたような眉。色白の肌に、薄く桜色を差したような頰。赤い唇。

柊と樅は母親似で、きれいな女顔だった。けれども。と、沙羅は微笑んでしまった。それでも柊と樅は、十九歳に成る男の子なのだ。柊の頰と顎の辺りには薄く、柔らかな髯が少し伸びてきているのが判る。

「又、すぐに。でも心配しなくて良いのよ、柊。ママはいつでも傍にいるから。それ迄は樅を眠らせておいてね。ママも少しは眠れるように」

「そんなの無理だよ、ママ。樅がいつ起きるかなんて事、僕には分からないんだもの」

「そうだったわね、柊。それじゃ、樅が起きてしまったら、良い子良い子をしてあげて、泣かせないようにして頂戴。大きな声で騒いだりしないように、見ていてね」

「痛い、痛いって泣くんだよ。どこが痛いの、って尋いても、イアイしか言わないの」

「そうよ。可哀想ね、樅は。樅が痛いって言ったら、やっぱり良い子良い子をして、手と足を摩ってあげていて。ママはすぐに帰って来るから」

柊は、少しの間何か言いたそうにして、沙羅を見ていた。

「何？　何かあったの？　柊」

「ううん。でも。ミーはいつ来てくれるのかなあ、って思って」

「ミーは、死んだと言ったでしょう？　柊。ミーはもう、死んでしまったの。天のお国に還っていってしまったから、もう此処には来られないのよ。前にも、そう言った筈でしょう？」

「でも。ママ。ミーは昨日の暗い時、学校の庭に立っていたんだよ。暗くて、はっきり見えなかったけろ……。ミーみたいだったのに」

沙羅は、哀しくなった。他人をミーと見間違える程、柊もあの子を好きだったのだろう。二年も前に逝ったミーを、まだ柊が憶えている筈は、ないというのに。沙羅は思う。

「ボランティア」なんて呼ばれたがっている人種なんて、何の役にも立たないわ。「お話し相手」だとか、「お買物の手伝い」だとか「お散歩のお手伝い」だとか、言うだけで……。良くても「お料理を少しだけ」とか「お洗濯物の取り入れぐらいなら」だとか、言っているだけだもの。そんな、毒にも薬にもならない人間は、要らないのよね。こちらが欲しいのは、一緒に「汚れてあげても良い」、と言う人だけ。汚れ仕事（掃除や洗濯、風呂場の後片付けや食事の世話。そして、後片付け。痛い、と言って泣く樅の身体を、「愛をもって」摩ってくれる人。恐れからでは無く、自己満足からでも無く、愛の心で柊と樅の傍に居てくれて、十九の樅の鼻水を拭く事も厭(いと)わない）を、一緒にしてくれる人だけが真のボランティアなのだ、と沙羅は願っていたのだ。けれども。

けれども、そんな人はいなかった。きれいなドレスやスーツを着て、香水か何かを付けた匂うようなおば様達か、「そういう仕事なら、お金を出して、ヘルパーでも雇った方が良いですよ。わたくし共は只のボランティアですから」と言うようなおば様達には、嫌という程お目に掛かりはしたけれど。

ヘルパー？　ヘルパーだって、駄目よ。彼女、彼等達は、柊の知能が六、七歳しか無く、樅はロクに言葉も言えないのだと解った途端に「アパートの鍵を寄こせ」なんて言うもの。それにね、高いお金を取られる上に、毎回手続きのために、あたし達の手を煩わす。中には二人を苛めたり、あからさまに馬鹿にしたりする人達も、いた事もあったし。

その点、紅とミーは異っていたわ。あの子達は、自分の本当の身内にするかのようにして、柊と樅の面倒を見てくれたのだから。柊が、ミーを懐かしがるのも無理は無い。あたしだって、あの子が恋しくてならないもの。

沙羅は、柊をしっかりと抱き締めて、揺すってやった。柊は揺れながら熱心に、沙羅を見ている。

「柊が見たのはきっと、別の人だったのだと、ママは思うわ。さあ、もう一度ベッドに入って。もう少し、眠っていて。ママは行くけど、すぐに帰って来るからね。いつもの通りよ。ママは行って、すぐに来る。だから、ヒーターには触らないで」

「分かったよ、ママ。バイバイ」

「バイバイじゃないの。行ってらっしゃい、よ。柊」

柊がベッドに戻るのを見届けてから、沙羅は滑るようにして、隣の一号室に帰っていった。身支度を整えている間にも、東の空が少しずつ明るくなってくるようで、沙羅は焦っていた。上りの二番電車に乗らないと、勤務シフトに間に合わないのだ。

だから、沙羅は気が付いて遣れなかった。

「ミーとは別の人だったのよ」と言われた時の柊の、哀し気で、それでいて頑なな、反抗的とも言えるような眼差しに。そして、柊と樅を残してきた部屋の中に、猫のブーツが探していた「モノ」がいた事に……。

今、「ソレ」は沙羅の部屋にいて、柊のために薊羅に向かって走り書きを残している彼女の影の中に、秘(ひ)っそりと立っていた。

ソラへ。お疲れ様。
柊が、昨夜ミーを見ただなんて、変な事を言っています。
話を鵜呑みにしたりしないでね。二人共、人恋しいだけなのよ。
あたしは今夜は（も、かな）、遅くなります。
出来たら紅を連れて、太白先生の集会に行って来たいので……。
それじゃ、もう行きます。少しでも眠ってね。良い夢を。　サラ。

下りの始発電車の行く音を遠く聞きながら、沙羅は駅に向かって急いで歩いた。寒かった。夜明け前が一番冷えると言われているのは本当だ、と思いながらも、走るようにして冷たい風の中を行く彼女の姿を、満足そうに見送っていた「モノ」は、猫のブーツとルナの唸り声に辟易（へきえき）して、十二月の明け初めた空の中へ、暗い夜の方へと消えていったのであった……。

沢野晶子は愛猫のルナに「外に出してよ」と鳴かれて、起こされてしまっていた。そしてその十数分後には、ルナとブーツの物凄まじい唸り声によって、久留里荘のそれぞれの部屋で眠っていた面々は、吃驚して跳ね起きる事態に迄、なってしまったのである……。けれども。

ルナとブーツが揃って唸り声を上げたのはたった一度だけだったので、それぞれは、それぞれに寝惚け眼を押さえ、擦りながらも又、暖かいベッドの中に潜り込んで、すぐに寝入ってしまったのだった。十二月下旬の、明け方の寒さに首を竦めて……。

晶子だけは飼い猫のルナの帰りを待って、白っぽくなってしまった顔色で起き上がっていた。

「嫌だわ、怖い」

と、晶子は呟いて、自分の胸を両の腕で抱くようにする。部屋の中が、凍えるように寒いような、変な気持がして……。晶子の部屋は、どんなに寒さの厳しい夜でも「凍えるように冷える」、等という事は、決して無かったのだから。今朝方迄は。

帰って来たルナを、窓を開けて部屋の中に入れてやりながらも、晶子は考えていた。何か、悪い事が起きなければ良いのだけれど、と……。晶子の予感は当るのだ。晶子には、それが怖かった。

紅は、翡桜の身体がいつまで待っても暖まってこない事が、悲しかった。一人ぽっちで、翡桜に取り残される時を恐れている紅の心は寒く、眠りは浅くて短かった……。紅は大好きな翡桜のためならと、沙羅の言う「太白先生」の所に、祈願に行ってみても良いような気持になり始めていたのである。一度だけならば。そう。一度ぐらいなら、その人に会ってみても良いのかも知れない、と。沙羅はその人を評して、こう言っていたのだから。

「それは、美しい人なのよ。輝くような黒髪が巻いていて、肩に迄掛かっているの。白い肌に映える黒い瞳と、男らしい口元。とても良く通る声で、お話をされるの。後光が射しているようだって、皆が言っているわ。輝く羽を見たという人も、いるのよ」

その人はそれで、どんな御様子をしているのかしら。あの、六歳の夏の終りに「見た」時と変わらず、白い衣で銀の鷺のように、「天の道」を真っ直ぐに渡っておられるのかしら。解らないわ。沙羅はあの時、十七歳だった筈だけど。それでも、その人と「あの人」が、同じ人かどうかを言えないのだもの。だから、「再来」だなんていう、変な言葉を使うより他には、無いらしいのだもの……。

紅は、「肩に迄掛かっている長い巻毛」と言っていた沙羅の言葉に、ふいにダニエルの事を思い出してしまって、心を痛めた。同じ様に長い巻毛を肩の所迄垂らしているとはいっても、ダニエルが「その人」のように、人々に好意をもって迎え入れられる日は、多分来ないのだ。ダニエルは、この異邦の地で、たった一人ぽっちなのだわ。あの、ダニエルの、暗く刺すように翳っている瞳。紅は祈った。

昨夜、車の中で彼のために祈っていた時のようにして、祈るのだった。どうかダニエルの瞳に、明るい笑みの浮かぶ日がやって来ますように、と。そして、翡桜のように暖かく、優しい心を取り戻せますように、とも。何故ならば、あの「生きた夢」の中ではダニエルは、とても柔らかな心で泣いていたのだから。だから、ダニエルは翡桜とわたしに似ているの……。

「紅桜。何を思っているの。誰の事を祈っているのかな。少しは眠らないと、身体に障るよ」

「嫌な翡桜。あなた、又、わたしの心を読んでいたのね」

「嫌な紅桜。心なんか読まなくてもさ。君が祈っている時は、僕には解るっていう事を、忘れてしまったのかい？」

「忘れていない。それなら、わたしにだって解るのだもの。お祈りしている時の翡桜は、とても良い香りがしていて、切なくなる程よ」

「今の君が、そうだったんだよ。紅桜。君は暖かくて、君影草の花のように良い香りがしていたんだ。読心術師ではなくっても、すぐに解ってしまう位に、良い香りだった」

「読心術だなんて、古いのね。翡桜。今はね、そういうのはテレパスと言うの。あなたみたいな人の事よ。わたしの、兄さん」

「僕は、テレパスなんかじゃないけど。紅桜の心なら、読めるかな。そうだね。君はいつものように、僕と沙羅達の事を想っていた。それから、誰か男の人の事を。淋しくて哀しい男の人の事じゃないのかな。当り？」

紅は、ぐっと詰まってしまった。これだから、と紅は嫌になる。これだから翡桜には、隠し事も何も出来ないのだわよね……。

「当ったような、当らないような、かしらね。淋しくて哀しい男の人では無くて、淋しくて怒れる人の事を考えていたんですもの」

「例えば？　例えば、そうだね。ダニエルの事だとか。違った？」

「嫌な、翡桜。解っているのなら、訊かないでよ」

「嫌な紅桜。解っていないから、尋いたんだよ」

紅は、頬を染めてクスリと笑ってしまった。

翡桜の、こんな所が、わたしは好き。何もかも解っていて、わたしの悲しみと恐れを何気なく他に持っていってくれてしまう、翡桜が好き……。

翡桜も、紅のそんな顔を見て嬉しそうに笑んだ。

「淋しくて、怒っている人のために祈ってあげるのは、良い事だと思うよ」

紅は、微笑む。ふうわりと、花の蕾のように笑む。

「もう良いの。もう、お祈りは終ったわ。ねぇ、翡桜。それよりも、あなたのアパートの事なのだけど。今から他を探すよりも、もう少しの間だけ、此処から摩耶に通えないかしら？　少し遠くて、不便だけど。こんなに押し詰まってきてから寒い中を歩き廻るのは、良くないと思うの。年が明けたら、わたしが心当りを探してみるから。それでは駄目？」

「そういつも、紅桜の世話になってばかりはいられないよ。君、柊と樅の所にも、ちゃんと行ってあげているんだろう？　ねえ、妹よ。僕は大丈夫。自分のアパート位は、一人でも探せるよ」

此処には、翡桜はもう居られないのね。ううん。そうでは無いのだわ、きっと。翡桜は、アパートだけを探したい訳じゃないのよ。翡桜が本当に探して歩きたいのは、離散してしまったという、一族の人達なんだわ。見失ってしまった人達。夢の恋人。手掛かりを失ってしまった、尋ね人……。

そして。そして、愛しい妹と弟さんの近くに行きたくて行かれないでいるのに、違いない。違いない。

「ヤだな。紅桜ってば。僕の心を読んだりするのは、止めておくれよね」

りよ」

「ヤだわ。翡桜ってば。わたしにそんな事は出来ないって、知っている癖に。言い掛かりよ」

「嫌な紅桜。愛を知っている者は、愛する者の心ぐらいは簡単に読めるんだって、知らなかったの」

「それって、わたしが兄さんを愛しているって言っているのと、同じじゃないの。変な翡桜」

翡桜は、柔らかな眼差しをして、フッと微笑った。

「愛にも色々沢山あるんだっていう事は、良く解っている癖に。変な、紅桜。もちろん君は、僕を愛してくれているのに決まっているじゃないか。兄としてはね、そう思いたいのだよ。妹よ。僕も、君を愛しているからね」

「本当の妹さんのようにして？　それとも沙羅達のようにして？」

紅は、尋（き）いてしまってから唇を噛んでしまっていた。そんな事には、誰も答えられはしないのに。訊く方が、間違っている。間違っている……。けれども、翡桜は優しかった。

「本当の妹と同じように。沙羅達とも同じで、違うようにだよ。紅桜。君は、僕の宝物なのだからね。宝物で天使のバーミリオンは、誰とも違っていて、誰よりも大事な人なんだよ。君が好きだ。紅桜。君が思っている以上に僕は、君の事を大切に想っている、と思うよ」

まだ薄暗い部屋の中で、翡桜の低く、掠れた柔らかな声に包まれて、紅は幸福だった。これから先の事は、知らない。でも、今は……。でも、今は唯このように、翡桜の優しさに包まれていたい。愛する人の傍に居て、その人の心と身体のために祈り、寄り添っていてあげたい。

紅は、話題を変えたくなかった。いつ迄でもこうして、翡桜の優しい、思い遣りに満ちている声を聴いていたかった。でも、それは駄目……。

「解っているわよ、兄さん。あなたの気持は、知っている。だから、わたしも言うわね。さあ、もう少しの間だけでも、眠って頂戴……。お薬がもっと要るようなら、お水を持って来てあげるから。わたしも少し眠りたいの。翡桜。あなたのお薬の中には、眠り薬は無いの？」

翡桜は、わざとのように眉を寄せてみせた。

「嫌な紅桜。眠剤がある事位は、良く知っているのに。其処の小机の下の引き出しの中だよ。でもね。今頃そんな物を飲んだりしてしまったら、慣れていない君なんかは、一日中起きられないと思うよ。涎を垂らしている寝顔の紅桜なんて、想像出来ないけど良いの？」

「嫌な翡桜。それなら、わたしは止めておくわよ。あなたは？　まだ苦しいのでしょう？　今、お水を持って来てあげる」

紅に隠れるようにして、翡桜は小さく咳き込んだり、そっと心臓の辺りを押さえたりしているのを紅は見兼ねてベッドの中から滑り出てしまっていた。翡桜は、素直に紅の差し出したエビアン水で薬を飲み、空になってしまったその袋を、紅に渡して言ったのである……。同じ種類の薬袋がもう一袋だけ、ベッドの脇の小机の中に、まだ残っていた。

「ねえ、紅。君は嫌だろうけど、その薬の袋を持っていてくれないかな。もし……。もしもの事だけど。今度、又僕が倒れたりして、君と連絡が取れないようになってしまったりしたら、の事なのだけどね。その時には袋書きにあるその水穂医院に、電話を入れてみて欲しいんだ。君の事は、ママとパパに折をみて、話をしておく積りだからね。又、発作が始まってしまったのだから、準備だけはしておかないと」

「紅」、と翡桜に呼ばれた紅は、パッと顔を上げて、彼を見詰めてしまっていた。翡桜が、自分を「紅桜」とは呼ばずに「紅」等と呼ぶ時は、それこそ良くない徴なのだから……。

翡桜の瞳は静かで、暖かな色を湛えていた。

「悪いのね。思っていたよりも、ずっと悪いのね」

紅は、うわ言のように呟いていた。

「そんな身体で摩耶にお勤めするのなんて、無理よ。そんな身体で、アパートや人を探し歩くなんて、無茶よ。兄……さん。お願い。わたしの家に来て。前から言っていたように、あの家に来て。二人で住みましょう。その方が」

「良くないよ」

と、翡桜は嫌になる位に優しい声で遮った。

「あそこは、ヤバイからね。だって、この頃は時々、沙羅がいきなり来たりするんだろう？　今僕は、沙羅と鉢合わせは出来ないのだから。紅桜。それに、君の言うところの、淋しくて怒れるダニエルも来るようだし。君と僕が二人で暮らしているなんていう事が彼にバレたら、社長にもバレてしまうよ」

「追い出されると言うの？　そんな事は無いわ」

紅は、憤然とした口調で言い返していた。

あの家は、紅の隠れ家なのだから。誰の世話にもならずに（沙羅には、保証人になって貰いはしたけれど）、自分一人で探して、自分一人の力で借りて、今迄過ごして来たのだから。真山夫妻の世話にもなっていないし、もちろんの事、社長の高沢にも由布にも、何の世話も掛けたりはしていなかった。だから。

もし万一にでも、二人が一緒に暮らしていると誰かに知られたとしても、紅は一向に構わない、と思っていたのである。それだからこそ紅は、これ迄にも度々翡桜に、同じ様に言ってきたのだったから……。けれども。そうね、と紅は思う。

「追い出されたりはしないけど。沙羅とバッタリの可能性は、有るかも知れないわ。何しろ沙羅ったら、わたしを勧誘するのに夢中みたいなんですものね……。昨夜だって、勝手に集会に申し込んじゃったみたいな事が、留守番電話にあったのよ」

翡桜は、露骨に嫌な顔をしてみせた。

「あの、何とかっていう、変な宗教の所になの?」

「ええ。再来教団っていう所。何でも其処の教祖とかいう人がね。救世主の再来だとかって言っているらしいの。信者達も沙羅も、それを信じているみたい。特に沙羅は、柊と樅の事があるから、尚更みたいよ。薊羅は、心配しているわ。インチキ臭いと思っているの」

「紅桜は、どう思っているのかな」

「わたし? わたしには、解らないわよ。翡桜。でもね。それは美しい人なのですって」

「あの人」みたいに? と、翡桜の瞳が尋いていたので、紅は頷いた。「あの人」に会った事のある沙羅が、そう言うのだから。きっと、その教祖という人は、輝くように美しい人である事には、違い無いのでしょうね、と……。

けれども翡桜は、何とも言えない頼り無気な顔をして、紅を見詰めてから、口籠る。

「その……。再来教とかっていう、変な教団の教祖なんだけど。何という名前だと沙羅は言っていたのか、覚えている? 紅桜」

「覚えているわ。太白光降先生とかという、変わった名前だったもの。彼、信者を増やしているのよ。物凄い勢いで。そういえばね。ホラ、あなたの以前の勤め先だった藤代勇介事務所の川北さんだとか、社長の友達の、吉岡弁護士の花野奥（かの）さんだとか迄が、信者の中には居るらしいの。大きな声では言えないけれど、大手芸能プロダクションの社長さんだとか、政治家や元華族の誰それさんだとかって、沙羅は言っていた気がするわ……」

翡桜は、益々嫌な気持になってしまったようだった。

「ねえ。紅桜。そんなの、変だと思わないかな。有名人や身分の高かった人や、財産家に政治家？　そんな人達にだって、確かに悩み事や苦しみはあるだろうけど。けど……。もしもその教祖が本当に、神の再来だというのなら、の話なんだけどね。彼は、そうするかな？」

「いいえ。彼はそういう人達の所によりも、貧しい人達や、病気の人達の所に行くでしょう」

「そして。その人がもしも彼なら、紅桜と沙羅と薊羅の所に、それから僕の所にももうとっくの昔に来て下さっている筈だと思わない？　僕には、その教祖自身と教団が、何だか拝金主義の偽物宗教のように思われてきてしまったよ。それに……。それに」

「それに、なあに？　言ってよ翡桜」

翡桜は、酷（ひど）く言い辛そうな様子をしていた。紅は、そんな様子をしている翡桜を、これ迄一度も見た事が無かったので、胸が騒いだ。

翡桜は、言う。

「沙羅が、本当の事を見抜けなくなってしまったのだとしたら、それは愛のためなんだと思うのだけどね。紅桜。ホラ。久留里荘には三年ぐらい前から、柊と樅と同じ年頃の、男の子と女の子が入居しているだろう？　それからだと思わないかな……。沙羅の様子が、余計に追い詰められているように見えてきたのは。それ迄の沙羅はそんな風じゃなかった……」

紅は、ア、と思ってしまっていた。そうなのだった。沙羅は、元来思い詰め易い質だったけれど。けれどもあの、今年二十歳を迎えるらしいその若い男女が、転居して来る迄の沙羅は、もう少し落ち着いた様子をしていたように思われる。もう少し穏やかで、涼しい瞳をしていた。

「それじゃあ、あの。それって、翡桜。沙羅はあの若い咲也君と奈加ちゃんの二人を見て、柊と樅の将来を悲観してしまったとでも言うの？」

翡桜は、哀しそうだった。

「異うよ。紅桜。逆だと思うんだ。沙羅は、多分、あの二人が羨ましかったのだと思うよ。若くて健康で、知力と体力に優れていて、友人達がいる、あの二人がね。柊と樅には与えられていない物を、あの二人はうんと沢山持っているのだもの。沙羅が、せめて柊と樅にもあの二人のように、友達が持てたらだとか、もう少し幸福になって欲しいだとかと思ってしまったとしても、仕方が無いような気持はするんだけど」

でも。それだって変だ、と翡桜は考えて、咳き込んでしまっていた。柊と樅は、それこそ「天使」なのだ。紅と同じように……。天に属する、神の「特別な子供達なのだ」、と翡桜は信じていたし、沙羅と薊羅もその事に就いては良く解っていた筈であったのに。自力で暮らせない柊と樅には、生涯に亘って人の（それが母親であっても、他人であっても）世話を受ける事が、必要なのである。手間隙を掛けて貰うだけでは無くて、何よりも愛情を必要としている、柊と樅。愛を受けて。愛に頼って。愛を注がれるためだけに生まれてきたような、柊と樅。そして、愛を受けるためにだけ生まれ付いてきた子供達は、自分の周りで生きる人達の中に在る愛を、嫌でも大きく育んでくれてしまうものなのである……。本人達は、何も知らなくても。本人達は何も知らないままだからこそ、愛を呼び覚ましてくれる天使であるのだ。その事を、沙羅も良く理解をしていた筈だったのに、と翡桜は思っていた。

もしも。沙羅のそんな憐れみ深い、一途な愛情を利用しているか煽り立てて、変なような事を（例えば、柊と樅は治るべきだとか、治せる筈だとかと）、言うような人がいるのだとしたら、それは少なくとも、正しい人では無いのだろう。何故なら……。その人間は沙羅の、そして薊羅や純粋な心の柊の心の平和と、神への愛と信頼を惑わせて、「道」に迷わせてしまっているのだから。貧しくても、不自由でも、それなりに幸福に暮らしてきた筈の沙羅の心に、「欠乏感」という、不幸の種を植え付けてしまった……。

そこまで考えて、翡桜は慌てて、首を振ってしまっていた。そんな筈は、無い。そんな馬鹿な事を考えるなんて、僕はどうかしているのだ。

でも。それでも気に掛かるのは、その名前だ。

「何を考えているの？　翡桜。急に怖い瞳になってしまったりして。嫌だわ。確かにね。沙羅はきっと、あの若い二人を見ている内に、変なように希(のぞ)みを持ってしまったのだと思うけど……」

声に出して言って、紅はゾッとしてしまった。

希みを持ったのでは無く、持たされてしまったのだとしたら？　叶う事の無い願いを持たされて、沙羅の心が少しずつ狂っていってしまっているのだとしたら、どうなるのかしら？

まさか。そんな筈はないわ。そんな筈は無い。だって。沙羅は、神様を知っているのですもの。その沙羅が、そう簡単に「誰か」に騙されたりなんか、する筈はないわ。嫌だ。わたしったら、何を考えているのかしらね。翡桜の様子が何だか少し変だからといっても、わたしがこんな事を考え付く理由なんかに、ならないのに。

翡桜は、紅の瞳を見て微笑んでみせた。

「ヤだな、僕ってば。眠っていないものだからね。変な事ばかり考えちゃうみたいだよ。紅桜、君が僕で、エスメラルダ（ノートルダム・ド・パリのヒロインで無垢な娘）みたいに思えてきてしまった。気を付けて。再来教には、近付かないようにしている方が良いと思うよ。それでね。沙羅の事も出来るなら、その教祖と教団から、引き離してあげてやってくれないかなァ……。ああ。クソ。僕があんな事をしなかったら。僕は、自分で沙羅達を助けにも行けるのに。でも。僕はもう、行けない。紅。君に頼むより他に、無いんだよね。アレ。又、変な事を言っているんだね。ヤだな」

「翡桜ってば。大丈夫？　さっきから、何だか変よ。嫌ね。沙羅達を助ける、ってどういう事なの。薊羅は、平気よ。柊と樅だって関係ないのだし……。アラ。嫌だわ。翡桜ってば。柊と樅迄再来教に関わるようになるとでも、言う積りなの？　行ける筈が無いでしょう？　二人共、沙羅が連れていかない……限り……。嫌だわ。翡桜。あなた、何を考えているの？　エスメラルダ？　止してよ。それは、あなたの事でしょうに。イカレたの」

「嫌な、紅桜。僕は寝惚けているだけなのに。随分とキツいお言葉なんだね。だけどねえ。僕は、どうしても気に入らないのだよ」

「沙羅の熱心さが？」

「うん。熱心は、狂信に繋がっていくような気がしてさ。それと、もう一つ。その大先生の名前が、気に入らないんだ」

「薊羅のように、イカサマ宗教の教祖らしい名前だとでも、言う積りなの？　会って見もしないのに、あなたらしくないわ。翡桜。沙羅が聴いていたら、泣くかも知れない」

「泣くぐらいで済めば、良いと思うけど……」

と翡桜は暗い瞳をして、紅を見ていた。

「太白というのはね、紅。中国でいう金星の事なんだよ。金星。明けの明星。暁の天使」

その上……。おまけにソレが降って来るという名前だなんて、絶対に可笑しいのだ、と翡桜は思う。暁の天使は「降る」のでは無くて「墜とされてしまった」のだから。大天使ミカエルに。神に反逆して戦いを挑み、大天使ミカエルの率いる天使軍と戦って敗れ、地獄の蛇に墜とされてしまった黒い天使、暁。まさか。まさかね……。

紅には、翡桜が何を言っているのか、解るようで、解らなかった。金星は、解るのだけれど。それは、明けの明星であり、宵の一番星でもある、一等星。それは、暁。暁の天使って？　何なのよ、それって。それって。ソレって……。嫌だ。

「嫌だわ。怖い。変な事を言うのは、止めてよね。翡桜。あなた、変よ。そんな事が有ったりする筈が、無いじゃないの。意地悪な、翡桜」

翡桜は、ほんのりと笑んで、又、咳をした。

「だからね。さっきから、言っているだろう？　僕は寝不足で、頭がスフレになってしまっているんだって。それなのに、意地悪だなんて言うなんて。紅桜の方が、意地悪」

そう言いながらも、翡桜は願っていたのだった。

全ては、自分の思い過ごしであってくれますように、と。世の中には、自分の子供に「悪魔」なんていう、恐ろしい名前を付けようとしたピーマン頭の親達が、いたりもしたそうなのだから。だから、自分で自分に「太白」等という御大層な名前を付けて、おまけに「降った光」なんていう落ち迄付けようとするような、イカレポンチがいたとしても、不思議ではない。

不思議ではないのだけれど。どうしても気に掛かって、仕方が無いのであった。沙羅と薊羅にもしも何かが起きたりしたなら、柊と樅はどうなってしまうのだろうか。それどころか「ソレ」の悪意が、柊と樅に迄も及んだりしてしまったりするなら？　もしも「ソレ」が愛おしい紅を害するような事にでもなってしまったりしたら、どうしたら良いのだろうか。自分は、動けない。そして、自分達だけの「力」でどうにか出来るというような、相手では無いのだ。翡桜は、大天使ミカエルに向かって祈った。

愛する姉妹達と、その子、柊と樅の無事を。その「イカサマ宗教」に取り込まれてしまっているらしい人達の、魂の救いと無事を。自ら進んで「悪」に手を貸し、「悪」の取り巻きとして一役買っているだろう、哀れな人達全ての救済を……。愛する人の御名に頼って、願ったのだ。

「ソレ」もしくは、「ソレ達」と戦えるのは、神御自身と神の御母マリアと、大天使ミカエルと、神の兵士である神父達しか、いないのだから……。

翡桜は、祈った。震える心と願いをもって。

愛するフランシスコ神父様。わたし達の名付け親であり、今は行方も判らない神父（パパ）。あなたの名付け子達と、その子供二人に、危険が迫っているような気がして、仕方が無いのです。どうぞ、わたし達のために、祈っていて下さい。取り分け、可哀想な沙羅と紅のために。紅は、「アレ」（アレが、もし本当に太白等と名乗って、この日本に来ているのなら）を、まだ見た事が無いのです。沙羅と蒯羅も。柊と樅も。わたし自身もまだアレに、正面切って出遭った事迄は、ありません。けれども。わたしには沙羅達や紅よりも強く、「アレ」の存在を信じる理由が在るのです。そうして、その理由に就いては、フランシスコ神父様。あなたにも良く解っておられるという事を、わたしは知っているのです。祈って下さい。どうか。あなたの子供達のために、どうか……。

神の僕フランシスコが、長野県N町の教会から消えていってしまってから、二十有余年が過ぎ去っていってしまった今になっても、翡桜は、フランシスコ神父の名前を忘れてはいなかった。

神に直接祈る事は、一番大切な友と語らうようなものだという事を、翡桜は良く知っていたし、紅と沙羅達もその筈であった。けれど。危険が身近に迫っていると思われる時には、一人でも多くの「味方」が居てくれる方が、心強い。それとも、それは間違いで、頼るべきなのは神御一人だけの方が、良いのだろうか。力在る神だけの方が……。

翡桜には、解らなかった。神であるキリスト御自身が、「互いに愛し合いなさい。互いに祈り合いなさい」と、言われているのだから。

そうして、その一方では、神のみが共に居て下さるなら、それで「十分なのだ」という事も、翡桜は知っているのだから……。紅も、それは知っている。紅に「アレ」はどれ程に狡猾であり、どれ程に恐ろしく、どのようにして人の心を惑わすのかを詳しく話して、怯えさせる積りには、翡桜はなれなかった。そうでなくても、紅は今迄十分に傷付き。深手を、負い易いのだ。怯えて沙羅に、強く何かを言ってしまうかも知れないし。

そうではないかも、知れないのだけど。もしも。「アレ」が本当に、神の「再来」を騙っているのなら、もちろんの事、何としてでも構わない。さっさと沙羅を、再来教団とかから引き離して欲しいと思うけど。けれども、確信が持てないのだった。

酔狂な物好きや本物のイカレポンチは、「アレ」の名前を名乗る真似位は、平気でする事だろうから。どちらにしても、と翡桜は重くなっていく頭の中で、考えていた。

紅をそのイカレ教祖には、近付けない事。そして。成るべく早い内に沙羅も、そのインチキだかイカサマだかの教団から脱けさせて、離してあげる事だ、と……。

紅は、強い薬を二度も飲んで、漸く眠りの中に引き込まれていく翡桜の唇が、微かに動くのを見守っていた。

「紅桜。逃げて」

と、翡桜は言い、それから、

「ああ。ラプンツェル。パトロ。ローザ。ジョセ……」

「済みません。お水を落としてしまいました」

と、言ったようだった。

紅は愛する翡桜の、細くて冷たい指先に触れてから、そっと握り締めて言った。

「ねえ。翡桜。わたしは、逃げない。何から逃げろと言ってくれたのか良く解らないけど。わたしはあなたを残して逃げたりはしないわよ。ねえ、聴こえている？　翡桜。あなたの妹のラプンツェルは、もう逝ってしまったの。パトロは、きっとその内に見付かるわ。でも。ローザとジョセって誰なの？　あなたは時々、色々な変わった名前の人を呼ぶのね。その人達も、あなたの夢の中の人達なの？　あなたの大切な、一族の人達なの」

紅の話し掛けている言葉に呼応するかのようにして、翡桜は呟く。涙色の声をして……。

「ごめんなさい。お水を、落としてしまいました」

紅には翡桜のその声は、絶え入るように哀しそうに聞こえた。その証拠のように、翡桜の長い睫毛の下から、涙が一筋溢れて落ちていったのも、見てしまったのだった。

紅は、震えた。翡桜は、多分仕事の夢でも見ているのだろう、と思って、泣いてしまいそうになってしまったからなのだ。

二年前に一度倒れた翡桜はその所為で、もう以前の勤務先である「藤代勇介事務所」には、復帰が出来なくなってしまう事になった。国会議員であった父親の勇の地盤を受け継ぐのと同時に、支持者達と東京事務所と、高級住宅街に構えていた邸宅も受け継いだ勇介の「事務所」に、翡桜は、何とかして潜り込むのに成功したというのに。翡桜の就職のためにと裏からそれとなく支援をし、手助けをしたのは、水森紅だったのであるが。紅は、高沢敏之と藤代勇介、吉岡勝男の三人の動向を「秘書」としての立場から、良く摑んでいたので、そのような事も出来たのではある。だが、そうかといって、別に不正を働いたという訳では無かったのだ。紅は、知っている限りの情報を、翡桜に話して遣っただけの事だった。国会議員の「事務所」に潜り込む等という離れ技を遣ってのけたのは、もちろんの事、翡桜一人の才覚だったのである。

翡桜は、其処で良く働いたようだった。気難しい性格の勇介を軽く去なしていたようだったし、連日の如く開かれていた「会議＝資金集め兼、有権者達の御機嫌伺い」においても、見事な手腕を発揮していたようだ、と紅は聞いていたし、見て、知ってもいたのだだから……。翡桜は其処で、いつの間にかパーティーの切り盛りさえも任されるようになっていった。パーティー客達と藤代一族の繫がりも、翡桜は完璧に把握していたのだ。

接待会場を何処にするかという大事な話は、勇介の秘書の一人である川北大吾が、決定していたらしかった。けれどもその後の段取りは、大方、翡桜に任されて、他の「社員」やアルバイト生達に、割り振りをしていたという話だった。翡桜は、詳しくは言わなかったのだけれども、高沢と藤代、吉岡の近くにいた紅には、その事が手に取るように解ったのだ。

招待状の発送から始まって、最後の方では即席の仲居紛いの「お運び」と片付け。そしてバーテンダー擬きの仕事迄、翡桜は、器用に熟(こな)していたようだった。翡桜は、身体は弱かったけれども、その分頭の回転速度は凄いのだ。回転が速いだけでは無くて、翡桜の瞳と耳と頭脳とは一度でも「見て聞いた」事は、記憶庫の中に収(しま)い込んでしまうかのようだった。その上愛想が良くてとびきり美しかった翡桜を、ボスの藤代勇介が好ましく思うようになっていた筈だ、という事も、紅は知っている……。

けれども。その翡桜はもう、何処にもいないのだ。今の翡桜は身体の弱さを隠し、「愛のために」手を染めてしまった罪から逃げ、それでいながら尋ね人を探し続ける事を諦めてはいない、美しい逃亡者なのである……。

その翡桜が、泣いている？　泣きながら、「水を落としてしまった」という細(ささ)やかな事を、繰り返して、誰かに向かって謝罪している？　それも、魂の底迄も震わせるような切な気な細い声をして……。

紅には、翡桜が誰に対して謝っているのかが、解らなかった。何処の、誰に、翡桜は「水を落としてしまった」事ぐらいの失敗を、どうしてこれ程に哀しみ悔んで、謝り続けているというのだろうか。紅は、自分の知らない翡桜がどれ程沢山居るのかを思って、涙ぐんでいた。愛する翡桜の心とソウル（魂）の傷が、痛ましくて愛おしい。

その紅の心の耳に、翡桜が愛して止まないさくらの歌が響いて、満ちてくる。さくら恋歌、さくら歌。せめてあなたが、わたしの愛する兄さんの痛みを、慰めてあげて……。わたしの大切な翡桜の哀しみを、和らげてあげてやって頂戴。さくら歌……。

紅は、悲しくて浅い眠りの中に、願いの中に引き込まれていった。十二月の早朝の、まだ陽が昇る前の薄明の下で……。

紅も眠ってしまうと、翡桜の古いアパートの一室の中に、三体の人間のような、影のような美しいもの達の姿が、浮かび上がって見えるようになった。碧玉の瞳を持つ、五歳位の幼女とプラチナブロンドとブロンドの、輝くように美しく、スラリとした二十歳ぐらいの双児の男と女のようなもの達の姿が……。「彼等」は、ずっと「此処」にいたのであった。紅が、彼等が「消えた」と思ったのはそれこそ間違いで、「彼等」に依ってそのように、思い込まされてしまった結果に過ぎなかったのである。「彼等」は、そのような「催眠術」が、得意中の得意だった。だから、紅が忘れてしまっているのを責める訳には、いかないのだろう。過日、紅が「彼等」をこの部屋の中に、招き入れてしまったのである。

そして、その事さえもすっかり忘れさせられてしまい、翡桜の記憶も消されているのだ。

今、その紅が悲し気な様子のままで眠りについたのを見届けたその「もの」達は、愛おしそうに翡桜と紅を見詰めていてから、静かにその部屋から立ち去っていこうとしていた。

幼い女の子の、切れ切れな声が訴え掛けている。

「早く、帰りましょう。パパと、ママの所に……」

双児の男女の声が、重なる。

「手を出して。おチビ。急ごうね」

「手を出して。おチビ。もうすぐ陽が昇ってくる」

三体のもの達が手を取り合った後には、青い陽炎か霧のような渦巻が、凍えるような風の中に入り、消え去ってしまったのであった。

さくら歌が、その風の中からか霧の中から、遠く微かに響いて、聴こえてくる……。

　さくら　さくら
　弥生の空は　見渡す限り
　かすみか雲か　匂いぞいずる
　いざや　いざや　見にゆかん

「兄さん。あの子の身体、もう駄目なのね」

「妹。そんな事を言ったら、おチビが泣くよ」

その二人の会話を聴いていたのは「おチビ」だけではないようだった。眠っている筈だった翡桜と紅も又、夢の中で「彼等」の話だか声だかを、聴いていたのだったから。もちろん、「彼等」が歌っていた哀切な調べのさくら恋歌も、二人の夢の中にはっきりと届いていたのであった。例えそれが、二度とは思い出せない、優しく懐かしいような夢だったとしても……。


ダニエルの「夜明け前」は、誰のものとも異っていた。

ともすれば恐い顔になってしまいそうなダニエルの前には、調子良く喋っている藤代勇二が、坐り込んでいたからなのだ。ダニエルは、勇二には散々な目に遭わされてきたのである。だからダニエルは、早く勇二に「消えてしまって貰いたい」、と願っていたのであった。願っていると言って悪いのなら、「呪っている」と言い換えても良い位強く、ダニエルは勇二の「消失」を望んでいたのだ。それなのに勇二は一向に、ダニエルの前から消えようとは、してくれそうに無い。

あの時のように、と思い掛けてダニエルは、思わず長い巻毛の中に指を入れて、モシャモシャと掻き回しそうになってしまうのだった。

「あの時」、勇二は土下座をするばかりにして、ダニエルに頼ってきた。「あの時」、勇二の執こさと哀れさに負けてダニエルは、駄目男のために便宜を少し図って遣った。「あの時」、俺がした事はたった一つだけだった。それは、この男の頼みに負けて、この男をほんの少し救けて遣っただけの事だったのだ。只、ほんの少しだけ……。それだけの事の筈なのに。サクラメント州立大学の大学院を出て、ドクターコースも修了し、医師国家試験にも合格していた俺の人生から、「ドクター」の称号が剝奪されてしまう羽目に迄なってしまったのは、誰の所為だったと思っているんだ、勇二。クソ。みんな、お前の所為だったのだからな。椿の都のサクラメントで起きた事は、全て。

ダニエルは、自分の瞳を見ないようにして話し続けている勇二を、睨むようにして見詰めていた。「もう忘れた」、と思っていはしてみても、実際に当の勇二がこうして瞳の前に現れてくる度に、ダニエルの心は恨みがましくなってしまうのである。こいつの所為で俺は、海を渡ってはるばると、島流しの流刑に遭わされるためにこの日本という素敵な国にやって来させられたのだ。この、ちっぽけな島国は、素敵な所だった。何しろ同じ日本人か、アメリカ人（彼等の言うところのアメリカ人とは、白人種だけに限っての話だった）以外の人間に対しては、猿以下の扱いを平気でするという、とんでもなく素晴しい偏見を持っている人間達ばかりしか、ダニエルの前には現れて来なかったのだから。ダニエルは、考え続けてきた。

それでも、サクラメント（カリフォルニア州の首都）やロスでのヘイト（憎悪・偏見）に比べたら、この国の人々の方がマシなのかどうかという事を。身体の隅々に迄染み付いてしまう程に、彼は考えたのだ。

「確かに」、とダニエルは胸の中のマリアに囁いていた。マリアというよりは、紅にだったのかも知れなかったのだけれど。紅は、乾き切ってしまっている荒れ野に降った、優しい雨のようだった。人を恋う心に渇き切った男の心の中に降った、熱情のように熱い炎の雫のようなものだったのだろう。ダニエルは、未だに紅の瞳を見ていたからである。

親しい友人か、家族の誰かを見送るようにして、自分の姿を見送ってくれていた紅の、明かりの中に浮かんでいた細いその身体。まるで、百年も前からの知人か隣り人のように、何の気負いも無く、何の衒いも無く、唯、真っ直ぐに、唯平らかに、ダニエルの瞳を見上げていた時の紅の白い顔が、ダニエルの心から離れてくれようとは、しなかったものだから。そうして、紅は。そうして、紅は、マリアにとても良く似ていたのだった。そう。特に穏やかで涼しい、それでいて時折り夢見ているように遠くもあった、紅の大きな瞳が……。

瞳が……と考えて、ダニエルは僅かに首を振っていた。紅がマリアに似ていると思うなんて、俺の頭はどうかしているのだ、と。その時ダニエルの考えたのは、だから、紅とマリアの事だった。そして。二人と関係している、憎悪と偏見と、無関心に就いての事だったのだ。

無関心そのものであるという事と。無関心を装うか決め込むかして上手に偏見を隠す事の、どちらの罪が重いのだろうか、と。そして、そうした人々の中で昂然と頭を上げて生きていこうとするのと、ヘイトの中で暴力（身体にも心にも）を受けて尚、心高く生きるのとでは、どちらがより一層「草臥（くたび）れてしまう」人生なのだろうか、と。ダニエルには、解らなかった。

解っているのは、たった一つだけなのだから。

つまり、こういう事だけであるのだ。

旧アビシニアで代々続いてきた家柄。土地の首長であり、医師であり、僧侶でもあった家柄の。モーゼ、ダビデ、ソロモンと、連綿として続いてきた家系の最後の生き残りである一人の男が破滅して、今はしがない用心棒兼運転手として、他国で生きているという事実。

それも、冷視と蔑視と、無視の真っ只中においても唯一人、正気を保って生きている、という事実だけであったのだ。

それもこれも、元はと言えば皆、こいつの所為だったのではなかったか。イエス。そうだ。こいつの所為に違いなかった。只、ダニエルにとっては運が悪く、勇二にとっては幸運だった事は「その時」の勇二には、悪意等は全く無かったという事なのだった。勇二は、ダニエルを落とし入れよう等と、決して考えてはいなかったのだ。もちろん、ダニエルを「巻き込んで」結果的に彼の「ドクター」の称号を取り消させてしまおう等とも、企んだりはしていなかった。「それ」は、結果だった。「それ」は、結果だ……。

勇二は「あの時」には極度に困り果てていて、追い詰められてもいただけだった。ダニエルがサクラメント州立大学の医学部に入学を果たしたのは、十八歳の時だった。彼は成績も良く、何よりも努力を惜しまずに勉強をし、難関を次々に突破していったものである。

「誰のためにか？」なんて尋かないでくれ、とダニエルはいつも数少ない友人達には、答えていたのだが。答えは、たった一つだけしか無かったのだった。只一つだけの、口に出しては言えない答え……。

それは、訊かれる迄もなく、言う迄も無い事だった。それは、唯一人の女の願いに応えるためだけの事だったのだ。その女の名は、マリア。美しく、優しく、一途でもあったマリア。マリアは、長年の無理（というよりは、無念）が祟って、無惨に病み衰えていったのだ。

静かに。音も無く。マリアの病は、進んで行っていた。誰にも知らせず、知られる事もない間に……。

それで良かった、とダニエルは思おうとしては、失敗してしまうのだ。「良かった」と思えれば、俺も幾分は救われるだろうに、とダニエルは呻くようにして、苦い杯を飲み込んで胸に収めて、生きて来たのである。だから。だから、マリアの事は忘れてしまおうとしてきたし、実際にそう「出来た」とも思っていたのに。それなのに。紅が、勇二が、マリアを想い出させる。可哀想なマリアを俺に、想い出させる……。

「クソったれめ」ダニエルは、害意も悪意も無いままに、自分の経歴に深く傷を付け、結果的には何もかもを無益なものにしてくれた、無学な勇二に向かって心の中で毒づくしかないのだった。そう言ったからといってダニエルを、学歴差別主義者であるとは、思わないで欲しい。ダニエルは只、怒っているだけなのだ。勉強が苦手で、何処かその辺りの大学を適当に出て、適当な会社に就職をし、適当な女と結婚でもして、適当な人生を送りたかったと言っていた勇二の、ノンシャランな人生哲学をでは無く、その父親の勇と、兄の勇介に対して……。

藤代勇という父親と、勇介という、勇二よりも十歳も年上の兄とが、勇二を駄目にしたのだから。のんびりと楽しく人生を送りたかったという、野心の欠片も無い勇二を、ダニエルは内心では好ましくも、羨ましくも感じていたものだった。何故ならダニエルには、「マリアの望みを叶える」という、途方もない「野心」という名の、重荷が有ったからだったのだが……。

けれど。そのマリアは、今はもういない。ダニエルには、父親と兄の「世間体」だか「虚栄心」だか「利己心」だかの犠牲にされて、日本の二流大学から半年でサクラメントに「飛ばされて」来た、勇二という名の哀れな男が居るだけに、なってしまっていたのであった。そう。つい昨夜迄は。昨夜というよりは今日の午前零時過ぎから未明に掛けての、凍えるように寒い、短い時間の前迄は……。

紅。紅。君は俺に、俺も人間だったという事を、俺も一人の男だったという事を、想い出させてしまったのだ。あの、暖かな灯りを見る前の自分には、俺はもう帰れない。

君が噂通りの女だったとしても、それも関係の無い事だ。ダニエルは、紅を見詰めていた。勇二との事等、それこそクソ喰らえだ。

紅。君は、俺を拾ってしまったんだ。飢え切って、渇き切っていた心の男を、拾ってしまったんだよ。君には、それが解らないだろうがな。紅……。

十八歳でサクラメント州立大学医学部の一年生に編入されてきた勇二は、気の毒な位の落ち零れになってしまう事になった。それは、勇二の所為では無かった。英語をロクに話せず、読めもしない勇二を、サクラメント州立大学の医学部等に「放り込んだ」、父親達の方が悪いのだ。勇二は、吐き捨てるようにして言ったものだった。

「金だよ。金の力で何でも出来ると思っていやがるんだ。金で入れて、金で出す。ケッ。本当にそんな事が出来ると思っているんなら、自分の方が医者にでも何でもなれば良かったのにさ。俺には無理だっていう事が、あいつ等には解らないときているんだ。クソ。日本に帰りたいや。こんな場違いな所になんか、いないでさ」

勇二には、助けが必要だった。そしてダニエルには、勇二の父親が払ってくれるという、「個人教師代」が必要だった。それで、上手く行っていたのだ。ダニエルが医師の国家試験に合格し、大学院のドクターコースもいよいよ修了して、晴れて「ドクター」を名乗れる日の来る時迄は……。

その時、勇二はまだやっとサクラメント州立大学の医学部を卒業出来るかどうかという瀬戸際迄しか、進んでいなかったのである。その年。最終試験をクリア出来なかったなら、勇二は否応無しに「退学」という事にされてしまうという事態に迄、追い詰められてしまっていた。必要な期限内に、必要な単位を取れるという事が出来なくては、嫌でも「自主退学」という措置が取られてしまうのは解り切っていた事だったから……。

勇二は、それでも頑張ったのだ。ダニエルの助けを借りての事だったとはいえ、英語も読み書き出来なかった勇二が何年もの間、辛い「勉強」を耐え抜いたのは、「半分」事実だった。後の半分はどうしたのかだって？「それ」は、勇二の奴に訊いてくれ。俺はその事を考えるのも、思い出すのも、もう御免だからな……。

それよりも俺は、あの美しい娘の事を考えていたい。俺の心に灯りを点してしまった、あの質素な古い家に住んでいる、若くて清楚で、真っ直ぐな瞳の娘の事を考えていたいのだ……。ダニエルは自分が、深い井戸の中に落ちてしまったのだとは、まだ知らないでいた。

貴族制度に反撥した農民達や貧民達が煽動されて、遂には暴動が起こり、血で血を洗う争いの後に遣ってくる国境紛争という名前の泥沼に、父祖達が気付くのが、遅過ぎた時のように。ダニエルには、水森紅という「噂の女」が、自分にとっては爆弾である等という事は知る由も無かったからである。

それと同じようにしてダニエルはこの時、今、自分の瞳の前で、上辺だけは調子良く、それでいてどこか不安定な様子で喋り続けている勇二が、とんでもない「爆弾」を抱えて来たのだ、という事にも勿論、気が付いてはいなかったのだった。ダニエルは、知らない。勇二の「爆弾」は、紅と翡桜と、更には沙羅達の人生さえも吹き飛ばしてしまうばかりでは無く、ダミアン神父の人生も、翡桜の新しい養親達の人生も、久留里荘に「集結」している「変人クラブ」の何人かの人生をも、見事に吹き飛ばしてしまうような代物なのだという事を……。勇二の「爆弾」の威力はそればかりでは無く、もっと凄まじいものであるという事も、ダニエルは予想さえしてはいなかった。

もっとも、それはダニエルに限った事では無かった。

ダニエルの瞳を見ないようにしながらも、友と呼べ、信頼出来るのは「この男だけしかいない」と思っている勇二にしても、自分が「火薬庫」の鍵を握っているのだ等とは、夢にも思っていなかったからである……。勇二にとっての「それ」は、夢の続きであり、甘い果実の森に入っていけるかどうかの、「試金石」に過ぎなかったのだから。勇二には今回も、悪意や下心等の企みが有ったという訳では、決して無かった。勇二に有ったのは儚い希望と、旺盛な好奇心だけだったのだから。

けれども。巷では良く言われているのではなかっただろうか?「好奇心は、猫をも殺す」、とその怖ろしさと抗い難さとに就いて……。

さて。これで「旅人」は全部、揃ったのだろうか?

まさか。人生という船の行く大海の中の波間には、時には思いも掛けなく、時には暗夜の中を航く潮道のように、危険な罠が待っていたりもするものなのだから。それも、しばしば。

嫌と言いたくなる程に多くの困難と落とし穴が、渦を巻いている海流と化して、船の行く手に現れてくるものなのだ。潮の間に間に……。

だから。この物語の中に出て来るだろう「旅人」達は、まだ全員が出揃ったという訳では無いのだ。そうではあっても、船は進んで行くものだ。例えば、一人の挫折した男の船が、夢と希望を目指していこうとする時。例えば、一人の破綻した男の船が、一人の若くて美しい娘を目指して、再び出航しようとする時。例えば、その美しい娘には既にもう心に決めた人がいて、寄港地を求めるよりは一刻も早く、目的地に辿り着きたいとしか、願っていない時。例えば、その娘の周辺にいる人々のそれぞれが、哀しくて重い荷を、愛を積み込んだ船で、懸命に航路を保とうとして、苦闘している時……。

藤代勇二は大海の中を行き交い、あるいは共に航こうとしている小さな船団を、一瞬にしてバラバラにしてしまうだけの威力を持った「爆弾」を手にして、自分の船に乗っていた。彼の船の舵を取っているのは、神なのか。それとも善とは正反対のモノである、悪なのか。それは、勇二には解らない事だった。

大海の中を行く船の舵を取るのは、その船の搭乗員では無いのだから。船の舵を取り、その船の行く道と行く先を決めるのは、船の持ち主なのである。そして。船主の心が変わる事は、それ程ある事では無いのだった。

夜が、明ける。東の空に風が向かっていき、曙の光は、都会の空の雲と高層ビル群のガラス窓を、金色に染め上げていっている。

それが吉兆なのか、凶兆なのかは、誰も知らなかった。人口一千数百万を超すこの大都会の一角で、これから起こるだろう出来事の予測をしているモノは、いる事はいたのだが……。その予測が「ソレ」の思う通りに「成る」のかどうかという事も又、誰一人知ってはいなかったのである。

「それ」を知っている者がいたとしたら、それは神お一人だけであるのだろう。そして。神のみが、大海の中を行く船の帆に「風」を送れるのであろう。その「風」は、神の思いのままに吹く。フランシスコ元神父の上にも、先刻彼の下に「朝食」を運んで来た心優しい女の上にも、平等に。その「風」は、沙羅と子供達の上にも吹き、太白光降の上にも、吹いていくのだ。

このようにして。その寒い朝に、十二月の或る日、クリスマスの近いその水曜日の早朝に、二千年もの長い間止められていた運命の輪の幾つかが、ゆっくりと、だが確実に動き出す事になったのだった。一つの巨大な時の輪が……。

その運命の輪に巻き込まれた者達が幸運であるのか、不運であるのかは、その人自身の心が決める事なのだろう。何故なら、幸福と不幸とは、往々にして一つの「顔」で遣って来るものなのだから。その「顔」を見て「幸運だった」と思うか、「不運だった」と思うのかは、その人だけが決められる事なのであろう。その「決定権」こそは、神が人に贈られた最高の贈り物の中の一つの、「自由」なのだから。もう一つの最高の贈り物は、「愛する心」、愛である。これも又、その人自身の内なる泉から遣ってくるものである、と言っても良いのだろう。内なる泉に水を満たすのは神であり、その泉の水を汲んで愛する「力」に使うか、無駄にしてしまうのかは、それも又その人の「自由」に任されているのだ……。

自由。そして、愛。

天の道を往く鷲は人々にそれを与え、岩の上を這う蛇は、人々からそれを奪おうとする。大海の中を航く船の一つである、高沢敏之が心を動かされ狙っている占い娘のチルチルの夢と、翡桜の夢の中では、桜の花が咲いていていた。

満開の桜の下で、さくらの一族が揃っているのだったが、現実には二人は、巡り会えるのだろうか。水森紅の浅い夢の中では白く輝く衣を着た人が、「あの日」のままに、紅に言う。

「バーミリオン・ローズ。花嫁よ。今から後は、あなたはこの名で生きなさい」

と。紅いバラの乙女……。

「その人」の紅いバラの花びらになるのか、花輪の中の花になれるのか、と六歳に戻った紅は思い、歓びに輝く瞳で「美しい方（かた）」を見詰めているのだった……。その朝まだきに、紅達四人に語り掛けてきた、銀の鷲のように美しく、白い月の光よりも輝いて、東の空を渡っていく人の姿を、見詰め続けていたのである。「その人」の囁くお声が、今も聴こえる。

そうだった。それから。それから……と、紅は、夢の中の自分に向かって言うのだった。

「ねえ。桜。あなたも見たでしょう？　そして、聴いたでしょう？　あの人の言った言葉を」

もう一人の桜の返事の代りに、紅の夢の中にもさくら恋歌が、静かに遠く響いて消えていく。

さくら　さくら　弥生の空は……

紅は、そのさくら歌の中の痛切な愛の想いを聴いて泣く。さくらの一族は集うように、と呼ばれているようで。歌に呼ばれて翡桜が、すぐにも逝くようで……。

けれども、そのさくらの歌を歌っている黒いドレスの燃えるような赤毛の美少女は、紅の知っている誰の顔でも無かったのだった。それでいてその美しい少女の顔は、紅の良く知っている誰かに、とても良く似ていた。とても、とても、良く似ていた……。「彼女」こそは、と紅は思っていた。夢の中で、紅は思っていたのだった。翡桜に似ている、さくら姫の事を。

「彼女」こそは、さくらの一族の長であるという、ラプンツェルなのだ、と。そして。その「彼女」は、たった五歳で逝ってしまっている今も尚、天の国の何処かでか、天への道の何処かでか、一族の人達と姉のため、このさくら歌を歌い続けているのだろう、と……。

紅の夢の中には、ダニエルはいたのだろうか？　紅は、眠っていた。浅く、切れ切れの夢の中で、眠り続けていた……。

二（海航）エスメラルダ・ヴェロニカ（翡桜）

あなたは
わたしを　愛するか

お聴き下さい主よ
恋しいあの人は
わたしのもの
わたしは　あの人のもの
ゆりの中で
群れを飼っている人のもの

あなたは　わたしのもの
わたしは　あなたのもの
愛に傷付いた　人のもの

あなたは　わたしのもの
わたしは　あなたのもの
永遠に愛すと
決めた方のもの……

クリスマス前であるその一日は、誰にとっても「準備」の日のようにして、過ぎていった。それは「始まり」の準備であり、「終り」の準備のようでもあったが……。何はともあれ、嵐の前の静けさには、違い無かったようだった。

まだ、何の物音も聴こえてきてはいない。まだ、巨大な運命の歯車が動き出したという予兆すら見えない。平穏なようでいて二度とは帰る事の無い大切なその日々を、後になってみてからどれ程に懐かしんでみても、人は「時の道」を戻っていく事は、決して出来ないものである。人は只懐かしみ、そして抱き締める。決して帰る事の無い日々と、その愛の対象と愛の行方とを。涙の味と共に腕に、抱き締める……。

紅はその日、翡桜のアパートから直接、真山建設工業の自分の職場へと出勤していった。二時間にも満たない仮眠を取っただけの紅の顔色はけれど、決して悪いものではなかったのだった。自分自身の小さな隠れ家のような古屋からならば、紅は三十分も掛からないで副都心にある勤務先に、バスか電車で辿り着く事が出来る。だが、翡桜のアパートも新宿駅を挟んではいるが、都心寄りの昔ながらの小さな町の一角に、紅の家からと同じ位の時間で新宿方面にも、都心方向にも出られるような便利な場所に建っていた。

だから紅は、それ程酷く出社迄の時間を心配する事はしなくて良かったのだった。いつもと違っている事は只、出勤に使う電車とそのルートだけだったのだから。

けれど、翡桜は紅の心配をしてくれたのだった。普段と少しでも違うルートで行ったりするど、可笑しな所で時間を取られてしまったり、まごついて困ったりするのではないのか、と。

紅は言った。

「平気よ。翡桜。わたしは平気なの。だって、ホラ。時々はこうして、あなたのアパートから出勤していった事だってあるし。柊と樅の所にも、良く行ってあげたりもしているのだし」

「解っているよ。紅桜。だけど、このアパートから会社に行くのは、初めての事だろう？　柊と樅の所にだって、泊まったりする事迄は余り無かったじゃないか。だからね。兄貴としては、早目に行くようにと優しく言っているのだよ。僕の心配なら、もうしなくても平気だから、ってね」

「でも……。心配なんですもの。軽い朝食ぐらいは作ってあげてから行きたいのよ、翡桜」

「僕は、要らない。食べなきゃいけないのは君の方だよ、エンジェル。さあ、テーブルの上のパンをその可愛い口に入れてだね。後は走って行きなさい。紅桜。僕の妹よ……」

翡桜の部屋には、軽いサンドイッチと野菜サラダを作れるぐらいの食料しか、置かれていなかった。後は、コーヒーの粉と大量のエビアン水のみが、冷蔵庫の中を占領しているだけなのだ。それに「気付け」だとかの、カルバドスというお酒。

翡桜はそのお酒かコーヒーを、毎夜父親と母親の「形見」の前に献げて置く。それから妹と弟との三人で写っている一葉の写真の前では、毎朝毎夜祈りを捧げ、小さな鉢花も絶やさない。今、ベッドの傍の小さな机の上にはその写真の前に、紅の家にあるのと同じ紅いシクラメンの花鉢が置かれていた。花の横には美しくも痛ましい、ミケランジェロのピエタの像のカード。クリスマスを迎え、祝うための手作りの小さなリースと、天使の姿を象った一対の蠟燭立てが置かれているのだった。その「ピエタ」のカードは、紅の寝室にも、沙羅と薊羅の部屋にも置かれているものだ。そして。四人のベッドの枕元か頭上には、飾り気の無い小さな木製のクルスが置かれているのも、同じであった。

いつでも、どんな時でも、その十字架に触れ、見上げて、祈る事が出来るようにと……。

しかし、今年の沙羅と薊羅の部屋には、翡桜の手作りの柊（ひいらぎ）の、赤い実の付いた緑のリースは、飾られてはいないのだ。柊と樅の部屋にも、翡桜が作って飾ってあげていたクリスマスツリーが飾られる事はもう、決して無いのだった。翡桜のリースを貰えるのは、今では紅一人になってしまっているのだから……。

紅にはその事が哀しく、そして嬉しくもあったのだった。少なくとも翡桜はまだ、紅の手の届く所に居てくれるのだ。そして、少なくとも翡桜はまだ、わたしを愛してくれているのだから。わたしの愛の中に、まだいてくれるのだから……。だから。ねえ、翡桜。わたしを置いていかないで。少しでも長くわたしを、あなたの「エンジェル」と呼んでいて頂戴。それが、わたしの望み。それが、わたしの望み……。栄養失調なのはわたしでは無くて、あなたの方なのに。

「解っていないのね、兄さん。変な翡桜」

翡桜は、白い顔色のままでも、笑んで言う。

「君は栄養失調では無いけれど、愛情失調だなんて、言わないでおくれよ。紅桜。君は、僕のエンジェルなのだからね。それなのに君はいつ迄も僕が心配で、地上に縛られて飛べないままでいるなんて……。駄目な紅桜」

「嫌な人。意地悪なのね、翡桜ってば。わたしはもう行くわ。翡桜はもう少しだけでも良いから寝（やす）んでいてよね。お馬鹿さん」

「嫌な紅桜。僕はもう平気だって言っているのに。それよりもさ。来てくれて、ありがとうね。君はやっぱり、僕の天使だったよ」

「だった、ではなくて、だ、と言って。わたしがあなたの天使なら、わたしは真紅のバラに成れるから……」

翡桜は、細く冷たい指先で紅の額をチョン、と突ついてから、言った。

「君は僕の天使だよ。ロザリア・バーミリオン。だから、約束して。沙羅に引き摺られて、あの変な会なんかには行かないって。それから、沙羅の事もなるべく早く」

「あの会から脱けさせろと言うのね。解っているけど。沙羅は、何と言うかしら」

「さあね。それよりも、もう時間だよ。姫よ。さあ、行って。気を付けていくんだよ。電車の中には変な奴等が、結構沢山いるからね」

「嫌だわ。翡桜ったら！」

紅は笑み崩れて、大好きな翡桜の手を叩く真似をしてみせた。「変な奴等」というのなら、わたしも、翡桜、あなたも沙羅達も、皆、皆、変なのではないのかしらね……と。紅と翡桜は微笑み、手を振って別れた。ほんのひと時を別々に過ごすというよりは永遠の別れの前触れのようにして。それが、唯の「癖」等ではない事を、紅は願っているのだけれども……。

紅は、想いを追い続けていた。わたし達は皆、片割れの天使なのだわ。恋しい人が居るのに、どうしても一緒には暮らしていけない。片方だけの翼しか持ってはいない天使……。空に舞い上がる事も出来ず、地上に足を付けて、普通の人達のように生きる事も、歩く事も出来ない。見せ掛けだけで。人の姿をしているだけで。野に咲く幻影のような花……。紅い花。翡い花。そして、白と紫の香り花。いいえ。それも違う、と紅は思っていた。

花は、天上の神を賛えて只管無心に咲いているものだ。自分でも知らない間にある日芽を出し、育って、風に吹かれて咲いて、散っていくだけなのだから……。わたし達も自分でも知らない内に、或る日この世に送り込まれ、生まれるところ迄は同じなのだけど。

だけど、わたし達は無心には生きられない。わたし達は、無心では、生きていられない。人を恋い、愛を恋い、手に入る事の無い永遠を恋い、憧れて。片翼だけの天使のように、欠片だらけで生きていくしかないのだもの。そうよ。わたし達は「欠片」なのだわ。誰一人として、完全な人はいないと言うけれど。それでもやはり、わたし達の「欠片」は誰よりも大きい。何故ならば。何故ならば、わたし達は自分に「欠片」が在る事を、知っているから。その「欠片」はこの身体の、この心の中心に在って、時が来てくれる迄は決して埋められる事は無いのだ、と知っているから……。

そして、その日その時がいつ来るのかは、誰も知らない。その日、その時が来てくれる迄は、わたし達は誰一人として、完全に満たされるという事は無い……。

紅は、それでも自分は幸福なのだ、と思っていた。大好きな翡桜が、自分を「エンジェル」と迄も呼んでくれ、大切に想ってくれているのだから、と……。紅はそれだけで満足だった。

だから。たった二時間程度の浅い眠りの後の一日でも、いつものように静かに、嫋やかに紅は生きてゆけるのだ。「思い切り変だ」、と皆から思われていようと、嘲笑われていようと。

紅はだから、同じように睡眠不足でしかも不機嫌なダニエルが、いつになく恐い瞳をして（淋しい瞳と言った方が良いのかも知れないが）、いつになく自分の方を盗むようにして見ている時にも、鷹揚な対応をしたのだった。つまり、紅は彼に対して微笑みを返したのである。そうとも解らない程の、笑み花のような微かさではあったが……。

「淋しくて怒れる男」であるダニエルに対して、紅は元々優しい気持だけは持っていた。けれども紅はその事を、皆にも自分にも、ダニエルに対しても、「いつものように」隠してきていたのだ。昨夜というのか、今朝の未明の眠りの中で、ダニエルの悲痛な声音を聴く迄は、紅は、その態度を変えるという気持になる等という事は無かっただろう。

けれども、今は違っている。紅はダニエルを、「仲間」の一人のように感じてしまっているのだから。

寂しいダニエル。怒れるダニエル。悲しみに押し潰されてしまっていた、孤高の男（ひと）、ダニエル。

紅は課員達の誰にも気付かれないようにして、社長である高沢にも気付かれる程では無い、微かな笑みと優しさをその瞳に湛えてダニエルを見返した。何度も。何度も。

紅の気持は「いつものようだった」、としか言えない。

あなたは「仲間」よ。ダニエル。あなたは哀しみの道を行く旅人としての、わたし達の「仲間」のようなものなのよ。元気を出して。あなたは、一人切りでは無い。あなたと同じ様にして、哭（な）きながら、痛みながらも歩き続けている、わたし達全ての「同道」の、仲間と同じ海の中にいる。勇気を持って。あなたは、「怒り」の船に乗っている。わたしは「哀しみ」の船に乗っている。怒りと哀しみなんて、とても良く似た双児のようなものだもの……。

ダニエルは紅の、傍目にはそうとは判らない程度の「温もり」を、敏感に感じ取っていた。

愛に渇いていたという以前に「温もり」に渇いていた孤独なダニエルは、紅の柔らかさによって、胸の痛みを更に深く知り、理解してしまっていたのであった。ダニエルは、悟った。

すなわち、俺は自覚している以上に重症のロンリネス・シック（孤独病）で、愛情に飢えていたのだと……。そう悟った途端にダニエルは自嘲していた。

愛だって？　愛なんてそれこそ、溝に捨ててしまった。愛等、それこそ犬に喰わせてやってしまったのだ。この俺が愛に渇いているだなんて、止してくれよな。俺はもう、そんな物には用は無い。俺は只……。俺は唯……。

何だと言うんだ？　そうだ。そうだよ。俺は唯、ほんの少しの「温もり」が欲しかったというだけの事なのだ。マリアのように真っ直ぐに、暖かい眼差しをして俺を見てくれた紅に「もう一度だけで良いから」、その瞳で俺を見て欲しい、と願っただけの事なのだ。只、それだけで良い。それ以上の事は、望んでなんかいるものか、と。

ダニエルは、知らなかったのだった。「それ」こそが恋の始まりで、「それ」こそは「愛」の衣の白い裳裾の、後ろ姿である事を。「愛」は、その長い美しい衣で、輝く銀の花を撒いていくのだ。美しくも儚く、香しい白い裳裾に触れられた者は、悔んでみてももう遅いのである……。その、その時にはもうその人の魂の中に、一粒の種を植え付けてしまっていったのだから。「愛」は、そしてその一粒の種は、時が来れば花開き、実を結んで、豊かなその香りを振り撒く事を望んで、歌うものなのだ。南の風に、北の風に乗せて、遥か彼方の地だとか天上に迄も届け、と。そのようにして人は、「愛」の中に生き、愛と共に生きて、何とかしてこの世界の中に、喜びと平和を満たそうと、夢見るようにされてゆく。

「愛」の衣で世界が包まれる事だけを願って、生きる様に迄、成っていくものなのだけれども。けれども、ダニエルはその事を知っていなかった。そのような「愛」が、「神の御心」だとか、「神の息＝風」だとかと、呼ばれているという事も、彼は知ってはいなかった。ましてや、その一番最初の「息」の一つに、男が乙女に感じるという、崇高で純粋な恋心の一つが含まれているのだという事すらも、彼は知らずに生きて来たのだ。

アブラハム家の最後の生き残りであるダニエルは、たった八歳に成るかならないかの時に戦禍に追われて家を、故郷を離れ去ったために、祭司の務めも果たしていた父祖の「教え」の根幹に有ったものからも、きれいさっぱりと抜き取られてしまっていたからなのである。根の無い草に、花は咲かない。

　ダニエルに「それ」を教えようとして果たし切れなかったマリアは、その事を嘆くでも無く、責めるでも無く、只静かに待ち続けていてから、逝ってしまった。最愛のダニエルの心が「愛」から離れて、その真の意味も知らず、知ろうともしなかった辛いその時期に、マリアは遠く、逝ってしまったのだった。もう、帰らない。もう、帰らないのだ。

　マリアを思い出してしまったダニエルは、マリアを想い起こさせる紅から、瞳を逸らせた。瞳を逸らすついでにダニエルは、その心も紅から離してしまおうと思った。昨夜、高級住宅街にか、古き良き下町っぽい町の中にか、車の中から放り出してしまった「もの」を、彼はもう一度心の中から放り出してしまいたくなったのだ。紅の瞳が静かに、優しく彼を揺さぶっていたから……。

　そうなのだ。紅は、危ない。あの娘には、災いの匂いが付き纏っているのだから。俺は、そんな女に近付くのは、嫌だ。幾らあの娘に邪気が無く、一見、純真そうに見えるからとはいっても、それだけでは無いのだから。あの娘には、暗い噂が付き纏っているのだ。あの娘には、正体不明だという噂まで、付いて回っているのだから……。だから、俺は。だから、俺は、そんな娘の傍に近付くのは、止めにしておいた方が良い。これ迄通りの俺で、どこがいけない？　今迄通りの「空気のような」ダニエル、「マフィアのように恐ろしい男」ダニエルで、一体どこがいけないと言うんだ？

ように思った。

「心が……」と、ダニエルは木霊のように遠く、自分自身の声が呟いているのを聴いた

「心が……」と、ダニエルは懐かしく暖かなマリアの声が、虹のように煌めきながら言うのを聴いたように思って、急いでその場を離れていった。

ダニエルの痩せた、長身の姿が消えてしまうと紅も、そっと席から離れて化粧室にと向かっていった。心は満たされていても、さすがに身体が重いようで……。冷たい水で手を洗い、ついでに冷たい水でも飲んできたい、と思ったからなのだ。

紅が席を離れるのを待っていたかのようにして、同じフロアの向こう側に有る人事課の青木も席を立ち、部屋から出ていってしまったのである……。問題の人物達が、いなくなった。

それと解る程に課員達の間に、安堵というのか気が抜けたような吐息と溜め息が流れてゆくのを、秘書課長の弓原と人事部長の清水が見ていて、こちらも思わず、溜め息を吐きそうになってしまっていたのだった。フロアは広いが、見通しは良かったものだから……。

弓原も清水も海千山千の強者で、滅多な事で動揺するような男達では無かったのだが。ましてや、その心の中の思いが表に現れてきて、不覚にも溜め息を吐いてしまいそうになる等という事は、それこそ無い事であった筈だったが……。真山建設工業の裏も表も知り

尽くしている弓原槙は、社長の「影」のようなダニエルが、大の苦手であった。理由？　それなら「山程有るわさ」と、弓原はダニエルの向かっていった社長室へのドアを睨み付けながら、小さな吐息を吐いてしまっていたのだった。

第一に、あの男は胡散臭くて敵わない。社長の命を助けたとは言っても、社長を襲った男達が、あいつの仲間では無かったという保証が、何処にあると言うのだろうか。大体、何の関係も無い人間が、偶々株で大損をさせたのだか、倒産をさせたのだかして、逆恨みした阿呆が社長を襲った「現場」に、そんなに都合良く居合わせられるものなんだろうかね。その上、更に偶々「そいつ」は腕っぷしが強くて度胸も据わっていた？　おまけに、大怪我をした社長の傷の手当を、救急隊員も感心する程鮮やかに遣ってのけていただなんて。それこそ、眉唾物だと思うがね。それが、社長の親友の藤代さんの所の「風来坊や」の知り合いだった、だなんてねえ。そんな都合の良い話を、一体誰が信じられるというんだろう、と思うがね。ところが、「あの」社長が、信じてしまったのだものなあ、これが……。

「あの」、一癖も二癖も有るあの社長の「高沢殿」がまあ、コロッとねえ。まあ、そういう事も世の中には有るっていう話なんだろうけどな。嫌、逆かも知れないなあ。「殿」は、あいつを珍妙な展示品か歩く装飾品か、便利な「御乱行隠し」ぐらいに思って、面白がって利用しているだけだという奴等も居る事なのだし……。飽きれば案外冷酷に、コロッと態度を変えて、あの目障りな奴を首にしてくれるかも知れない、とも言われているから良いようなものの。どちらにしても、あいつはアメリカくんだりから流れて来た根無し草だという事には、変わりは無いんだからな。藤代さんの所の馬鹿息子と同じで、きっとロクな奴では無い事だけは、確かな筈だと思うがね。それに、だなあ。例えそんなこんなの何が無かったとしても、俺はあいつが苦手なんだよ。苦手というよりは、嫌いと言った方が当っているのだろうけどね。とにかく、嫌いなんだな。あの背の高さも、目付きの鋭さも……。サラリーマンの癖に、というよりは、たかが運転手の癖に、何々だねえ。あの長髪は。それも女みたいにカールしていて、肩の下迄垂らしているなんて。何よりもあいつは、人付き合いが悪い。社内の人間の誰とも、いつまで経っても馴染もうとしないのだからな。何を考えているのやら、さっぱり解らないところも、俺は嫌いだね。ん？　そういえばあいつは、一体何のためにこんな所を通ったりしたんだろうか。ただ黙って皆を睨んでいたんだか、眺めていたんだかしていたようだったがな。いつもなら社長だけのお通りと相場は決まっているというのに。まさか。まさかだよ。あいつに迄「殿」の病気が染(うつ)って、こんな所に女漁りにでも来たとか、言うのじゃ無いだろうなあ。そうだよ。まさかだよ。第一俺の所には、あんな奴の相手に成るような物好きな娘は、只の一人も居はしないのだから。此処に来るなんていうのは、お門違いも良いところだよ。嫌、そうでもないか。一人だけ、ウチにも変人の「お中臈様」がいたんだったっけな。そういえば、肝心の「お中臈様」の姿が見えなくなったままだぞ。えいクソ。水森君は一体、何処に行ってしまったというんだね……。

弓原の渋い顔以上に渋い顔をしていたのは、人事部長の清水正だった。清水も又、弓原と同じように、「異人」のダニエルが苦手なのだった。彼にとってのダニエルは、「異邦人」というよりは「異星人」のようであり、結果的にダニエルは人（日本人種）というよりは、異人（外国人という意味ででは無い）という事に、なってしまうようだったのだ。詰まるところ、それは真山浩一が社長であった頃からの「生き残り」であり、古株の中の古株でもあるこの定年間近の人事部長にとってのダニエル・アブラハムという男は、永遠の謎であり、まさに「地球外生命体」そのものでしか無い、という事になる。人間の形をしているが、別の生き物……。

清水は、現社長である高沢以上に、ダニエルの「経歴」を摑んでいると、自分では思っている。それが正しいかどうかはともかくとしても、清水にとってはダニエルの「略歴」は、顔を顰（しか）めてしまうのには十分過ぎる以上のものだった。何といってもダニエルは、日本の医師資格まで「取っている」というのに、医師になろうとさえ、していないのだから……。米国に入国する前迄の経緯に就いてはダニエルは、身上書には一切、記載をしていなかった。

だから……。清水だけでは無く高沢敏之も、もっと言うなら藤代勇二も、ダニエルは米国生まれの米国育ちで、生粋の「米国人」だったのだと、思い込んでいるのであったのだが……。それは彼等の所為ではなかった。ダニエルの方が、故意に祖国を出た理由と、米国に入国する迄の経緯の一切を、誰にも明かしたくなかったために、書きも話しも、しなかった所為だったのだから……。ダニエルは、誰とも「それ」を分かち合いたいとは思わなかったし、誰とも「それ」が分かち合えるものだとも、考えてはいなかったのである。ダニエルの孤独の道の始まりは、誰一人として心を許し合える人物に出会えなかった、という点に有ったのだと言えるだろう。彼のような体験をした人達は、他にも数え切れない程いる事はいる。けれども。

部族の長だった祖父と父達が、男達だけが全員町に残り、たった八歳の子供が「アブラハム家の長男である」という理由だけで、逃避行を続ける女達の先頭に、立たなくてはならなかったのである。そして、その逃避行は苛酷で、無惨極まりないものだったのだ。敵対している部族間を、互いに憎み合っている階層間の人間達の間を、武器も何も持たない女達と子供達だけで、逃げていく。行く先々で一行はヘイト（憎悪）と暴徒に襲われ、夜には森の中で野獣達に怯えながら、眠らなければならなかった。焼け付くような陽射しと、乾き切った荒々しい大地と。河と、崖と、砂嵐。疲れと、飢えと、病と、死とが、彼等を待っていた。それでなければ、若い女と子供達を執拗に付け狙い、襲い掛かって奪い去り、殺して、捨て去るという、無慈悲で残虐極まりない男達が、常に彼等を待ち受けていたのである……。「それ」は、部族と一族の女子供達とダニエルにとっての「地獄行」でしか無かったのだった。貧困者層と労働者達が煽動されて支配者（善き指導者も悪しき略奪者の区別も無く）達を襲い、殺した。他部族の者達と、同じ血を分けた同じ国の人間達を襲い、殺し合うようになっていったのだ。男も女も無く。老いも若きも無く、殺す。そしてその混乱に乗じた隣国が侵攻してきて、泥沼の国境紛争に迄陥ってしまっていったのである。最初に逃げた者達の困難が、後から来た者達よりも少なかった等とは、思ってはならない。

略奪。強奪。凌辱。人売り。人買い。人攫い。血で血を洗うような殺戮劇の他にも、伝染病と飢餓と、衰弱による脱落者が後を絶たず、その「地獄行」から、仲間達の命を奪い去っていってしまったのだった。生き残れた者達は、それでは幸運だったのだろうか？

ダニエルには、今になっても「それ」が、解らないのであった。「それ」は、人間の中の悪と善とをダニエルに、嫌という程深く、刻み付けてしまっていた。人は、デビルにもエンゼルにもなれるのだという事を、ダニエル・アブラハムはたったの八歳にして、心の奥底深く焼き込まれ、教え込まれてしまっていたのだから……。それは、平和な国に育った人間には、決して理解出来ないものなのだろう、とダニエルは思う。一方で、どんなに平和そうに見える国の中にも、悪（つまり、地獄の種）は、育ち、蔓延してはびこる事が出来、善は害され易く、密やかに悪の手から逃げ延びて生きるか、悪の手に掛かって「追放」されてしまうかの、どちらかなのだろうとも、思っているのだ。

そうなのだ。丁度、優しく美しかったマリアが、秘っそりと生き延びようとしても、どうしてもそうは出来なかったように。丁度、この俺が、まんまと「ソレ」の手に掛かってドクターの称号を剝奪され、アメリカの医学界からは永遠に、追放同然の身にと追い遣られてしまった事も、同じ一つの事でしか無いのだと、ダニエルは思ってきたのである。

つまり人は、どんな環境の中にいても、どんな国の国民であっても、容易く悪に染まり、善く生きていく事は困難であるというのが、痩身で長髪のダニエルの実感であり、体験なのであった。善も悪も、決してその立場を入れ替わるという事は、無い。あるのは只、善悪の見掛け上の姿が、多少なりとも変わっていくだけなのだ、とダニエルは感じ、信じ込んでいたのである。もちろん彼は、自分の意見だけが正しい等とは、言う積りは無かった。

『レ・ミゼラブル』のような世界が、この世の何処かには在るのかも知れないのだし。ジャン・バルジャンやミリエル司教のような男達も、この世の中にはきっといるのかも知れない、とも思いはしてみる。憧れにも似た、切ない心で……。

けれど、夢だ。それは夢だ、とダニエルは思う。

だから彼は、孤高の道を辿って来るしか他に、方法は無かったのだ。自分が見、聞き、味わってきた人の世の酷さと辛さとを分かち合える者等は、この世の何処にもいない、と肝に銘じて知っているからなのだった。

ダニエルの思いは、外には現れないし、彼自身が決して「それ」を人には悟らせないようにして生きてきたのだ。

だから、人事部長の清水がダニエルを、不遜で嫌な男だと感じてしまっているとしても、それは仕方の無い話でもあったのだった。清水は弓原のように、ダニエルが嫌いだというのではなかった。嫌うよりも前に、彼にはダニエル・アブラハムという男の「略歴」の中の胡乱さが、納得出来なかっただけなのだ。

米国でも一流のサクラメント州立大学の医学部を首席で卒業し、医師の国家試験にも合格していながら、更に博士課程に迄も進学し、それを修了し……。それでいながら、本国で医師の道には進む事は無く大学院を修了したその月の内には、もうこの日本に渡って来ていて、国家試験を通っているのだ。

その癖、高沢の「運転手兼用心棒」なんかに「成り下がって」しまっているダニエルは、清水にとっては曲者以外の何物でも無かったのである。

清水には、ダニエルはやはり「異人」としか呼びようがない、理解し難く、理解したいとも思われない「エイリアン」でしか無かったのであった。だから清水は、ダニエルを嫌っているというよりは、厭っているという方が当を得ている。

清水は、ダニエルには近付きたくなかったし、自分に近付いていてきて欲しいとも思ってはいなかったので、ダニエルが珍しく廊下側からでは無く、秘書課の側から社長の後に従っていった事にも、大して興味は持っていなかった。清水の気にしていたのは、別の人間の動きだったのだから……。

清水は、紅の様子を観察していた。ダニエルが見ないような、見るような振りをしてその実、黒く光っている瞳で秘書課の「お中臈様」である、水森紅を見ているのを見ていたし、そのダニエルの瞳に向かって、柔らかく瞳を合わせている紅の姿もやはり見ていたのだった。紅は、その男に対して親し気であったのか？「嫌、特別には……」と、清水は考え掛けてから、眉を寄せて考え込んでしまっていた。本当の本当にあの中臈様は、あの、人を人とも思わないような瞳をしている男に対して、「特別」な態度を取ってはいなかったのだろうか、と。答えは、イエスだった。

秘書室にいるお局様の早苗と小局様の頼子達、そしてその下の「部屋子」である若い貴保や詩絵達の中間の立場にいる紅は、普段とまるきり変わってはいなかった筈だった。紅は、洗練された美しさと辣腕で睨みを利かせている早苗とその取り巻きである頼子達や、仰々しく着飾って孔雀のように目立ちたがっている新人類達の中に埋もれていて、いつものように「一人静」のごとく、深（しん）としていて静かなものだった。それどころか、いつもよりはむしろ控え目でさえあったとも言えるような様子で、あの男を見ていただけだった。

そうだ。本当にそれだけだった、と清水は、一人言を言いそうになっていた。

「いつも」のお中臈様であったなら、あの娘は誰に対しても感じの良い、控え目な笑顔を向けていた筈であるのだから。だから、あの娘があの男の視線に気が付いていて、ただ柔らかな眼差しで見返していたからといって、「特別」何かが有ったのだとは、言えないだろう。むしろ自分としては、紅がダニエルに対しては、ニッコリと邪気の無い少女のような笑顔を向けなかった事をこそ、喜ぶべきなのだろうが……。だが、何故なのか自分は、あの男の瞳が熱を帯びたように光っていたと思ったのだが。あれは、一瞬の錯覚だったのだろうか。もしも「あれ」が自分の見間違いでは無く、勘違いでも無かったのだとしたなら、どうなるのだろうか？

「犠牲者が、又一人出る事になるだけだ」と清水は心の中で呟いてから、咳いてしまっていた。そんな事になってしまったりしたら、自分の立場は一体どうなってしまうのだろうという事に、遅蒔きながら気付いたからである。紅の所為であのダニエルが、社長の「影」のようだったダニエル迄もが、退社をするのどうのというような騒ぎに、又、なりでもしたならと思うと、平静な頭ではいられなくなりそうになったからなのだ。そうでなくても、と清水は紅を盗むようにして、見たものだ。そうでなくてもあの娘の所為で、自分が承知しているだけでも、もう、二人の男が会社を辞めてしまっているのだから、と……。

そして、今三人目の馬鹿男が、あの娘の後を追って、席を立って部屋から出ていった。清水は自分の部下である、今年で三十歳を迎えた気の良い青木豊の事を思って、苦い気持になっていた。このまま放っておけば、と清水は頭を抱えてしまいそうになってしまうのだった。このまま放っておいたなら、三人目の犠牲者は、あの馬鹿ったれの青木だという事になってしまって、自分の課から今度は「失恋退職者」が出る、という事態になってしまい兼ねないのだから……。清水が困惑するのは、無理もない。「全く。どいつも、こいつも」、と清水は悪態を吐きたいのを、ぐっと堪えた。

紅という温和で濃やかな「お中臈様」の、一体どこがそんなに男の心を惹き付けてしまうのか、清水にも少しは解るだけに、余計に腹立たしいというのか、癪に障るのだ。紅を見ると、或る種の男達の瞳の色が変わってしまう事を、清水は知っている。それは、清水にもその、「或る種」の男達の特色の一つである「寂しさ」だとか「侘しさ」、あるいは「優しさ」や「保護本能」といったものが、多少は備わっている所為なのだという事実迄は、清水は知らなかったのであったが……。とにかく、と清水は考えていた。あの馬鹿ったれ達ときたら、あの娘を見た途端に、頭のどこかがイカレてしまうんだ、と。まるで誰かの俳句にあるようにして……。それは、「見つけたり一人静と云える花」という一句で、彼女を見付けた男達は、まさしく源義経が静御前を愛したように、水森紅という「中臈」を愛してしまうようになるその様を、ピタリと表現していて、余すところが無い程なのである……。

紅は、何処に行ってしまったのか、まだ席には帰って来なかった。手洗いに行ったにしては長過ぎる、と清水は思って嫌な気持になる。

当然の事のように、紅を追って出ていった青木もまだ、戻っていないからだった。青木の阿呆め、早く帰って来いと、清水は念じていた。会社内の何処かで「告白」等をして、手酷く振られて、新田や吉田のようにはなってくれるなよ、と……。

紅も、青木もまだ帰っては来なかった。

秘書課では弓原を除いた全員が、意味有り気な眼差しをしたり、クスクス笑いを堪えて、お互いにお互いを突つきたそうな様子をしている。人事課員達の方はというと話は別になって、部長の清水の顔色を気にしたり、その逆に青木が成功するのか失恋するのかを気に掛けたりで、そわそわと腰が落ち着かなくなってしまっている者達が、多いのだった。中にはもちろんの事、紅の事も青木の事も、二人に先立っていたダニエルの事に関しても、全く「我関せず」といった態度を崩さない者達も、いる事はいたのだったが……。

ダニエルは社長室の扉の横の、自分の席に着いていた。彼はまだ、青木豊が水森紅に惹かれて、夢中になっているという事は全く知らないでいたのである。ダニエルはそれで、雑念に邪魔をされる事も無く、心ゆく迄、ある静やかな娘の美しく、真っ直ぐだった黒い大きな瞳を、又もや見ていたのだった。紅という名前のその娘の事等は、さっさと忘れてしまった方が無難だ、とつい先刻も考えていた事さえ忘れてしまって……。

高沢は、奥まった所に置かれている重厚な造りの机には席っていなく、空の中に浮かんでいるかのような、青い窓の下のソファの上で横になっていた。十二月の空は、青い。夏とは異って、大都会の副都心の上の空でも、何かによって磨かれたかのように硬く蒼いのだった。高沢は、その蒼い空を眺めていて、ふと思った。

まるで、長野県のK町かN町のように、青くて高い空だなあ、と。もっとも高沢の思い出したN町の青い空とは、十二月ではなくてある夏の日の、その夏の終りの日の嵐の後の、青くて高い空であったのだけれども。高沢にとってはそんな季節の異い等、どうでも良い事でしか無く、実際に敏之はN町の空の蒼さと高さとを、すぐに忘れてしまっていたのである……。雲が行く。風が、行く。

俺は一人だ、と敏之は思った。俺は、一人だ。そして自由だ、と……。家族は、必要だ。だから、大切にはしている積りだ。俺なりに。だけどな。俺は、誰にも縛られるのは嫌なんだ。例えば、義父母の真山浩一と珠子にも。例えば妻である由布と子供達の六花と敏一にも。例えば、今の愛人である柳や、元愛人だった真奈にも。その前に関係の有った女達の誰にでも。これから先、関係が生じるだろう誰にであっても、一人の女に縛られたりするのは嫌なのだ。だが、と敏之は浅い微睡みのような思いを追っていく。例えばミューズにいた、あの女。今は銀座の外れだか何処だかで「チルチルの館」等という、チンケな占い部屋なんかを持っているという、あのクリスティーヌのような娘にならば、少しぐらいの間だけなら、縛られてみても良いだろう、と……。

人形のように色が白く、それでいて黒く輝く強い瞳と、桜色の唇をしていたクリスティーヌ。長くて豊かで、腰に迄届く髪は緩やかに巻いていて。あの娘が歩く度、動く度に、仄かに香り立ってでもいるかのようだった。

あの娘の香りは、甘くて酸っぱいレモンのようだったのか、朝露に濡れているデイジー(ひな菊)のようだったのか……。クリスティーヌの姉さん株だったカトリーヌが、どういう理由でだか俺の席にはあの娘を一度も付けてはくれなかったのが、何とも小憎らしいものだった。一度でも俺の席にあの娘が付いていたなら、俺の名前(つまりは、会社名の事だと迄は、敏之は思っていなかった)を聞かせて遣っただけで、「話」は簡単に進んだ筈だと思うのになあ。クソ。まあ、良いか。今夜にでもダニエルの奴に運転させて、「其処」に乗り込んで行ってみれば良いだけの話なのだからな。下手にカトリーヌなんかに邪魔をされるよりも、一対一になった方が「話」は早いという事になるのに、決まっているじゃないか。

待てよ。占い師といえば、他にも良い女が居ると、真奈は昨夜、言っていたんじゃなかっただろうか。クリスティーヌよりは年はいっているが、日本的な美人で「お上品な女がいる」、とか何とかかと……。それも、良いかも知れないなあ。第一に、年がいっているとは言っても、美人でお上品だというところが良い。第二にはそういう女は、割り合い聞き分けが良いものだからな。「変人クラブ」のリーダー格だというのも、悪くないだろうし。あいつ等のどこが「変人」なのかは、全く解らないがな。ミステリアス？　とにかく、変わった女というのも、たまには良いかも知れないだろう。いつもいつも商売女ばかりでは、こっちだって飽きてきてしまいそうなんだ。後腐れや面倒が無いのなら、俺も偶には素人女とも遊んでみたい、と思うぐらいなら、罰は当らないだろうさ……。

高沢は、真奈に飽きて柳に乗り替えたように、そろそろその柳にも飽きてきているのだとは、考えてみてもいなかった。彼は只、自分がいつでも好きな時に、好きなように出来るのだ、という実感が欲しいだけの事だと、思っていたかっただけで。けれど。冷め掛けた男の心程、冷たいものは他に余り無いのだという事も又、高沢は知ろうとも知りたいとも、思ってはいなかったのである。

空は、高く蒼い。その空を雲が行き、風が行く。高沢は、その蒼い十二月の凍えるような空の色に、自分の心と生き方が、限り無く似ている事には気が付かないままでいたのだった。その蒼さの中で舵を失くして漂う船に一人、彼は乗っているのだ、という事にも……。

その同じ部屋の扉の横の机では、ダニエルが一心に、一人の娘の眼差しを見ている事に、気が付きもしないでいたように。高沢は、自分自身の来し方と行く末に就いては何も考えず、何も気が付かないままに気儘な日々を過ごせるのだと信じていて、疑いもしなかったのである。丁度空を行く雲が、いつ迄も同じ姿と形でいられるのだと信じて疑わない、子供みたいに。何の理由もなく、高沢は疑いもしなかった。

一日が、一日として同じでは無く、ひと時が、ひと時として同じでは無いという事を、知らない内は、人は時としてそのように信じられるもののようだった。高沢敏之という、男の様にして……。けれど風は行き、雲も行くのだ。一つとして同じ所に留まっていられる物はこの世には無く、一つとして同じ姿を保っていられるものもこの世の中には無い、という事を高沢もいつかは知るようになるのだろう。

それがいつかを知っているのは、風と、雲と、海の波によって道を示してくれている、この世の外のものである。「それ」を知る者だけが、真の「怖れ」と、「愛」を知っているのだ。真の怖れと愛を知らない男と女は、真の自由と孤独も知らなく、真の自由に伴っている責任も又、知らない……。高沢は、責任感等という物に縛られている奴は馬鹿だけだ、と思っているのであった。

それでは、ダニエル・アブラハムの人生を根刮ぎにして、枯らしてしまった藤代勇二は、責任感も何も無い馬鹿男だという事になってしまうのだろうか。勇二はその一点においては、高潔だった。だから勇二は、まるきりの馬鹿だという事には、ならないのだろう。勇二は、恥を知っていたからなのだ。彼は、自分が否応無く「道連れ」にしてしまい、挙句の果てにドクター（博士）の称号を奪われてしまった「親友」であるダニエルに対して、詫びる心と恥じ入る心とを、持っていたのだから……。「それ」こそが、藤代勇二の人生から真の誇りと喜びを、永久に奪い去ってしまったものの正体だったのだが、勇二はそこまで深く考えてみた事は無かった。只、申し訳なく、只、許しを乞うて生きている自分がいるだけなのである。それは、侘しくも哀しい人生だった。北の海の流氷の中を行く小舟のように、勇二の人生は寒々しくて遣る瀬の無いものだったのだ。

切ないなあ、と勇二は、ダニエルが出勤してしまい、一人になってしまった部屋の中で考えていた。ダニエルは仮眠を少し取っただけで、車の点検をし、社長である高沢を待つために表の方へと車を回して、そのまま会社に向かってしまっていたのだから……。朝食はパンとコーヒーだけだったし、入浴もこの寒さだというのに、彼はシャワーをさっと浴びただけで済ませていってしまったのである。勇二には昨夜と同じ事を、同じような口調で言って出勤しては行ったのだけれども。ダニエルも勇二も、それは一種の決まり事なのだという事は、良く解っていたのだった。

勇二は、この部屋からは出ていかない。少なくとも、クリスマスと新年が来て行ってしまう頃迄は。四月、桜の花が東京を淡く染める時迄は……。その時が来る迄に、と勇二は、ダニエルの部屋の古いカウチ（寝椅子）の上で寝袋に包まりながらも、夢のように考えているのだった。

その時迄には俺は、今度こそ成功をした写真家に成って、クソ親父とクソ兄貴の奴を二人共、ギャフンと言わせて遣れるんだ、と。そして、そうなったなら俺は今度こそ、ダニエルの汚名を晴らすためにもう一度渡米するのさ。あのクソラボのクソ教授の野郎と大学側に堂々と交渉して、あいつと俺の無実を、認めさせてやる。嫌、違ったか。無実だったのはあいつだけで、俺は恥ずかしながらも有罪だという事になるのだろうな。だけどさ。それだって、ほんの微罪なんだぜ。こっちは何とかして大学を卒業したかっただけで、何も銀行強盗やネットハックをしたという訳じゃ無いんだし。ましてや、論文の盗作なんかをしたという訳でも、無いんだからな。「あれ」は、純粋な慈善行為だった。ダニエルの、まるきりの慈善行為だっただけなんだ。それなのに、と勇二は唇を噛んで無念を飲み込んだ。

あのラボのクソ教授は、陰険な人種差別主義者だった。こちこちの石頭の中には白人至上主義と、有色人種への限り無いヘイトが詰め込まれていたときたもんだ。

勇二は、口惜しさに身体を震わせる……。

「あいつ」は、純粋なクー・クラックス・クランの申し子だった。それでいて表面上は平和主義者の仮面を体よく被り、それで通していたのである。周囲からは、「人格者」だとさえも呼ばれて、尊敬をされるぐらいに、上手に「別人」に成り済ましていた。偽りの人道主義者としての、白々しいその仮面に同化をしたように。「あいつ」はだから、人間の皮を被った獣だった。同じラボにいた温厚なシュトルム教授をも巧みに唆（そそのか）し、遂には大学側の裁定員達迄も、自分の陣営に抱き込んでしまいやがったんだものな。ああ、そうだ。もっと早く気が付いているべきだったのさ。そのぐらいの事は、俺にもダニエルにも、痛い程解っていた筈だ。「あいつ」のラボには、有色人種はたった二人だけしかいなかった。そうだ。俺とダニエルの二人だけだったんだぜよ、初めから。「色付き」が嫌いで憎いのなら、どうしてバーリーの奴は、俺とダニエルを（というよりは、ダニエルを）、自分のラボに招くような真似をしたのか？

答えは、イエスだ。あのバールの奴は、ダニエルの頭脳が欲しかった。それと、俺の親父が気前良く支払っていた「研究助成金」という有難い名前の、有難い多額の金が欲しかっただけなんだ。それにな。自分のラボにも、ちゃんと「色付き」が居る、という事の証明のためにも……。

バール教授は、初（はな）から俺を卒業させてやる気持なんか持っていなかったし、初めからダニエルに「ドクター」の地位を与えて遣る積りも、無かったんだろうな。しかし、ダニエルは優秀だった。バールはダニエルの頭を利用するだけ利用しておいて（ついでに俺の親父の金も、ふんだくるだけふんだくっておいて）、いつかはダニエルを切り捨てて、放り出そうとして、瞳を光らせていやがったんだ。そうとも知らないで、俺は。俺は、ダニエルを大学院から締め出させるための、鐘を鳴らしてしまったんだよな……。あの、遠い遠い夏の終り、葬送のために鳴らされていた、N町の教会堂の鐘の音の様に。何処迄も遠く鳴り渡っていく、高く澄んだ鐘の音が、二十年前の夏の最後にいつ迄もいつ迄も鳴らされていた事を勇二は想って瞳を瞑った。それからひと月も経たない内に、自分自身は家族の手によってアメリカに「売り飛ばされ」、父と兄の金によって結局十年という歳月を、卒業する当ても付かないままに、過ごしたのだ。辛い年月の間ずっと、勇二の頭の中ではそのN町の、あの「夏の終り」の日の、教会の鐘の音が鳴っていたようなものだった。死者を弔うために鳴っていた、哀調を帯びた鐘の音が……。彼を助け、彼の力になって、何とかして大学に残れる年度の限りギリギリ迄、頑張らせてくれたのは、言う迄もなくダニエルだった。そのダニエルは既に博士課程を修了し、いよいよ「ドクター」として世間に出ていくか、バール教授の下で更に研究を続けていくのかの、選択を迫られ、考慮をされていた時の事件だったのだ。

「色付き」嫌いのバール教授は、内心ではそのどちらも、ダニエルに対して許す心積りでは無かったのだろう。だが、口実が無かった。何一つ汚点の無い者に対して罪を被せるというのは、案外難しい事のようだったのに。だが、俺が……。勇二は、重くて苦い眠りに誘われるようにして、深い溜め息を一つ吐いていた。

だが、俺が。結局は、バールの奴の手に祝祭の鐘を持たせてやり、ダニエルの前途を閉じて、おまけに「博士号剝奪」「大学追放」という、あいつにとっては葬式の鐘同然の鐘の音を、生涯聴かせるという羽目に、追い込んでしまったんだからなあ。許して貰おうなんていう虫の良い事を、言う積りは無いさ。

それよりも。それよりも、俺はあいつの汚名を晴らして遣りたい。力を付けて、親父の奴とは異う遣り方で。あのバーリーの野郎と大学を相手にして「揺さぶり」を掛けてやるのだ。

金の力以上に恐ろしいものがこの世には在るという事を、俺は「あいつ等」に、特にバールに思い知らせて遣りたいと思っている。それから親父と、兄貴の奴にも、だな……。「金よりも強くて凄いものは無い」と考えている奴等に、思い知らせて遣れるものが、たった一つだけ有るという事に、俺は気が付いた。それは、「名誉」という名で、「信用」と「誇り」という、金なんかではどう仕様も無い、二人の天使を従えているのだ。「名誉」。何という、力強い名前の女神なのだろうか。名誉。だから、俺は、「そいつ」に賭けてみる積りになったんだ。

そうさ。だから、俺はまず、自分自身が、「金力」と互角に戦える以上の「名誉」を手にして遣ろうと決めて来たんだよ、ダニエル。

勇二の眠りは、十二月の午前中の空気のように乾いていて冷たく、重かった……。

風子は、車庫の上に在った倉庫に手を入れて作った、ダニエルのための部屋の窓を見詰めていて、しかも迷っていたのだった。風子は由布と同じかそれ以上にダニエルが、この家の敷地内で寝起きをしている事に対して、反感を持っている。反感と言って悪ければ、反撥と言い直しても良いと思うぐらいに強く、風子はダニエルを嫌い、恐れていたのだ。

ダニエルという長身で、黒く暗い瞳をした長髪の男が、祖母の珠子に似て日増しに美しくなってゆく六花と、父親にと言うよりも母親の由布に似て、スラリとした美少年に育った敏一に対して、何か「悪さ」をした後になってから後悔をしても、遅いのだから。ましてや、自分の（と、風子は本気で思っていた）大切な由布に、何か有ったりしたら、一体どうするのだろうか。由布は、まだ十分に美しいのだから……。風子がそれを言うと、浩一と珠子は困ったように顔を見合わせているばかりなのである。

「何かって？　一体、何が有るというのかね」

と、浩一は苦々し気に訊き返す事もあったし、珠子の方に至っては、こうだったりもしたのだ。

「敏之さんの命の恩人なのよ。それなのに何かが有る筈は、無いではありませんか。風子。あなた、一体どうしてしまったというの？　変な心配をする前に、熱でも計ってみた方が良いのではないかしらねえ」

熱が有るのは奥様の方ではないですか、とその時風子は言い返したかった。御近所の奥様方や家政婦達が、何と言っているのかを、知っていらっしゃいませんのですか、とも。

「あんな、肌の色の違う外国人を家の中に入れているなんて。泥棒を住まわせているのと同じ様なものですわよ。今に何か有ったら、どうなさるお積りなのかしらね」

だとか、

「あの男性が用心棒代りですって？　お宅のお婿さんは随分変わっているんですねぇ。あたし等には、信じられない話だわ。あの人は用心棒というよりは、立派な不良外国人にしか見えませんものね。アッハッハッ。まあ、風子さんもお気の毒に。何か起きたら、大声をお出しなさいよ。すぐに飛んで行ってあげるからさ」

「でもねえ。大きな声では言えないけれどもさ。外人さんだとは言っても、結構良い男じゃないのかね。気を付けなきゃいけないのは案外、お宅のお婿さんの方だったりしてさ。え？　どういう意味かだって？　嫌だねえ、風子さん。お宅のお嬢さん（由布のこと）だって、案外悪い気はしていないんじゃないかって事に、決まっているじゃないのよ」

だとかと、言われている事々を。

冗談じゃ無いわよ、と風子は怒っていた。あんな、何処の馬の骨だか風来坊だかのイカレた男とわたしのお嬢様が、だなんてロクでも無い事を言わせておくなんて酷(ひど)い、と……。

そのダニエルの部屋の窓の中に、先刻誰かが居たように、風子は感じたのであった。一いているように見えた、と感じたのである。

瞬の事だった。けれどカーテンが揺れて、誰か（女か男かと迄は、判らなかったが）が動

風子は屋敷の中の掃除をいつものように、いつもの手順でしていた所だった。真山家の広いキッチンの窓からは、裏庭に建てられている車庫と、その上のダニエルの部屋の窓の一部が、樹の間越しに良く見えるようになっていたのだ。特に、冬枯れて落葉樹が葉を落とし、眠りについているこんな季節には……。緑のカーテンに邪魔をされないで、「其処」を、遠慮なく見る事が出来るのだった。それで風子はいつものようにいつもの癖で、頭の上のハエを見るような思いで、ダニエルの部屋の窓を見上げていたのである。

誰かが居る、とその瞬間に風子は思っていた。でも。誰が？　これ迄にダニエルは、彼の部屋に他人を入れた事は無かった筈だった。つまり、ダニエルはこの十年もの間に、誰一人として「友人」も「恋人」も「親族」も、あの部屋の中に招き、泊めた事は一度として無かったという事を、風子は知っている。そりゃね、車庫の中ぐらいの事迄はと、風子はふっと考え掛けて、胸クソが悪くなってしまいそうになる……。由布と風子が少しでも瞳を離すと、いつの間にか車庫の中に入り込んで行って、ダニエルのあの長い巻毛に触ったり、背の高いあの男の背中にしがみ付いて「おんぶ」をして貰ったりしていた、六花と敏一の姿を思い出してしまったからなのだ。六花は八歳、敏一はまだ五歳かそこらの頃の事で、二人には背丈が飛び抜けて高く、長い巻毛を肩の下に迄垂らしたダニエルの姿が、

物珍しくて堪らなかったのに違いない、と風子は考えてきたのだったが……。実際には、ダニエルが二人の子供達に対しては優しく、六花と敏一はダニエルに、不在勝ちな父親の代りに「愛情」を求めていたのだと知ったなら、どう思うのだろうか。とにかく由布と風子は、六花と敏一に対して「ダニエルの小屋」に行く事を、禁止してしまっていたのであった。

その時の、六花と敏一の恨めし気で、淋し気でもあった瞳の色の内を、由布も風子も察しては遣れなかったし、ダニエルの自嘲に対しても又、知るという事をしないままに、これ迄由布と風子は過ごしてきてしまったのだった。

今では六花も敏一も、「ダニエルの小屋」が恋しい等とは、口には出さなくなっていた。けれども。そうだからといって二人が、幼かった日々に優しく遊んでくれたダニエルを、完全に忘れ去ってしまったのだと、誰が言えるのだろうか。幼い日々に受けた愛は、余程の事が無い限り、その人間の心に生涯残り、灯りを点し続けてくれるものなのだから……。

それだから、六花は毎夜「ダニエルの小屋」の方を向いて言う。

「おやすみ。ダニエル。良い夢を……」

敏一は毎朝、「ダニエルの窓」に向かって言っていた。

「お早う、ダニエル。行って来るからね」

六花と敏一の感じ易い心が、父親である敏之に対してでは無く、今でもダニエルの上に在るのだと知ったら、由布は悲しみ、風子は敏之を責めはするだろうが。それでも、二人の中の彼への「恐れ」と「嫌悪」が、細やかな好意にすら変わるとは、六花も敏一も考えてはいないのだった。その代りに二人は、願っていた。夜の空を行く月に、願いを託すようにして。

「ダニー。ダニーパパ。いつか本当の、あたし達のパパになってよね……」

「いつか本当の、僕のパパになっておくれよね。だけど、無理だね。ママは、ダニーの優しさを知らないもの。皆、ダニーの笑顔を、知らないんだもの」

だから。これは夢なのよ。ダニー。あたし達の……。

だから。これは、夢なんだよ、ダニー。僕達の……。

幼かった六花と敏一の中の、今でも幼いままでいる柔らかな「部分」は、母親の由布と風子、そして敏之によって、無惨な屍に変えられようとしているのにも係わらず、二人は夢見る……。

風子は、もう一度その部屋の窓を、見た。

やはり、誰の姿ももう見えはしないようではあるけれど、けれど、そうだからといって、安心は出来ない。どうしようか、と風子は迷う。旦那様と奥様は、あの嫌な男に対しては甘いから、駄目だわ。言うのならやはり、お嬢様に言う方が良いのでしょうけど。お嬢様を徒に怯えさせるような事になっては良くないでしょうしね。そう。そうよね。もう少し。

もう少しの間だけ、わたしが自分で「あの男」の部屋を、見張っている事にしてからにしましょう。もしも誰かが「物置」に居るのなら、その時はすぐにお嬢様に言って警察を呼んで貰えば済む事だろうからね。というふうにして、迷っていたのである……。

由布は子供達と敏之を送り出した後で、夫婦の寝室に引き取って、二度目の休息の中にいた。学校はもうすぐ、冬休みに入る事になる。そうなってしまったら、と由布はベッドの中で考えていた。そうなってしまったらわたしは、暫くの間はもう好き勝手に出歩く事も出来なくなってしまうのだわ。あの人の女遊びだか何だかへの腹癒せにしている、「お買物」とか「お茶」にも、当分は行けなくなってしまうのね。学校の事なら、何も心配していない。六花と敏一は、名門私立学校のエスカレーターに乗っているのですもの。二人共成績は上の部類に入る方だし。先生方からの評価も、悪くは無い方だわ。お友達が少ないみたいなのは、少し気に掛かってはいるわ。だけど……。あのぐらいの年頃なんて、皆似たようなものだって、聞いた事があるもの。わたしも、それ程友人が多い方では無かったけど。大学に入ったら、それも直った。

わたしの心配なのは学校の事よりもだから、家庭内の事だと言うべきなのよね。ああ。遣り切れないわ、こんな気持って。敏之は、あの人は子供に対して、愛を感じるという事が無いのではないかしら。あの子達の事には、何の責任も無いような顔をしていて。何か

<table>
<tr><td>書　名</td><td colspan="5"></td></tr>
<tr><td rowspan="2">お買上
書　店</td><td rowspan="2">都道
府県</td><td rowspan="2">市区
郡</td><td>書店名</td><td colspan="2">書店</td></tr>
<tr><td>ご購入日</td><td colspan="2">年　　月　　日</td></tr>
</table>

本書をどこでお知りになりましたか?
1.書店店頭　2.知人にすすめられて　3.インターネット(サイト名　　　　)
4.DMハガキ　5.広告、記事を見て(新聞、雑誌名　　　　)

上の質問に関連して、ご購入の決め手となったのは?
1.タイトル　2.著者　3.内容　4.カバーデザイン　5.帯
その他ご自由にお書きください。
(　　　　)

本書についてのご意見、ご感想をお聞かせください。
①内容について

②カバー、タイトル、帯について

弊社Webサイトからもご意見、ご感想をお寄せいただけます。

ご協力ありがとうございました。
※お寄せいただいたご意見、ご感想は新聞広告等で匿名にて使わせていただくことがあります。
※お客様の個人情報は、小社からの連絡のみに使用します。社外に提供することは一切ありません。

郵便はがき

料金受取人払郵便

新宿局承認

2523

差出有効期間
2025年3月
31日まで
（切手不要）

160-8791

141

東京都新宿区新宿1－10－1

(株)文芸社

愛読者カード係 行

ふりがな お名前		明治 大正 昭和 平成 年生 歳
ふりがな ご住所	□□□-□□□□	性別 男・女
お電話 番号	（書籍ご注文の際に必要です）	ご職業
E-mail		
ご購読雑誌（複数可）		ご購読新聞 新聞

最近読んでおもしろかった本や今後、とりあげてほしいテーマをお教えください。

ご自分の研究成果や経験、お考え等を出版してみたいというお気持ちはありますか。

ある　　ない　　内容・テーマ（　　　　　　　　）

現在完成した作品をお持ちですか。

ある　　ない　　ジャンル・原稿量（　　　　　　　　）

有れば「子供達の事は、君の責任だからな」みたいな台詞を、平気で口にするのよ。それも、陰でこっそりとね。この部屋の中とか、食事や入浴の後の、ほんの一瞬に……。ああ。詰まらないわ。こんな生活って。欲しかったものは、こんな生活では無かったもの。手にしたかったのは、こんな毎日でも、無かった。わたしは愛し、愛されたかったのに。わたしは感謝し、感謝をしたかった。何にだかなんて、解らないわ。でも。いつでも「ありがとう」と言い合えるような、そんな家庭が欲しかったのよ。心から「愛している」と言い合えるような、そんな夫婦でいたかった。でも。それは夢だったのね。愛なんて、只の言葉よ。都合の良い、只の言葉。男が女を、女が男を縛っておきたい時だけに使える、一番安上がりな貨幣が、「愛している」という言葉だったのよね。他には何も無い。他には、何も無かった。わたしの二十年間は、安手の言葉に縛り付けられていただけの、無意味な時間だったみたいに思われる。六花と敏一が、居てくれなかったなら。お父様とお母様が居てくれなかったなら。わたしの人生なんて、只の「飾り物」だけでしか無かったのに違いない。敏之の欲しかったのはわたしだったの？　違うの？　違うのね。敏之が欲しかったのはお父様の会社と、置き物のような妻と、玩具のような子供だけだった。生きている人間の生身の女では無くて、お淑やかで口も開かない「お人形さん」のような、妻。そして。絵に描いただけの、カンバスの中の家族達。人形と絵は考えたりしないし、自分の意志を持ってもいない。持っては、いけない。それが、敏之の望みの家庭生活だったのよ。

その結果として寂しい女が一人、こうして此処に居るのだわ。そうよ、それだけの事。そうね、それだけの事だったのよ。悲し過ぎて、涙も出てこない。いいえ。可笑し過ぎるから、涙が出てこないのよ……。

だから、わたしは。だから、わたしは敏之の前だけでは「人形」に成った振りをしてやるの。六花と敏一の母親で父と母の娘である事には、変わりは無いけれど。「人形妻」としてしか振る舞えないわたしの哀しみなんて、誰にも理解しては貰えないだろうし、して貰いたいとも、思わない。だって。そうでしょう? 誰かに理解して貰うためには、まず哀しみの「理由」を、説明しなくてはいけないのですもの。夫に、女として愛されてはいない。夫に、女として満たして貰った事も無い。そしてね。その夫には何故なのか、いつでも外に女がいるような気がしてならないなんて。そんな事、言える? 証拠なんて無いわ。でも根拠なら、有る……。ような、気がするの。敏之の車には、わたしは殆ど乗せては貰えないけど。けれど、ごく偶に乗る夫の車の中には、他の女の席っていた跡が有るんですもの、例えばね。後部シートの右側に（敏之はいつも癖でシートの左側に席る事を、由布は知っている）、こっそりと、わざとレースの中に差し込まれている、細いヘアピン。一滴だけ落としたような、香水の染みの跡。わたしの知らない煙草の香りが残されている背もたれの、カバーレースの白い布の中……。敏之が嗜んでいる銘柄とは別の香りのしている粉末が、わざとのように「其処」には零されていたりしたものだった。もちろんダニエルは煙草を吸わないし、彼が後部シートに席るという事等も、無い筈だった。そして。ダニエルは車の中と外を、頻繁に拭いたりして、きれいに保っているのだ。そのダニエルでさえもが慣れ切ってしまっている、香水の香りと煙草の匂い。見落とす事は無いだろうのに、残されているピンが有ったという事は、ダニエルが掃除をし、気を付けていても間に合わない程繁く、夫の車には女が常々乗っている、という根拠にはなるのよ。そうでしょう？　そうですとも。昨夜の水森紅さんのように若くて美しい、そして意地の悪い、正体不明の女が、いつでもね。

紅を思うと由布は、胸が苦しくなってくるのだった。浩一と珠子には可愛がられているが、由布には距離を置く、紅。どうしてあの娘は、いつでもあんなにおっとりとしていて、穏やかに微笑んでいられるのかしら。それは、自分は今幸福なのだ、とわたしにそれとなく言っている積りだからなの？　それともあなたの旦那様はわたしのものよ、とでも言っている積りなのかしら？　いいえ。馬鹿ね。そんな筈は、無いでしょうよ。だって。あの娘は。だって、あの娘には恋人がいると、いつだったか弓原が噂していたのを聞いた事があるもの……。「あれ」は本当の事だと思った。でも、嘘だったのだとも、思う時もあるのよね……。ああ。嫌だわ。何もかもが皆、嘘に思えてきてしまうのだから。淋しくて、空しいわ。六花と敏一が居ると思っても。お父様とお母様が、居て下さっても。わたしは、死んでしまいたいと思う事がある。それ程に無意味な、希望の無い時を過ごしてきたようにしか、思われなくなるの。わたしは、由貴姉様とは異うのだわ。姉様は、わたしと同じ様な「人形」でも、それなりに満足していられるらしいもの。わたしは、吉岡の花野さんとも異う。花野さんのように宗教だか信仰だとかに救けを求める積りには、なれそうには無いから。それはね。美しくて年齢不詳で、何とも魅力的だという「教祖様」にになら、会ってみても良いかしら、ぐらいの事は思いはするけれど。でも。それだけの事ですもの。それだけの事のために、あんなにも執こくされたりするのは、嫌なのよ。花野さんはそうでなくても思い詰める質で、今でさえもこちらが困る程熱心に「勧誘」をしに来たりするんですもの。夫の友人達の住まいが近過ぎるというのも、考えものだわよ。何も無い時は良いけど、何かが有った時には逃げ場が無くて……。気が、滅入ってきてしまう。

由布は、雲の行く遠い高い空を見上げ、溜め息を吐いてから起き上がって、外出の支度に取り掛かったのだった。

昨日は、お父様とお母様を銀座に連れていってあげた。久し振りに都心の空気をたっぷり吸わせてあげたのだから。そして、浩一が現役の頃から行き付けだったTホテルのラウンジで、遅めのランチをゆっくりと摂った。だから、今日はわたしが一人で出掛けると言っても、誰も反対はしないでしょう。誰も、行き先さえも気にしないのに、違いないでしょう。

由布が愛車のピスタチオ・グレーのセダンを出すために車庫に向かおうとしていると、珍しく風子が由布を引き留めたそうな素振りをしていた。そわそわと落ち付かなくて、

「あの。いつお戻りの予定でございますのですか」

等と、訊ねたりし始めたのだ。由布は面倒臭いので、

「ちょっとその辺り迄行って来るだけなのよ、風子。すぐに帰って来るから」

としか答えずに、車庫の中から車を出してきた。そして行ってしまったのだった……。一人で気を揉んでいる風子を、その場に残したままにして、愛車を駆っていってしまったのである。

行き先は決めていた。由布は、敏之の「女」に、会ってみたいと思う。それが出来ないのなら取り敢えずは、昨夜洩れ聞こえてきた、あの「変人クラブ」とかに行って、クラブのメンバー達全員に会ってみたい、とも考えはした。けれども「それ」をするためには敏之本人か、あのダニエルか、会社の人間の誰か（例えば秘書課の弓原か人事の清水かにでも）に、「変人クラブ」に就いて尋いてみなければならないのだ。そんな事は出来ない、と由布は考えて、乱暴に車を駅のロータリーの端に停めていた。その私鉄駅のすぐ近くには「上原」という名前の探偵事務所が有る事を、由布は良く知っていたからなのである。姉である由貴と二人、その頃は母屋の小部屋に起居していた、安藤という初老の運転手の送迎で、何年もの間この駅の前を通って、その怪し気な、古いビルの中にある「探偵事務

所」の窓と看板を、見詰めていたものだったから。

少しの間だけ、その「上原探偵事務所」と大書をされている古惚けたビルの窓を見詰めていた由布は、じきに考え直して、愛車の「花鳥」（日本画家で、動物や花鳥画に長けていた山口華楊が由布は好きだった）を発進させて離れていった……。

由布が行きたくても行けないでいる「変人クラブ」のメンバー達は、そんな事とは知らないで、それぞれに、それぞれの朝を迎え、それぞれの仕事に取り掛かっていたのであった。

本島霧子は一昨年の春から、二交替制だった高級下着ブティックの、早番専門に勤務時間を変えて貰っていた。そうするためには、「ほんの少し」のゴタゴタは有ったのだけれども。霧子は珍しい事に、強気で自分の主張を押し通して、遅番に入る事を断った。けれどもそのために差額分を引かれて財政不足の霧子は、昨夜の「バイト」の名残りと眠さの残る頭で、ブティックの店員として、客の男と話をしている。クリスマスが近付いてくると、と霧子は毎年のように思うのだった。

どうしてなのか男も女も、「女物」の高級下着が欲しくなるのよねえ。それはね、勿論お互いに、相手により良く思われたい一心でなのだろうけれど、と……。男は女性に「こんなに高価な品物をプレゼントしたんだぞ」と言いたくて。女は男性に「あなたのために、こんなに素敵な下着を買ったのよ」と、言ってみたくて……。どちらにしても今の霧子には、そんな品物は必要が無いのだった。ヒラヒラでピラピラでスケスケで、やたらにレースが使ってあるかどうかする、シルクで作られた、博物館に展示してあるような品物は……。

霧子は勿論の事、客に向かってそんな事は言わないでおくし、営業トークはきっちりとする。

「そうですわね。こちらの黒のお品よりも、少し強味を抑えたシルキーなマゼンタ（赤）のお品の方が、あの方にはお似合いになると思います。それに」

と言い掛けて、霧子は微笑んでみせるのだった。

「何といっても、クリスマスのプレゼントですもの。クリスマスカラーのアンダーウェアに、クリスマス用のきれいなお箱と、紅いバラを一本。そんな贈り物をして頂いたら、女性なら誰でも嬉しいものですわ」

あの方が絶対に喜びますわよ、等とは口が裂けても言わないのが、この商売を続けていく上での鉄則なのだという事も、言いはしないのだけれども。客の方もそれで満足してくれるのだから、これはこれで良いのだろうと、霧子はとっくの昔に割り切ってしまっていたのだ。霧子の目標は慎ましく、只、長く働き続けられる事、というその一点だけだったのだから……。

園山奈加は、その同じ時間には大学の第二外国語の講座に出席をしていた。第一の方は中、高生の時から得意な英語なので問題は無かったのだが。第二に選んだフランス語の方は「英語と同じラテン語を基にしているから」と甘く見たのが、失敗の原因になってしまった。ラテン語を基礎とし、ゲルマン語を上層として発展、整備されたフランス語は、とにかく音韻変化が激しくて、怜悧な奈加の頭をもしばしば悩ませる事になってしまったのだから。

シット。こんな事なら、中国語か韓国語にしておけば良かった、と奈加は毒づいて、泣けてきてしまう。中国語も韓国語も、これから先の日本では（日本ばかりでは無く、多分世界においても）大いに必要とされるものだろうし、第一「相手」は日本語と同じように、漢字で成り立っているのだものね！　だからといって、あたしが泣けてくるのは、そんな事の所為じゃない。あたしは「悪戦苦闘する」という言葉の意味を初めて知って、その苦さと辛さを、これも又初めて味わっているから、泣けてきてしまうのよ。奈加は、熱くなってしまった目頭をキュッと押さえて、涙をそこで止めようとした。

ああ。知世。ごめんね。堪忍してよね、あたしのモヨ……。あたし、こんな気持を初めて知ったんだよ。なのに。あんたはいつも、こんな切ない、惨めな気持で生きていたんだね。それでもあんたは、一生懸命頑張っていたのに。あたしはそれを、笑い飛ばしてばかりいた。頑張れば必ず成功するなんていうような、馬鹿な大人のお説教を、あたしは信じていたんだよ。だって……。あたしには、出来ない事なんて何も無かったんだもの。あんたの苦しみや悲しみが、全然解らなかったんだ。あんたの友情迄、解らなくなってしまっていた時のように……。

悪かったよ。モヨ。ごめん。あたしは、あんたを忘れられないの。たった一人ぽっちで死んでしまったあんたの悲しさが、忘れられないでいるんだよ。ごめんね。モヨ。今になってあたしにも解ると言っても、そんなんじゃ、全然駄目なの。あたしがあんたに冷たかった事の、言い訳にはならない。あたしがあんたに優しく出来なかった事の、釈明にはならないんだもの……。

園山奈加にとって、三年前の春の終りに、というよりも山国の遅い夏の初めに、自ら死を選んでしまった御屋敷知世との「想い出」は、涙無しには語れないものだった。それは甘くて思い切り懐かしい、干し草のような匂いのする涙と、苦くて重い後悔から来る涙の、二つなのだから。奈加は知世を「モヨ」と呼び、知世は奈加を「奈加ちゃん」と呼んで、二人はいつでも一緒に過ごしていたものだったのに、行き違いが起きた……。

「その年」の遅い初夏、長野県のU市とN町、K町にとっては例年のように遅い春の終りに、知世は愛猫だった「花」の骸を抱いて、家族には「さようなら」とひと言だけを告げてから、姿を消してしまったのである。奈加には別れさえも告げられない状況の中で。

夜になっても翌日になっても帰らない、我が子の事がさすがに心配になってきた両親が、高校や警察に問い合わせたり、届け出たりした時には、もう遅かったのだ。警察の調べで知世らしい少女が、K町側から「帰らずの山」（通称桜山）に入って行ってしまい、その後出て来た痕跡は無く、知世の足跡も全く辿れないと判明した時には、「事件」から一週間以上も経ってしまっていた。そして、それきり知世は帰らなかったのだ。知世は、帰って来なかった。あたしの所為よ、と奈加は知世の葬儀の間中、泣き続けていたものである……。もちろん真相は、別に有ったのだが。奈加はそのようにして、自分を責める事でしか、その時は生きられなかったのだ。知世に冷たかった自分の仕打ちを悔んで、責める事でしか、奈加は生きられなかった。

堪えていた涙が、ホトリとノートパソコンの上に落ちていった。ああ。又、やっちゃった、と奈加は思って、涙をゴシゴシとハンカチで拭う。あたしがいつ迄でもこんな風だと、知世の年が離れた従兄である、御屋敷幸男が困ってしまうだろう。だから、泣いては駄目。駄目なのよ……。

奈加は、勢い良くノートパソコンを閉じて、ついでに教科書も閉じてしまった。今日のフランス語の授業は、後で誰かに補足して貰おう。同じ高校から大学に入った由美か絵美なら、喜んであたしに「補習授業」をしてくれる事だろうから。幸いな事に由美と絵美は、あたしよりはフランス語はイケている。その代りにあたしは、数学と化学があの双児よりはイケているんだから。お互い様、という事になるよね……。奈加は、前列側に陣取っている由美と絵美の背中に小さく投げキスをしてから、「考える人」のポーズを取るために、額に指先を当てていた。眠たい時にはこれに限るわよ、と彼女は思って、又、逝ってしまった知世を思い出しそうになる。知世は奈加に、「英語なんてね。あたしにとっては子守歌なのよ、子守歌……」と、歌うような口調でいつも言っていたから。大好きだった。好き過ぎちゃった。モヨ……。

御屋敷幸男はその頃になって漸く洗濯と掃除を済ませて、遅めの朝食兼昼食（咲也と奈加にそれを言わせると、ブランチという洋語で返ってくるのだが）を摂っているところであった。幸男の部屋の小さなテーブルの上には美しい夫婦雛が飾られている。その夫婦雛の前には揃いの湯呑みと、咲也が作ってくれたドライフラワーの、小さなリースが置かれていた……。

男雛の名前は、青野悟。女雛の名前は、幸男の姉だった御屋敷尚子。尚子は四年程前に、三十九歳の若さで秋川に入水をして、逝ってしまっていたのである。恋人だった青野悟の死を知って、後追い心中を遂げてしまった姉の胸中を、幸男は詳しくは知らないし、知ろうとも思ってはいなかった。美しく、輝いていた筈の尚子の恋が、恋人の死によって、後追い心中という形でしか成り立たなかったという一事だけでも、幸男を悲しませるためには十分だったからである。それから、少しだけの喜びも……。例えどんな形であったにしても、尚子は好きな男の下へと行き、今は、二人は幸福に（多分）、「あちら側」で暮らしていられるのだという想いは、幸薄かった尚子と幸男の人生にとっては、「華」なのだった。その、愛して止まなかった姉の逝った年齢に、幸男は近くなってきている。

俺だって、来年にはもう三十九歳になるんだぜ。なあ、姉さん。三十九歳という年は、女にとっては辛い年齢だったのか？　姉さんの勤めていたあの店の、陽子という女はそう言っていたよ。姉貴は、四十歳になるのを気にしていたってな。だけど。俺にはそうは思えない。姉貴は年の事なんか、全然気にしていなかったんだろう？　自分が年を取っていく事なんか、案外平静に受け止めていたんじゃなかったのかな。姉さんの気にしていたのは、悟さんとの年の差だけだった、と俺も奈加も、咲也も感じているんだよ。沢野晶子さんな、あの人も、同じ意見なんだ。晶子さんは俺と近い年だからな。それに、姉さんと悟さんの事を、俺達以上に解ってくれているんだし。その晶子さんが言うんだよ。女にとっての三十代なんて、只の通過地点でしか無い、ってさ。だから、姉さんが気にしていて、悟さんとの恋に踏み切れなかったのは……。踏み切れなかったのは、余りにも二人はお互いに、相手を好きになり過ぎてしまっていたからではないかしら、だとかってね。それなら、俺にも解る気がする。変だろう？　散々女を泣かせてきた俺が、こんな台詞を言うなんてさ。だけどな、姉貴。悟さん。俺だって、好きで女を泣かせてきたりした訳じゃないんだ。そうするより他には生きられなかった、というだけの話でさ……。もう解ってくれているとは、思うけど。一応ね、言っておきたかった。今はもう、そんな生き方をしなくても良くなったからさ。安心していてよ。奈加の奴にとっては、俺は「優しくて良い人」なんだそうだけど。そこまで誤解されちまうとさ。「違う」って言うのが逆に怖ろしくなるから、人間なんて変なものだよな。

テレビでは年末特集が始まっていて、今年の十大ニュース等という映像が、派手な色彩で映し出されて騒がれている。その、上から一番目は政治関連のニュースだったが、二番目には、

「超大物タレント・人気モデルの沢木渉（さわきわたる）さん、失踪のまま年末を迎える？」

「沢木さんは海外に出国した形跡も無く、生存の可能性も薄い事から既に死亡しているか、事件に巻き込まれたのではないかとの情報が、未だに飛び交っているままなのです。謎の失踪を遂げてしまった沢木さんのプロフィールは……」

といった調子で延々と、その沢木渉の十九歳だか二十歳だかの頃からの、秘密めいた私生活と、それに反した派手な売り出し振りが、ランダムに画面に映し出されてゆく所であったのだ。沢木渉……。

幸男でさえも、沢木渉というタレントの存在は、知ってはいたものである。その、彫りの深いギリシア神話に出てくるような美男子振りと、他からはずば抜けていて、鞭のよう

にしなやかな長身とで、女性からも男性からも熱い視線を浴びていた男だ。時代の寵児となっていた売れっ子の大物タレントというのか、モデルが、この年の夏の終りの或る日突然に、何の前触れも無く、その姿を消してしまったのだった。そして。その後の彼の足取りは全く摑めず、警察とマスコミは唯、頭を抱えるしか無いという状態が、続いているようだった。だから、沢木渉の失踪事件が、トップニュースに数えられているのは、不思議でも何でも無い事だったのだが……。

幸男が引っ掛かったのはその沢木渉の前身が、長野県N町の山深くに建つ、リゾートホテルの車輛部員だった、という所だった。そのN町とは、K町の隣にある避暑地で、そのリゾートホテルの建てられている奥深い山のすぐ間近には、「入れずの森」という名の、人喰い森が存在しているのだ。そしてその「入れずの森」は、従妹の御屋敷知世が愛猫の亡骸を抱いたまま消えていったという、「帰らずの山」を、森の奥深く、K町側寄りの北東部に抱えている場所なのであった。「入れずの森」の近くで働いていた男が、それから二十年も経ってから突然、何の理由も無いのに行き方知れずになってしまっただとは……。

幸男はそこに、何故なのか「人喰いの森」の存在を垣間見たように感じ、ゾクリとしてしまっていたのだ。幼気なく、愛らしかったという知世。内気で優しい「幽霊」でも・あった知世を呑み込んだまま、未だに帰してくれないあの森が、今度は沢木渉という、超美しい（と、奈加は言っていた）男をも、もしかして呑み込んでしまったか、招き寄せてしまったかしたのではないか、と一瞬考えてしまって。鳥肌が立ちそうに、なってしまったからなのだった。幸男は「それ」を、睡眠不足の所為にしようとして、失敗してしまった。

知世の消えていった「桜山」とは反対側に在る、リゾートホテル方面側ではいつからか「人喰いの森」と呼ばれるようになってしまったその森が、美しき男、沢木を呼び寄せたのだという思いに、幸男は取り憑かれてしまっていたので……。こんな事は、絶対に皆には言えないな、と幸男は考える。そんな事を、もし言ってしまったりしたらどうなる？　と彼は一人、胸の内で呟いていた。奈加は大泣きをして、霧子は怯え、咲也は奈加や霧子に釣られて半泣きになるだろうし、晶子は血相を変えて「あの」水晶球を覗いてみる、等と言い出すのに違い無いだろうから。沢野晶子は沢木渉がデビューした時からの、彼の秘かなファンの一人だったという事を、今なら幸男も知っていたのである。その頃晶子は十七かそこらの「変わった女の子」で、ついでに「変わっている美少女」でもあったらしかったのだが。そのような晶子が、彗星のようにデビューをした飛び切りの美少年に憧れたという事が、晶子の従姉である咲也の母、藤代桂にとっては、嬉しい驚きだったという話を、幸男はその桂から聞いた事があった。桂はその時、息子の咲也と、年の離れた従妹の晶子に会いに（と言うよりも、二人の暮らし振りを見るために……）、この久留里荘に来ていて、何度目かの「滞在」をしていた間の出来事だったのだが……。

藤代咲也は、疲れていた。プロのバーテンダーであった腕の良い、イケてる美中年の幸男に仕込まれて、バーテンダーとウエイター擬きの「夜の仕事」を、熟せるようには成っていたけれど。咲也の本性は、都会には向いていなかった。

咲也は、花と花の香りに包まれている時が、一番幸福だった。紅い椿が咲いていた、あの群馬県高崎市からバスで三十分も山道を辿っていった所に在る生家の、裏庭一杯に咲き誇っていた野茨の花々と、その香り。

それが、咲也にとっては「出発点」であり、いつでも心に抱いている「帰着点」でも有ったのだが。悲しい事に咲也はもうあの家の、あの裏庭には帰れないのだった。その事を咲也は、痛い程に理解はしている。祖父母も長兄も兄嫁も次兄達も、同じ藤代を名乗る、一族の要である藤代勇の一家も、咲也の「帰還」を決して喜んではくれない事を、たった十七歳で咲也は、身に染みて知ってしまっていたのだから。登校拒否を続けていた咲也の「上京」を、一族は諸手を挙げて、赤飯を炊いて、祝ったようなものだったのだから……。

祖父の湧河は父親の青樹に向かって「あいつは、お前の叔父だった、あの勇輝のように、藤代一族の面汚しだ」と、良く言っていたものだった。「だった」と、過去形でしか語られる事の無い、その勇輝という父親の叔父に、咲也は一度も会った事は無かった。けれど……。同じ「一族の面汚し」であるというのなら、咲也はその人に、勇輝という名のその人に「一度でも良いから会ってみたい」、と思ったものだった。

彼が何故故郷を捨てて、通っていた東京の有名大学からさえも姿を消してしまったのかを、誰も咲也に語ってくれようとはしない。それなのに咲也は、彼と同じ「一族の面汚し」として、その山間の家（とは言っても藤代家は素封家で、その上大政治家の名門であった）に居た時から、皆から疎まれて生きて来たのだ。

「たかが登校拒否位で……」、と初めの内は泣いていた母の桂も最後には諦めて、放心したような表情で、末息子の咲也を従姉妹の晶子の手に託す事に、同意をしてくれたのだった。咲也は、思う。痛みと苦さの海で、思っている。

そうさ。たかが登校拒否ぐらいの事で、僕の人生はおシャカになってしまった。まあね。もちろん原因は、他にも有ったのだけどさ。それでも身内なら、家族なら、少しは悲しんでくれたって良いものだろう？　期待なんか、していなかったけどね。藤代家というよりか、政治家だか名門だとかの家系っていうのは、非人間的なものだって、改めて思い知っただけだよ。だから、その勇輝という、僕の大叔父さんに当る人が、どうしてだかあの一族からは消えてしまったという事に対して、何だか親しみを感じてしまうんだ。会ってみたいな、その人に。もし、まだ生きていてくれるなら、の話なんだけど。だって、皆は勇輝さんは「もうとっくの昔に死んでしまったのに決まっている」くらいにしか、考えてもいないのだから。母さんに尋いてみても「何も知らない」って言うだけだったし。祖母ちゃんに尋いてみた時なんか、「お前のように優しくて、変わった風には見えもせんじゃったけどの……」、だもんなあ。祖母ちゃんの気が特別良いのか、只のお惚(とぼ)けなのかなんて、誰にも解るものか。だろ？「自分は変人です」なんていう看板を下げて歩いている変人なんて、この世の中にいる筈が無いものね。それでも僕は、幸運だったんだよ。晶子姉さんと霧子さんが、僕を此処に呼んでくれたんだもの。あの庭に帰れない事ぐらい、我慢しなくちゃ罰が当るんだろうな……。でも、帰りたい。あの家にでは無くて、僕のあの庭に。春から秋に掛けては見事な程に、海の様に野茨の花が咲き乱れて。月の無い夜には、その花の香りで酔っ払えそうだったし。月の蒼い夜には、月光の淡い光に染められた花の庭は、波の底のように青くて美しかった。天の底のように青くて、花達がまるで囁き、笑いさざめいているかのように感じたものだよ。幸福だった。僕は、此処でも幸福だけれど。僕は、此処でやっと平和な日々を得られたけど。それでも、あの野茨の花々の咲く庭にいた時の幸福は、掛け替えの無いものだったのだ。僕にとっての喜びは……。僕にとっての本当の喜びは、花の中で生きて、花と共に喜び、感じて、花の中で死んで行ける事なのだ、と思う時がある。叶わない夢だと、解っていても。僕は花に埋もれていないと、本当に生きているようには感じられないのだもの。

　嫌な性格だよね。皆、本当に親身になってくれているのに。本当の家族以上に、家族らしくして生きているのに。贅沢なんだよな、きっと。うん。そうだ。そうなんだよ。僕は無い物ねだりの、ヒヨッ子でしかないのだろう。僕は、満足を知るようにならなくてはいけないんだ。花が好きなら、このアパートの小さなベランダで鉢花を育てていけば良いのだし、現に花の仕事にも有り付いている。僕のあの庭のバラは母さんが摘んで来てくれるから、僕はそれでティーを作り、ケーキを焼く事も出来ている……。だから、これ以上は望めない。望んではいけない。晶子姉さんと霧子さんを悲しませたりしない様に、気を付けなくてはね。あの二人はあれで、油断も隙も無い事を忘れないで。幸男さんと奈加ちゃんにも、気を付けていよう。あの二人だってあれで、感じ易いんだもの、敵わないや。そうだ。僕は、恵まれている方なんだよ。それを忘れない事。柊君と樅君に負けないように、強くならなくちゃいけないんだ。そうでないと、ルナとブーツにだって、馬鹿にされてしまうだろう。晶子さんのあの「球」にだって、見透かされてしまうだろう。それだけは、御免だもの。ああ。それでも僕は、花の海が恋しい。蒼い月の下の花の波と歌が恋しい。泣きたい位に、僕は恋しくて……。

沢野晶子は純白の巨(おお)きな愛猫、金瞳銀瞳のルナの冬毛を梳いてやっていた。本格的な寒さに向かっていく事を告げるかのように、この時期になると毎年、ルナの身体には柔らかな和毛が生えてくるのだ。放っておくとそれをルナは一日中飽かずに舐めて、舐めるついでに抜け毛を飲み込み、胃の中に毛玉を溜めて。食欲不振になったりしてしまうのだった。

「春先、夏と秋の間と冬の前。ねえ、ルナ。あなたは本当に、手の掛かる王女様のようなのね。瞳だけで命令が出来る王女様なのよ……」

晶子の甘く、優しい声音に反応してルナは「ニャ」と言う。ルナは今年で三、四歳位に成ってはいる筈なのに、一度も子猫を産んだ事が無いのだった。それだからルナは、晶子の「女王様」では無くて「王女様」なのだが……。どちらにしてもルナに庇を貸した積りの晶子が、母屋だけでは無くて心さえも彼女に盗られてしまっているのは、間違いの無い事であるらしい。

晶子は気持良さそうに瞳を細めて、喉を鳴らしているルナの、綿雪のように白い良い匂いのする毛を梳きながら、昨夜仕事から戻ってきた「家族達」の事を、考えていた。

「わたしの家族は、ルナと蒼龍（水晶球の精の名前）だけだった」

と晶子は柔らかく、切ないような心で小さく呟く。ルナはやはり小さく「ニャ」という返事を晶子の呟きに対して、返してくれるのだった。けれども、三年前の或る日から、わたしと霧ちゃんの住んでいたこのアパートに、咲也も引っ越して来る事になって。それからすぐに幸男さんが。その翌春には奈加ちゃん迄も、わたし達の「家族」として仲間に加わってくれる事に決まったのだったわ。わたしと霧ちゃんは、それでとても幸福だったし、幸男さんと奈加ちゃんも、幸福そうに見える。それはね。他人同士でバラバラに生きてきた者達が、新しく家族のように寄り添って生きていくからには、それは、色々有りはするけれど。例えば、皆で生きていくためには全員が何らかの無理（無茶ではない）をしたり、何らかの我慢をしたりとかしてね。霧ちゃんはブティックの早番専門に強引にシフトして、お給料をカットされる事態になって。アルバイトをする羽目に、なってしまったし。幸男さんは「渡り歩き」の人生から抜け出したくて、道を探しあぐねた。その二人に人材派遣会社の「摩奈」を紹介したのは、家付き娘でありながら東京に出て来て、遂には「もう帰りたくない」宣言をして、親から仕送りを止められてしまった、奈加ちゃんだったのよね。あの子は本当に頭が良かったわ。知世ちゃんが言っていたように、頭も性格も良かった。それに一途で純情で……。あの子は実家から勘当されるような事も、わざとしたのですものね。勇気も、ある。奈加ちゃんは、御両親達を本気で捨てる気持なんて無い癖に、そうするしか他には愛する人との結婚を許して貰えないからと、ちゃんと解っていて、自分の意志を貫いた。「辛いのは、お互いに一時だけの事だから」なんていう台詞を、十七、八の娘さんから聞けるとは、思ってもいなかった。偉いわね、凄いわねって、わたしと霧ちゃんは言ったものだけど。恋のためにならら何でも出来るというのは、若さの特権なのかも知れないわ。でも、そのしっかり者の奈加ちゃんが、「摩奈」なんていう怪し気な会社に登録するのが、皆のためには一番良いと言い出すなんてね。最初は、驚いた。だけど。良く考えてみたら、本当にその通りだったのですもの。それにも吃驚よ。霧ちゃんは「時間」を選択出来て、幸男さんは一つ処に籍を置きながら様々な所で「仕事」に就けるようになったのだし。奈加ちゃん本人も、勉強に差し障りの無い程度に「バイト」を取れるし。

咲也も、生花とお茶作りだけでは足りない（それも殆ど絶望的に）分を、あの「仕事」で稼げるのですものね。このわたし迄もあそこに引き込まれる事になるとは、考えていなかったけど。でもね。家族達と一緒に仕事が出来るという事は、とても良い事だったわ。想像していた以上に楽しくて、幸福な事だったの。

「だけどねえ、ルナ」

と、晶子は毛を梳いてやり終ったルナを抱き上げてから、溜め息を一つ吐いて言うのだった。ルナは満ち足りた瞳をしている。

「咲也はね。咲也だけは、別みたいなの。あの子にはあの仕事がというよりは、此処での生活と暮らし自体が、幸福な事では無いらしいもの。あの子が時々、遠くに感じるでしょう？」

晶子の言葉に、ルナは「ニャアン」と甘えて鳴く。そして、その日溜りのように、完全な幸福のように柔らかく、暖かな身体を擦り寄せてくるのだった。ルナを抱き締めて、晶子は思い直す事にする……。そうね、ルナ。あなた達猫族のようには、人間は生きられない。あなた達猫族のように完全には、人は満ち足りて生きられないのよ。人は一つの幸福のためにでも、大抵何かを犠牲にしている生き物なの。何一つ手放さず、何一つ犠牲にしないで生きられる人間なんて、この世の中にはそうはいないわ。もしもそんな人がいるのだとしたら、その人は本当に幸福なのかどうかと、わたしは考えてしまうでしょうね。

だって。だって人は、痛みや苦さを知って初めて、本当の歓びと甘さが解る生き物なのだから。何の苦悩も痛みも無しに手に入った幸福なんて、有難さの解らない、財宝のような物だろうと、思わない事？　咲也は、あの家では受け入れられていなかった。どんなにあの家が懐かしくても。どんなにあの土地で生きていきたくても。咲也は此処に居て、此処で生きていく方が幸福な筈なの。あの子は、馬鹿では無い。だからそんな事くらい、ちゃんと解っていてくれると思うわ。ね、ルナ……。

昨夜も暗く、それでいて平静な風を装っていた年若い藤代咲也の事を考えて、晶子はそれでもまだ胸を痛めていた。

わたしがした事、しようと望んだ事は皆で助け合い、支え合って、幸福に生きるという生活だったのに。わたしは、どこかで間違えてしまったのかしら？　それともそんなユートピアは、何処にも無かったという事なのかしらね。ねえ。龍精。わたしの龍よ、教えてよ。

晶子はルナを抱いたまま、水晶球の前に行こうとして立ち上がっていた……。

「摩奈」の経営者である二宮真奈に、

「晶おばさんという呼び方は、改めて貰うわよ。咲也君。だってね、晶子ちゃんはあなたのおばさんでは無いのだし。客商売におばさんなんて、禁句なのよね、禁句！　せめて、晶お姉さんとか晶子さんとかと呼ぶ事ね」

と言われていた時の咲也の顔が浮かんできて、愛おしさに又、胸が締め付けられてしまうようになる。そして、思った。完全な幸福というものが有るとしたら、それは「愛」を知り、「愛」から受け、与えて生きている人だけのものではないのかと……。それから晶子は、水晶球の前に立ってみて、茫然としてしまっていた。「龍の石」の碧が際立って深くなり、まるで龍精が怒り狂って、今にもその球の中から飛び出してでも来そうに、見えたからである。

晶子はルナを抱き締めたまま、怯えた様子でその、碧く光っている石を見詰めていた。昨夜の、凍えるようだった異様な迄の寒さを、ふいに思い出して身震いをする。ルナが、昨夜と同じように毛を逆立てて、ひと声大きく「フナアアーッ」と、鳴いて黙った。

石の色が変わって……。儚く、小さく、少女の声がしている？

「気を付けて。ソレは、悪いモノなの。気を付けて。ソレは悪くて暗黒なのよ……」

晶子は、水晶球の前に坐り込んで叫んでいた。龍精は、今は美しい湖の色をしている。

「知世ちゃん？　知世ちゃんなの？　返事をして！」

それは、三年も前に晶子達の前からは行き、眠ってしまった筈の、知世という名だった可憐な少女の声に似ていた。けれども、その声はもう二度と聴こえてくる事は無く、龍の石の色味は再び暗く蒼くなり、遠い北海の海のように沈んだ色になってゆくのだった。それに、とても寒い。昨夜みたいに……。

晶子がルナを下ろしてやると、ルナはその丸い蒼球の前を後ろを忙しく歩き回っては、何かを訴えるかのようにして、晶子の瞳を見上げて鳴いて呼び掛ける……。

「ニャアン」「ニャアン」

晶子はルナの背中越しに、自分の水晶を覗いて見てみた。顔が、見える。幾つも、幾つも……。その殆どは、晶子の知らない人のものだった。けれども。その内の何人かの顔は、晶子が多少なりとも知っている人のものだったのである。水晶の色が、又変わる。

「気を付けて。本当に、悪いモノなんです……」

晶子は、弾かれたようにして、叫んでいた。

「待って！　待って！　知世ちゃん。知世ちゃんなんでしょう？　知世ちゃん！　知世ちゃん？」

「知世ちゃんは、深く眠っています。呼んでも今は聞こえないわ。わたしはあの子の隣人なのです。あの子から、聞いていませんか……」

「お隣さんって……。いいえ、何も。あの子は、わたし達には自分の事を、何一つ話してはくれなかったのですもの。あなたのお名前は？」

水晶の中の蒼に、月光のように美しい光が浮かんで、消えていってしまう。

「あの子が言わなかったのなら、わたしも言えません。唯、警告をしておきたかっただけなの。あの子が起きていたらきっと、同じ様にしたでしょうから……。気を付けて。ア・

レを其処には、近付けないでいて……」

「アレって……。何の事なの？　あなたは誰なの！」

「アレは、悪くて恐ろしいものです。わたしにも、それだけしか解らないの。でも。わたしの神様なら、アレを避けろと言うでしょう」

晶子が直後に水晶球の中に見たのは、長い髪を腰に迄垂らした、エメラルドの瞳をした美しい少女の姿だった。その少女が身に纏っているのは、弓張月（半月）の白い光だった。知世のような桜の花びらでは無くて、夢のように白い月の光と、森の碧。少女は知世と同じように内気な、含羞んだような眼差しと声をしていて、「さようなら」みたいに、晶子にこう言った。

「知世ちゃんの事は、知っていました。でも、あの子は一人でいたかった。だからわたしは近付かないでいたの。だけど。アレの事を知っていながら黙っているなんていう事は、わたしには出来なかっただけなのです。だってアレは、本物の悪なのですもの……。気を付けていて。気を付けて……」

「待って。待って！　あなたはどうやって知世ちゃんの事を知っていたと言うのか、教えてくれないかしら！　だって、あの山は。あの子の眠っているあの山は……」

「わたしの山です。わたしの山にあの子が入って来たから、緑の桜の樹の所迄、連れて行ってあげたらしいの。わたしはその事を後になってから知らされた。もう、良いでしょうか？　あの子が言わなかった事を、わたしは言いたく無いのです。言いたくない事を言われたなんて知ったら、知世ちゃんが悲しむだけでしょう。さようなら。蒼の石の守り番さん。わたしも、この森の番人なのよ。さようなら……」

「待って、ってば！　ねえ、エメラルドの瞳の幽霊さん。じゃあ、あなたが知世ちゃんを、あの山の奥に連れていった訳では無いと言うのね？」

「わたしでは無いわ。あの山の、桜の精達よ……」

「どうしてあの子が警告をしたがると、あなたに解ったのかしら？　眠っているあの子とあなたは、話せるの？」

「桜の精とは、話せます……。それに、アレが狙っているのは、其処の人達全員なのです。東京の人達全員と言っても、良いのでしょう。わたしはこの森から出ては行けないけど。放ってはおけない。放っては、おけないの……」

かつて愛して、今も愛している人達がその場所に行くから。今でも愛している人が、東京には居るから。あなた達のすぐ近くに、その人は……。

最後の告白は、龍の石が森番の娘の心の底の想いを、晶子に伝えてくれたものだった。

晶子は放心したように青褪めた顔色で、その場に坐っていた。知世では、無かった……。

彼女は、知世では無かったけれど。知世と同じように、あの山だか森だかに居る、と言っていた。それは、いつからだったの？　ねえ、あなた。緑の瞳をした、森番の、月番の女の子の、あなた。気を付けろと言われても、何に気を付けていれば良いと言うの？あなたは「アレ」と言ったけど、その「アレ」って、一体何の事なのかしら。誰の事なのかしら、ねえ……。ああ。こんな時に知世ちゃんは、眠ってしまっているなんて。知世ちゃんだったらもっと詳しく、「ソレ」に就いて説明してくれたかも知れなかったのに！

それにしても、と晶子は考えていた。あの、緑の瞳をした娘の美しさは、森の精か花の精のようだった、と。

それから晶子は、支度をした。久留里荘の部屋数の全部に配る、八つの小皿に清めのための塩を盛って。念のために管理人の金子夫妻の家用にも、同じ皿をもう一つ作ったのである。晶子はその小皿を、自分の「家族」である霧子、奈加、幸男、咲也の順に、それぞれの部屋の戸口のすぐ横に置いていき、湯川柊と樅の部屋とその母親の部屋の前にも、丁寧に置いておいた。水晶球は、その兄弟と母親か知人らしい顔をも映し出して、晶子に見せていたからだ。晶子は、金子不動産から戻ってくると真っ直ぐに、咲也の部屋に向かっていった。

咲也は困ったような、変な顔をして盛り塩を見て言う。

「晶子姉さん。これは、何のお呪いなのかなあ」

返事の仕様もない晶子は、肩を少しだけ竦めてみせるより他に無かったのだった。

「ルナとブーツの様子が、変なのよ。それにわたしの石も、変なの。このアパートはもう大分古くなっているからね。座敷童か雪女でも出たら、いけないと思って」

晶子は水晶球の中に最初に現れた、輝くように美しい長髪の男の事を思い出していた。あれは、何という男の人だったかしら。新聞やテレビでも時々取り上げられている、あの美しい男の人は？　確か、何かの宗教の教祖だか代表者だったように、思うけど。それは、何の宗教だったのかしら。多分キリスト教と仏教と神道をミキサーに掛けて、上澄みだけ取ったような教理みたいだとは、思った。けど、解らないわ。どうしてあんな人を、わたしの石は映して見せてくれたりしたの。

「座敷童は良い神様だよ。雪女は、東京の下町になんか、来るのも嫌だと言うと思うけど」

「生意気言わないの。咲也。何でも良いから魔除けのリースと、小さくても良いの。十字架を作ってくれないかしらね」

「どうしてなのさ、って尋（き）いても、教えてくれないんでしょう？」

「クリスマスが、すぐそこに来ているからよ。バラとヒイラギは、魔除けになるのでしょう？」

「ニンニクとか玉ネギや、唐辛子は入れなくても良いの？　あれは、吸血鬼除けには抜群なんだって言われているよ」

晶子は、面白がっている咲也を睨む振りをした。

「おお怖。晶子お姉様は本気になると執こくて恐いもんね。解ったよ。それで？　幾つ作れば良いのかな。クリスマスに何で魔除けが要るのかは、教えてくれないの？　ハロウィンとは異うんだけど」

「解っているわよ、そんな事。晶子姉さん、その辺の事をちゃんと解って言っているの」

「だけど、何なのさ」

今度は知世ちゃんでは無くて、緑色の瞳をしたゴーストが来てね。何だか知らないけど「アレ」に気を付けろ、って言うのよね……。なんて、言える訳が無いじゃないのよ。晶子は、ニッコリしてみせた。

「全部で九つ。お代は、綿木町の楓で食事か、楡で飲み放題っていう事でどうかしら」

今度は咲也が、ニッコリする番だった。

「楡で飲みたいのは晶姉さんの方でしょ？　僕は楓の御膳の方が良いな」

「楓」というのは、隣町の綿木町に建つ、古びたビルの一階に入っている、旨い料理を出す日本料理屋だった。「楡」はそのビルの二階に入っている感じの良いマスターが居る、感じの良いバーである。此処、花木町からはその店迄、歩いて十四、五分で行けるのだ。バス路線も、勿論有った。けれども裏道を突っ切っていってしまった方が早いし、古き良き下町の路地裏の風情を、たっぷり楽しめる道が咲也は好きだった。路地という路地には仕舞（しも）た屋の軒先に、玄関先に、所狭しとばかりに季節の鉢花の置かれている所が、咲也は気に入っている。

その「隠れ家」のような「楓」と「楡」を見付けて知っていたのは、霧子と金子美代子（美代子は、飲んべえの口だった）だったのだが。今では晶子の家族全員が、「楓」と「楡」を行き付けの店として認めている……。その上それぞれに各自、贔屓の店の者も出来ている程であった。霧子と奈加は、食事処の惚けた経営者である小林を「良い」と言い、幸男と咲也は気風が良くて腕前も良い、コックの渡辺とその妻を「良い」、と気に入っていた。「楡」のマスターである優男の瀬川を「良い」と気に入っているのは、勿論美代子と晶子なのだった。それぞれに一癖も二癖も有りそうな面々を、それぞれに臑に傷を持つ面々が、勝手に贔屓にしている訳なのだが……。それはそれで、世の中良く出来ているとでも言うべきところなのだろうか。「楓」でも「楡」でも、晶子達のグループは「変人クラブ」としてでは無く、ごく普通の顔馴染みの客として、気持良く迎えて貰えているのだから。今のところはだが……。

金子夫妻だけは、根の生えているような地元人種なので、彼等に対しての応対は少し馴れ馴れしいような、気安く砕けたものにはなってしまう。少しばかりでは、あるけれど。

咲也は晶子が「面喰い」だと、秘かに考えていた。「楡」のマスターの瀬川という四十代位の男性は、穏やかで人の気持を優しく包んでくれるような笑顔をしており、晶子の「憧れ」の人であったという沢木渉は、文句無しの超ハンサムで、甘いルックスの大物タレントだったからなのだけれども。けれども、晶子は「違う」と言った……。

「そんな事、無い。違うのよ、咲也」

と、晶子は静かな声で反論をした事が一度、あったのだ。晶子には沢木も瀬川も、同じ種類の男に見えていたのである。どこかに「忘れ物」をしてきたかのような、男達。心の中に空洞を抱えていながら、それでも恬淡（てんたん）として生きている彼等に、晶子は、自分達のと同じ様な哀しみの影を見ていた。晶子にとっての「哀しみ」は、何処迄でもその手を拡げていって手を繋ぎ、触れ合うための細い糸そのものだったのだから。晶子は「楓」の経営者である小林という、黒い瞳の、精悍そうでありながら同時に、気の良さそうな男にも、コックの渡辺夫妻にも、同じような「哀しみ」の、赤くて細い糸を感じる事が良くあった。けれどもそれで、すぐさま晶子が彼等の生活振りや心模様を「覗る」等とは、思ってはならない。晶子はそうはしないで、そうする代りに時々其処に、顔を出しに行くのだった。

丁度、沢木渉の中に、吹き過ぎて行った夏のような、夏の終りの森に降る雨のような、物悲しくて荒涼とした「夜」を覗ていても、自分の方からは決してその「闇」に近付こうとはしなかった時とは反対の事を、彼女は今している……。晶子は、知っていたのだ。沢木渉の「闇」を照らして明るくするのは、たった一人の、心の美しい娘の優しさと愛だけであるのだ、という事を。けれどもそれは、晶子なのでは無かった。黒瞳勝ちの大きな瞳に、桜色の頬をしていた美しい少女。沢木からは「魔女っ子」と呼ばれもしていた、一人の薄幸の少女なのである。その少女の名前も年も、晶子は知らなかった。水晶は二人が、何処かの桜並木の下の道を転がるようにして、楽し気に走っている光景を見せてくれるだけだったのだ。それから、その少女と沢木とが生木を裂かれるようにして、離れ離れにされたという事も。水晶は、固く抱き締めている沢木の手から、少女を引き離そうとしている情け容赦の無い男達の「手」を映し出して、晶子に見せてくれていた。繰り返し、繰り返し、その「手」を見せられる度に晶子は、沢木とその少女の心の痛みを感じ取って、泣くより他に仕方が無かった。それ程に悲しい別れをした二人の「その後」は、晶子には全く解らなかったのだ。蒼の石は、心の中に洞を抱いたままの沢木と、狭い小屋の中で病に臥せっている少女の姿とを、見せてくれるだけであったから……。

それに。それに……。と、晶子は固く瞳を瞑ってしまった。「弓張月……」。そう。そうよ。弓張月を、わたしは何度も見てきたのだった。あの、緑の瞳の少女が身に纏っていたような白い半月とその光の色……。あれは、あれは、同じ物だった？

「嫌だわ。わたしったら……」

と、晶子は思わず呟いてしまうのだ。それでも。

それでも……。あの少女は、沢木の別れた恋人に似ていた。病の床で死に瀕していた、沢木渉の恋人だった少女に、とても良く似ていたわ。けれどもあのゴーストの瞳は、緑だった。「森番の娘」だと言っていた娘の瞳は黒では無くて、エメラルドのように碧く、深く輝いていたのですもの。「あれ」が、同一人物であると考えるわたしの方が、どうかしている。どうか、している。している……。

「何だよ、晶姉さんが一人言を言うなんて。雨でも降るかな。それとも空から、大石小石がドカドカ降ってくるとか、するんだろうか」

「好きに言っていてよ、咲也。それよりどうなの？　作ってくれるの？　くれないの。君が嫌なら他の人に頼むから。急いでいるのよ。本当に、急いでいるの」

晶子の言葉と声の中に潜んでいる恐怖と哀しみに、咲也はすぐに気が付いた。

「ごめん。これからすぐに製作に取り掛かる事にするよ。理由も、もう訊かない。訊いたってどうせ教えてくれないんでしょう？　九つだったね。リースの方は、得意分野だから良いけどさ。十字架なんて作った事無いから、上手くいくかどうかは期待しないでよね」

晶子は、それもそうだった、と思い直して言った。

「それなら十字架は良いわ。何処かでわたしが買ってくるから」

咲也は晶子が、大いに本気なのを知ってしまった。

「大丈夫。僕が作った方が、きっと早いよ。その代りと言っては何だけど、魔除けのバラの枝とヒイラギの木の枝を組み合わせて作るからね。真っ直ぐで上等な形にはならないだろうけど」

「助かるわ。咲也。君が居てくれて、良かった。お代は本当に〝楓〟の御膳で良いのね？」

「出来たら霧ちゃんか幸男さんも一緒の方が、楽しいと思うけど」

「霧ちゃんも奈加ちゃんも、幸男さんも招ぶわよ」

オーケー。決まりだね！　嬉しそうに咲也は言って、頼まれた仕事をするために、すぐに部屋の中に引っ込んでしまった。

ルナが、鳴いている。二号室の中から、柊がルナを呼んでいるのだ。

「おばちゃん。ルナちゃんと遊んでも良い？」

十九に成っている柊の声と言葉は幼く、晶子の心に痛いように触れてくる。この柊とその弟の樅も、水晶球の中に映し出されていたのだ……。それに、その母親らしい女性の姿と姉か兄の姿も、青龍は晶子に見せていたのであった。

晶子は柊に、ルナを抱かせて遣って言う。

「もちろん、好きな時にルナと遊んで良いのよ。柊ちゃん。樅ちゃんは、今日はどうなのかしら。今、起きているの？」

「ううん。眠っているよ。樅は痛い痛いだから、ママが樅と一緒にねんねしているの」

「そうなの。それじゃあママも、眠っているのね」

「うん。そうだよ。だから僕、一人で詰まらなかったんだ。ルナちゃんが居て、おばちゃんは良いね。僕だって、ルナちゃんやブーツちゃんみたいな猫ちゃん、欲しいな。ミーもそう言っていたんだけろなあ。ミーは、もう死んじゃったんだって」

「ミーちゃんて……。柊ちゃん達の、お友達だったの?」

晶子の問い掛けに柊は、女の子のようにして首を傾けていてから、「グズッ」と言った。

「ミーは、僕達のお姉ちゃん。けろ、変なんだよ、ルナちゃんのおばちゃん。ママは、ミーは死んだからもう会えないと言ったのに。僕ね。ミーに会ったんだよ。アレ? 違う。僕ね。ミーを見たの。ちょっとだけだったけろ、ミーだった」

やれやれ。この子にはゴーストが見えるというのかしらね、と晶子は溜め息を吐きたくなってしまった。ゴーストなんて、誰にでも見えるものでは無いのに。ゴーストなんかを見るよりも、フェアリー(妖精)か、天使を見ている方がずっと良いのに、と考えて……。

「そうだったの、柊ちゃん。ミーちゃんはきっと柊ちゃん達が心配で、天のお国から会いに来てくれたのかも知れないわね」

「うーん。そうかなあ。ミーちゃん、隠れるようにして、そおっとこっちを見ていたんだよ。そんでね。僕が手を振ろうとしたら、スーッと消えちゃったんだもん。解んない」

それは、解らないわよねえ。幽霊の気持なんて。

晶子は柊達の母親と話をしたかった。何故なのかは解らないけれども、不吉な「警告」に就いて、話をしておきたいと思ったのだが。柊は、首を振ってみせるだけであったのだ……。

「ママは、眠いの。お仕事とね、樅の痛い痛いで、いつでも眠たいんだって。だから今は駄目。僕なら眠くないから、良いけろね。ミーはね。ミーみたいじゃ無くて、変だったんだよ」

変って。そりゃ、幽霊なら変でしょうけど。緑の瞳の少女が告げていた「アレ」って、もしかしてその「ミー」とかいう子の幽霊の事なのかしらん？　でも。幽霊は幽霊よ。どれ程悪いモノでも、「東京中」の人達に対して悪さなんて、出来ない。そういうものでしょう？　それとも異うの？

「ミーってばねえ。ピーターパンみたいに、格好良かったの」

「あらまあ。そうだったの。それは良かったわねえ、柊ちゃん。柊ちゃんは、ピーターパンが好きなのね」

「うん。ミーはいつもピーターパンの絵本を読んでくれたの。僕も空を飛べたら良いのになあ、って思うよ。それで、ウェンディーと遊ぶの。赤頭巾ちゃんと白雪姫と、ラプンツェルと、ロバの皮とも」

晶子はまだ遊びたそうにしているルナを柊に預けて、その場を離れた。

柊と樅とその母親と、「ミー」の幽霊？　何がどうなっているのかは解らないけれど。緑の瞳の少女は、彼女の愛していた人が、わたし達のすぐ近くにいるような事を訴えていた、と青龍はわたしに告げてくれていたのだった。

それは、誰なの？　それさえ判れば、あの少女の名前も解るかも知れないのに。名前が解らなければ、呼び出しようが無いじゃないの。ああもう！　頭が痛くなりそうだわ。このアパートの住人達と金子さん夫妻ぐらいなら、何とかしてわたしの龍が守ってくれるかも知れない。それと、咲也が作ってくれている魔除けと十字架が、役に立つかも知れない。けれど。それでどうなるというの？　東京中の人を守るなんていう事が、出来る訳なんて無いじゃないない。一介の占い師で龍の石の守り番が、そんな大変な事を背負い切れる筈も無い。「アレ」とは、何なの。誰か、人の事なの？　そうでは無くて、実体の無いゴーストとか、「霊魂」のような、モノの事なの。

晶子は絶望的な気持で、その蒼をますます深く、冷たい色に変えている石の前に坐った。愛らしかった知世の歌うさくらの歌が、その含羞んだような声が、無性に恋しい……。

さくら歌は、「チルチルの館」の主、チルチルの頭の中でも繰り返し、歌い続けられている。チルチルの、腰に迄無造作に垂らしている、長く美しい巻毛の艶やかな髪に縁取られた頭と、心の中で。絶える事無く、休む事無く。チルチルはさくらの歌を歌い、さくらの樹の下を、さくらの樹の花の上空を、心に思い描いているのだった。

そして今。チルチルは店の表口に、黒塗りの高級車が横付けにされたのを見て、席を立っていった。それからその車から降り立って来た、恰幅が良くて人相の悪い男の目の前で、ピシャリと店の扉を閉め切ってしまったのである。チルチルの館の扉の取手にはその時にはもう「休業中」の札が下げられていて、客の男を怒らせた。チルチルは、客の女性にニッコリと微笑んでから、低く柔らかい声で言う。

「ごめんなさいね。あたし、金持ち面した奴とヤクザが、大嫌いなものだから」

あたしがこんな事をしているのは皆、ロバの皮のためなのよ。ロバの皮という愛称で、パールとも呼ばれていたシステレ（姉）に巡り会いたい一心でいるの。

お客さん。あなたは失くした物が只のマンションで、運が良かったわ。マンションなんて、お金を作れば又買えるもの。頑張って働けば、お金は付いてくるものよ。でもね、お客さん。あなたはさっぱり解っていないようだけど、どんなに頑張っても取り戻せない物が、この世の中にはたあんと、有るのよね。

例えばこのあたしが、その良い例よ。あたしは、何もかも失くしたの。両親も道連れも、幼友達も、システレも。何もかもをね。仲間達はとっくの昔に、バラバラになってしまっているし。やっと巡り会えた一人には、すっかり忘れ去られてしまっていたんだよね。あたしの神様は、あたしに意地悪をしているみたいにしか思えない。それに比べたら近頃流行の、あのイカサマ師の方がずっとマシに思えるぐらいに、意地悪みたいなの。でも。あいつは人で無しの、神様殺しの悪霊なんだからね。そんな事、占ってみなくたって、あたしには解るわよ。ああ。クソ。ロバの皮のルナ（パールと呼ぶのも好きだけど。やっぱりあたしはロバの皮の方が良い）と、パトロの馬鹿に会いたいわ。あたしのジョイ（母親）と、ライロ（父親代りだった）にも、会いたい。皆に、会いたい。会って「故郷」に帰りたいけど。あたしにはもう、解っている。解っているのよ。「故郷」に帰れないかも知れない、と解っているの。あんなに好きだったリリーとも、もうあれっきりになっちゃったんだもの。残っているのはあたしの姉の、可愛くて恋しいルナだけになっちゃった。ルナだけは、あたしを忘れたりしていないだろうからね。それなのに、あたしはそのシステレとも未だに会えないで、こうして日銭稼ぎのジプシー生活よ。桜の樹の下で、皆と会えると思ってはいても。その皆の頭の中味がスカになっちゃっていたりしたら、目も当てられない、ってなものだしね。

だから。ねえ、お客さん。あなたはまだマシな方だったと、あたしは言える訳なのよ。良いじゃない。悪者の親玉の美しさと、口の上手さに騙されて、「貢いだ」とはいっても、命迄も取られた訳じゃない。あなたは今、泣き喚いているけれど。泣けるのも喚けるのも、生きていられたからなのよ。あいつは、ルシフェルなの。だからね。生きていられた事に、あなたは感謝をした方が良いわ。命ごと取られなかった事に、感謝をした方が良い。命の値だと思えばマンションなんて、本当に安いものだった、とつくづく思える日が来るわ。さあ。もう泣き飽きたでしょ？　だったら、微笑って見せてよ。このチルチルに。あたしはそれだけのために、あなたの相手をしていたんだからね。あんな奴の事は、忘れてしまう方が良い……。

チルチルは、歌う。魂と頭の両方で、さくら歌を歌う。

さくら　さくら　弥生の空は……

ああ、さくら。あたしの恋しい人達に巡り来る春の花の下で、あなたの下で、会わせてよ。花族の娘の心からの頼みに、桜。あなたの心もきっと、冬の空のように泣いてくれる事でしょう……。

さくらの歌を、フランシスコは浅い眠りの中でも聴いていた。フランシスコは、思っていた。夢の中で。

歌っている。歌っている。この声は、天使の声なのか。逝ってしまったという、あの娘の声なのか……。

わたし達のパール。何とかして君に会いたいと思っていたのに。ああ。マテオ。嫌、ランドリーと呼んだ方がわたしには、ピッタリくる気持がする。あの大きな犬のリスタは本当に気立ての良い、優しい犬だったね。猫のシトルスはどうなった？　リスタには会えなかったけど、わたしはとうとう君を見付けたよ。ブラムとチャドも、近くの町で見掛けた。もっとも君を初めとして、誰一人もうわたしの事等、憶えていてはくれなかったけれどもね。それでも。君に迄忘れ去られてしまった、と解った時には、すっかり落ち込んでしまったものだった。君はもう、あんなにも想い、夢見ていたエスメラルダ・パールの事も忘れてしまっているのだろうがね。それで、良かった。それで良かったのだよ、ランドリー。パールは、もうこの世にはいないのだから。君が思い出してもきっと、辛いだけだろう。ああ。翠玉（エメラルド）の名を持つ、わたしの愛しい名付け子よ。君の妹、ムーン・ブラウニも、今では「そっち」にいるのかね？　それともムーンは今でも「こちら側」に居て、わたし達、民のために祈ってくれているのかな？　わたし達「さくらの一族」の全ての者達のソウルのために、変わらずさくらの歌を歌ってくれているのだろうか……。

「おう。あんた。俺はもう、駄目な気がしているんだけどな。幾らヤクザな生き方をしてきたとはいっても、坊主に念仏の一つも上げて貰えねえというのは、哀れなもんだなあ」

「念仏を上げて貰いたいんかね」

「いんや。本物の念仏で無くてもな、真似事だって何だって、構いやしねえのさ。ただなあ。三途の川の渡り賃も持っていねえ上に、送り念仏も無しじゃあよお。哀れを通り越しちまって、淋しいもんだわな。極楽に行けると思う程の、馬鹿では無いがよお。それでも。送り念仏の一つくれえは、有っても良いんじゃねえか、と思うと、な……。ゲホッ」

夜、眠れない者達は。特に、寒さの所為で夜には眠れない者達は、昼、日光のある場所で、身も世も無く眠るのだ。猫が、ストーブの温もりを求めるように。小鳥や鳩が、暖かな日溜りを求めるようにして。フランシスコ達も陽の光の良く当っているベンチや芝生、裸木の下の柔らかな枯れ草の上に、居場所を求めて歩き、寝む。

フランシスコは浅い眠りから起こされて、昼近い空の蒼さに、目眩がしていた。

フランシスコは言った。

「お経の文句は知らねえけどな。アチャラの神さんの経文なら、知っている。それでも良ければ、俺があんたを送って遣っても良い」

頭の中に迄入れ墨を入れている年老いた男は、驚いたというよりも薄気味悪い物を見るような瞳をして、フランシスコを見返した。

「何々だよ。あんた。今流行りのインチキ野郎の手下だったのかよ。ヒューッ。ゲホンッ」

フランシスコ達は、情報通だった。二、三日前のものか、運が良ければ今朝の新聞が無料で、幾らでも手に入るのだから。もっとも、細かな記事迄は、彼等は読めない。年の行ってしまった男や女達が読めるのは、見出しの大きな黒い文字だけだったのだから。それでも世の中の動きは、良く解るものなのである。

フランシスコは、顔色を渋くした。

「俺のは、あんなトンチキなモノじゃねえよ。極真っ当な、キリスト教の経文だがな」

相手は更に、気味悪そうになってしまっていた。

「何だよ。それじゃああんたは、耶蘇の坊さんに知り合いでもいるのかよ。グハッ」

「知り合いはいたがよ。もうずっと会ってもいねえな。俺は其処の寺院で、十年以上も庭男をしていたんだ。庭男だって十年も経てば、お経の一つや二つは覚えるようになる」

嘘では無かったが、全てを話したという訳でも無い。フランシスコは実際に、修道女達に交じってN町の山中の教会で「庭仕事」も確かに熟していたのだから。フランシスコは、問う。

「耶蘇は嫌いかね。それなら何も、無理にとは言わねえがな。お前さん、地獄では無くて極楽に行きてえんだろう？　本当は。それならよ。仏教の仏さんは知らねえが、俺のキリストさんは、あんたを天国に連れていってくれるよ」

「馬鹿こくな。俺みてえなヤクザモンなんかを天国とかに入れてくれるような、気前の良い神さんがいるもんかよお。グォホッ。グォホンッ……。俺はな、あんた。でっけえ声では言えねえが、刑務所でのオツトメを何回もしてきた身なんだぜ」

「人でも、殺したかね」

「人殺し？　そんなこたあ、するもんか。切った張ったは、昔の事さ。今のヤクザは立派な盗っ人か、勤め人のままで悪さをするんだ。それも、チンケな悪さをよお。それでも数を重ねりゃあ、マッポのリストに名が載らあな……。グホンッ」

息をするのも大儀そうに咳をしている男を見て、フランシスコは「肺病だな」、と哀れに思っていた。この男はもう助かるまい、とフランシスコは思うからこそ、男の最後の願いに付き添っているのだ。男の名は知らなかったし、男も、フランシスコの名を知らない。男はフランシスコが昨年の春先に、桜を求めて辺鄙とも言えるようなこの下町の公園に流れ着いた時には、もう既に、この様な状態になっていたのである。例え病院に担ぎ込まれたとしても、助かる見込みは低いだろうし、病院の方で彼を受け入れてなんか、くれはしない。社会の下の下の最下層で、無一文で生きている人間等、「彼等」から見れば人の形をしているゴキブリのようなものなのだから……。

その男の体調は、このところの寒さで又、一気に悪くなっている。冬は越せまい、とフランシスコは感じていた。冬どころかこの年末さえもこの男の身体では、越せはしないだろうと……。だからわたしは、彼の傍に居る。たった一人で逝くのは、淋しいだろうから。わたしが彼の傍に居るのだ、とフランシスコは思っているのであった。フランシスコは、言う。

「人を殺していないのなら、まだチャンスはあらあな。お互い、この年だ。いつポックリ逝っても可笑しかねえから、言っておくがよ。この年になれば誰だって、後ろ暗え事の一つや二つはしているもんだろうが。それで怒るような狭量の神さんなら、俺だってこんなこたあ言わねえよ」

男は、疑わし気に、それでも必死に、訊いてくる。

「許してくれると言うのかよ。あんたの神さんは、こんな俺でも……。ゲホッ」

「ああ。許して下さい、と言やあ、すぐに許してくれるだろうさ」

「言うだけで良いのか？　ヒューッ」

「ついでに、キリストさん。あんただけが頼りですとか、信じますとか言うと、もっと良いだろうがな」

「ああ。そんくれえの事で良いのなら、何度でも言ってやらあ。ググーッ。ゲーッ」

フランシスコは、たった一つの持ち物である古惚けた鞄の中に入れてある、ストラ（神父の使う衿肩掛け）の事を想い、祈る。外套の上から、胸のクルスに触れて祈るのだった。わたしの神よ。わたしの神よ。どうかあなたの息子のこのわたしに免じてこの男の願いを憐れみ、彼を浄めて、御国に入れて下さい、と……。

「そりゃあ良い。あんたが、信じるから許してくれと言うのなら、俺の神さんは涙を流して迎えに来てくれるのに決まっているからな。ところであんた。名前は何というんだ？

名無しじゃ、神さんも困りなさる事だろうからよ」

「俺か？　俺は、岸和田の山田千太郎というモンだ。おっさん、あんたは？」

こういう身の上に成り果ててしまった者達に名を訊くというのは、「彼等」の社会では、立派なルール違反であった。けれども。それも、時と場合によるのだろう。それにフランシスコは、男の名前を聞いておかなければ、神であるイエスに、取り次ぎが出来ないのだったから。彼は、このようにして秘っそりと、何人もの死者達の「最期」に付き添ってきていた。今、フランシスコに出来るのはそれだけしか無かったし、「それ」が、神の彼への望みだったのだ、と今では彼も知っていた。

それは、主の望み。それは、主の望み……。

フランシスコは、繰り返して胸の内に呟く。それこそは、あの、心優しかったナザレのイエスと呼ばれていた方が、わたしに望んでくれた事だと……。

「俺かい？　俺の名前はフランシスコだ。それでは、山田千太郎。神の御子、キリスト・イエスの名によって、わたしはあなたを許します。どうか御子の憐れみと祝福が、あなたを死（地獄）に打ち勝たせ、天の御国に導いて下さいますように。永遠に安らかに、あなたが主の庭で生かされますように。わたし達の主イエス・キリストの御名によって、父と御子と聖霊の神に願いましょう。アーメン」

フランシスコの手にはいつの間にか紫色のストラがあり、彼はそのストラで、今にも息が絶えてしまいそうな山田千太郎の頭の上に、十字を切った。水も、有る。昨夜の内に汲んでおいた水道水が、ペットボトルの中で凍り、陽の光で溶けて、水に成り掛けているのだ。フランシスコはその水を、ペットボトル毎祝福をして、清めた。そしてその水を山田千太郎の額の上に少し滴らせ、丁寧に拭ってやってから、言い添える。

「山田千太郎。あなたは許され、浄められました。あなたは神を信じ、天の国に行きますか？」

「アーメンと言いてえが、口がムズムズしちまうようでよ。うんとか、はいじゃあいけねえか。グオッ」

「はいで良いですとも。兄弟。お目出度う。順序は逆だったし、立会人もいなかったけど。これであなたも、わたしと同じ神の子供です」

「アーメンと言わなきゃ、神の子にはなれねえんじゃねえのかい？　ヒューッ」

フランシスコの口調が変わっていた事に迄は、山田は気が回ってはいなかった。ここ何年もの間思い患い、心に重く伸し掛かっていた事が解消されて、一気に心の張りが失われてしまっていたからなのだ。山田の双眸からは、何故なのか、後から後から涙が溢れ出してきてしまっていた。その涙の理由とその意味するところを、山田はまだ知らない。それでも良いのだ、とフランシスコは思っていた。その涙こそは、神であるイエスが、聖霊である愛が、彼の内に入り、流させている涙であるという事は、いつか解る……。

「アーメンとはな、『はい』という意味なんだよ。あんた。それになあ。人は皆、誰でも神の子なんだとよ。だからもう安心していなよ。あんたは、『はい』と言ったんだからもう、天国行きの切符を貰えたのに、違えねえだろうが……」

紫色のストラは丁寧にきちんと畳まれて、もう鞄の中に納められてしまっていた。フランシスコの心を込めた口づけを、その端に受けた後で。

フランシスコは咳き込む力も失くなってしまった山田のために、ペットボトルを渡して遣る。

「水でも飲んだらどうだい？　少しは楽になれると思うがなあ」

「グホーッ。クソ。水くれえで楽になるなら、世の中の医者は皆、喰いっぱぐれてしまう事になるんじゃねえのかよお……。ヒューーッ」

フランシスコが祝福をしたその水は、しかし山田の咳に良く効いたようだった。山田は咳のために苦しめられ、苛まれていた肺と身体中の痛みから解放されて、間も無く深い眠りに入っていっていたのだから……。フランシスコは、瞳を上げる。

山田とフランシスコの居る桜の樹の下には暖かな、けれども弱く優しい冬の陽が、溢れる程に空から降ってきていた。フランシスコは其処に、神の姿を見る。二十年前に約束してくれた通りに、桜の樹の下で、再び彼は「白い衣の人」の姿と面影を、心の中の瞳で見、会っていたのだ。フランシスコは、危く泣き出しそうになる。

此処だ。此処だ……。此処なのだ、と彼は思うのだ。

あんなにも探し続けてきた「桜の樹」とはこの綿木公園の、桜並木からは離れた所に立っている、一本だけの桜樹の事だったのだと……。

そして、思う。その、桜の樹の下で。

ダミアン。君は元気でやっているのだろうね。わたしかい？　わたしも元気だ。身体は、ヨイヨイにはなってきてはいるがね。神はこの年寄りの仕事にも、満足して下さっているようだよ。ケチケチなさらない方だからね。わたしのこんな小さな奉仕にも、文句も何も言われずに満足して下さっている。ダミアン。君は今でもわたしの事を忘れずにいて、哀れと思って祈ってくれているのだろうか？　祈っていてくれると、願ってはいるよ。許してくれているとも、思う以上に。そうだ。ダミアン。わたしは今でも君の事を神に祈っているよ。昔と「変わった」と思うのは、お互いに間違いだと思う。わたしが変わったのは、外見と言葉遣いだけだ。この外見と言葉遣いは、今のわたしにとっては必需品であり、必要悪でしか無いのだからね。わたしは今でも、あの頃のままのわたしでしかない。君だってそうだろうと思っているよ。ダミアン。君の外に現れている厳格さや苦しみは、決して君本来のものでは無い、と知っているからね。君が、わたしを導いたのだ。君がわたしを、この道に入れた。その事を、忘れないでいてくれたまえ。そうすれば。その事を通して、一人の男が生涯君に感謝をしているという事を、君も忘れないでいてくれるだろうからね。

わたしは、此処を離れない。決して……。

ダミアン神父の前には、彼よりも年老いて、もう杖に頼らなければ歩くのも困難になってきている、執事のコルベオが席っていた。だが衰えているのは足だけで、彼の頭脳はまだしっかりとしていたし、背筋も伸びていて、少しも年寄り臭さを感じさせてはいなかった。外見上では……。

「腰の痛みはどうかね？　コルベオ。それに、足の痛みも。この寒さだからね。君にはさぞ辛い事だろう」

コルベオ執事は、ニッコリと微笑った。

「全て、あのお方(かた)が良いようにして下さっていますですよ。神父様。夜になると腰も足も悲鳴を上げていますが。日中はこうして、まだ御用を足せるようにと、痛みを軽くして下さっていますです」

ダミアン神父も、コルベオに向かって微笑んでみせる。

「それは良い事だね。コルベオ。ところで、例の件はどうなっているのかをわたしに教えてくれないかね」

「あの件でしたら、今のところはまだ先方からの返事待ちの筈でしたがね。神父様。あのホテルは、余り感心出来ませんですよ。幾ら夏樹ちゃんがあそこでも良いから、と言ったとしてもですよ。人事部の菊地さんと池田さんは、何だかんだと言って格好を付けていましてですねえ。なかなかはっきりとした返事を、くれませんのですからね。湯川リゾートホテルはどうも、余り……」

「勿体を付けていると言うのかね。それとも他に、何か理由でも有るのだろうか」

ダミアン神父の頭の中には、二十年前の夏の終りの日に起こった、あの「大惨事」の事が刻み付けられてしまっていた。「あれ」は、この教会と修道院から国道で隔てられている「魔の森」の、入り口付近で全て起こった事だった。そしてあの惨事の犠牲者達は全員、その「湯川リゾートホテル」とやらの、従業員達の筈だったのだ。あの「事件」の真相は、結局判明しないままで終ってしまった。死者十数名、行方不明者（とは言っても、唐沢榀子(しなこ)という名前だったその少女も、結局は死んだ事になっているのだった。彼女一人だけは遺体が未発見のままで、今日でもその少女の遺体は、発見されてはいないのだけれど）一人という惨事の舞台は、あの「人喰いの森」だったのであるが……。惨事に至る迄の人間ドラマは、そのリゾートホテルで繰り広げられていたもののようだった。「ようだった」としか言えないとはいっても、あのホテルには何かしら、後ろ暗い所が有るのではないのか。もっと言ってしまうなら、あのホテルこそが「真の惨劇の舞台だったのではないか……」、と当時は随分と派手に騒がれていたものである。そして、その事は未だにダミアンの頭の中からもコルベオからも、N町の関係者だった者達の頭の中からも、拭い去られてしまった訳では、無かったのである。

コルベオは、頷く。

「余りにもあちらと此処が、近過ぎるのでございましょうよ。こんなに近くては、良い事も悪い事も、お互いに隠しようがございませんですからね。人事部の方では隠していましたが、客室の方やフロントの方では、人手が不足して困っているという話も、しておりましたのでございますですよ」

ダミアンは、やはりそういう事だったのかと思って、顔を曇らせてしまっていた。それでは水森夏樹はあのホテルへの就職も、難しいという事になってしまうのではないか、と……。

その一方で、ホッとして胸を撫で下ろしているダミアンもいる。彼は、そのホテルに夏樹を就職させたくは、無かったのだった。ダミアンは、未だに良く憶えているのだから。あの夏の終りの日に起きた大嵐と、鉄砲水によって「犠牲」になったとされている、十数名の死者達の合同葬儀と、その日鳴らされていた、鐘の音色を……。

コルベオは、遠慮勝ちな声で言っていた。

「夏樹ちゃんにはもう少し待つように、とわたしの方から良く言って聞かせておきましょう。それでも駄目なようだったら、今度こそあの子も諦めて、東京にでも行く積りになってくれるでしょうからね」

唐松荘の規則では、孤児達は満十八歳に成る迄しか、其処に居る事は出来ない決まりになっている……。それだから夏樹は、どんなにこの町とこの県の自然と人が好きでも、職が無ければ、「此処」を去っていくしか他には、無いのであった。水森夏樹はその事を、一生の心の傷として生きるのではないかと思うと、ダミアンは溜め息を吐きたくなってきてしまうのだった。

ダミアンはコルベオを下がらせてから、暗い瞳を「魔の森」の方に向けて見た。冬枯れて、枝ばかりになってしまった落葉松の林の上の、蒼く凍えて澄んでいる、高い空の方を。

ああ。神よ。

今、ダミアンに言えるのは、それだけだった。あの「人喰いの森」へと迷い込んでしまったと思われる、帰らないフランシスコの事も、緑の瞳をしたデーモンの事も忘れて、ダミアンは思う。

ああ、神よ。あなたは何故わたしを、ここ迄苦しめられるのですか……と。ダミアンにとっては夏樹少年の悲しみは、自分にとっての痛みと苦しみだった。丁度、水森紅や湯川沙羅と劕羅の悲しみを、「痛い」とは感じられなかったのと同じ理由で、ダミアンは夏樹の悲しみを、痛んだ。何故ならダミアンにとって健康な夏樹は、素直な良い少年であり、紅達のような娘は「浄められるべき、汚れた者」でしか無かったのだから。「それ」が、娘達自身の所為では無い事は、ダミアンにも解ってはいた。その事は医師の三田も、指摘していた事柄だったから……。それでも。それでも、とダミアンは思いを追い続けるように、空を行く雲の行方を見ていた。それでも、悪いものは、悪いのだ。その事は、わたしの神である主が示されていたではないのか、と。主は、悪霊に憑かれた者が病気になるのだ、とあれ程はっきりと示されていたではないか。そして、その者達の身体から悪霊を追い出して、浄めて遣りさえすれば彼等は癒やされ、治るのだとも言い、癒やして遣って歩かれていたものなのに。それなのに。それなのに、あの娘達は、わたしの思い遣りを退けた。退けたどころか、「それは違う」と反論さえして、逃げていってしまったのだった……。

だから、わたしは。だから、わたしは、未だに彼女達を許せず、嫌っているのだ。神の御旨に従ったわたしを、心からの思い遣りを示したこのわたしを拒んだ、あの娘達の事を許せず、忘れられないでいるのだ。特に、あの娘……。ダミアンの瞳は、雲の行方を追って「魔の森」の空高く、さ迷っていっていた。

フランシスコが名付け親になってやったという、一介の信者一家の娘如きがわたしに逆らい、森のデーモンの言うなりになって、弟妹迄も連れて、東京の紅を頼って出奔してしまったという話は、信じ難いものであった。俄には信じられず、受け入れ難い話だったものだよ。あの娘は、熱心な信者だった父母の期待を裏切って、孤児の紅や沙羅達と「修道女ごっこ」や「聖家族ごっこ」なんていう、神をも恐れない遊びをこの裏庭や山で、あの森の丘や湖で行っていたのだと、後になって知った。知っていたならば、そんな大それた罪深い遊びは絶対に止めさせていたのに。何故マルト修道女達は、唐松荘の子ですら無いあの娘に、もっと厳しくしなかったのだろうか。厳しく躾けさえしていたなら夢想癖も治って、恐ろしい心臓病をもたらすデーモンからも、解放されていたかも知れないのに。あの娘の名前は忘れられない。教会の中で賛美歌と一緒に、「さくらの歌」なんかを歌っていたあの娘の、はしばみ色の瞳と低くて掠れていた声も、忘れられはしないのだ。ダミアンの瞳は、暗かった。

けれど。それももう、全て過ぎ去っていってしまった事なのだ、とダミアンは小さく十字を切って瞳を上げた。神は、あの娘の奔放さを許されては、いなかったのだろうからと……。森のデーモンにではなく、神に取り去られたという事は、後になって知ったがわたしには解らない。神は怒ったのか、許されていたのか……。

どちらにしても娘は、神に取り去られて、この世からはいなくなってしまった。たった二十四歳の若さで死んでしまった、とわたしは聞いているのだし、実際に死者のための御ミサ迄立ててやったものだった……。余り、気は進まなかったがね。コルベオの下に「それ」を報せて寄こしたという紅はともかく、義姉の口添えも有っては、無下に断る事も出来なかったのだ。それにコルベオとテレーズ修道女達は、どういう理由なのか、あの娘の事が好きだったらしい。紅のように心底好きだったらしくて、わたしに追悼のミサと、弔鐘を鳴らし、送るための許可迄、求めてきたものだったから……。それでも紅は、帰っては来なかったのだ。紅とあの娘と沙羅達は、わたしを逆恨みしているのだろうがね。その証拠に、紅と薊羅は時々コルベオやマルト修道女達に宛てて、簡単な便りは寄こしているらしいのだから。わたしも、嫌われたものだ。なあ、フランシスコ。お前はどう思う？嫌、お前だったら、どうしていたのだろうかね。

神のものだと誓いながら、教会には（というよりもダミアンに）信愛を示さず、受け入れもしなかった娘達に取り憑いているデーモンの事を、お前だったら一体、どうしていたのだろうか……。ダミアンは、フランシスコを想い起こして、顔を歪めた。彼が生きているのなら相談も出来ただろうが、その男も、今はもういない。わたしは一人だ、とダミアンは思う。わたしは、神の中に島流しにされた、流人のようだよ。正しいと信じる事をすればする程、誰かの心が離れていってしまうのだから。正しく在る事は孤独なものだ、と知ってはいたがね。わたしは弱くて、主イエスのようには強くなれない。どこ迄も神に従っていこうと、信仰心に燃えていた頃が懐かしいよ。神は、わたしとお前を離してわたしには苦役を、お前には早世を下さった。苦役は、キリストの弟子の務めではあるけれど。「此処」での苦役は、わたしを酷く痛め付けて、止まないのだ。神の御旨は、どこにあるのだろうか。わたしにとっての神父職は、神の御心に適っているのだろうか。わたしは時々お前のように、あの「魔の森」に入っていって全ての悪の元である、あの森の緑の瞳をした少女の姿で「出る」というデーモンに、真っ正面から戦いを挑みたい、と思ってしまう事がある。そうすれば、少なくとも「此処」での悪は、ぐんと少なくなる事だろうからね。もちろん、わたしにはそんな勇気は無いさ。強力なデーモンを追い払う、エクソシズムの教育を受けている訳でも無い事であるしね。だが、フランシスコ。君がいてくれたらな、とはいつも思わされているよ。君と二人でなら、悪霊と対決出来たかも知れない、とね。そう出来ていたなら、神よ。あなたもあの山崎家の娘や紅達を、きっと救って下さっていたでしょうのに。わたしは娘達が哀れなのです……。

　翡桜は、紅が出社してしまってからも、しばらくの間は起き上がれなかった。心臓が、狂ったように闇（くら）いダンスを踊っているか、死んでしまった小兎のようにピクリとも動かず、キリキリとした痛みが胸から背中、頭の中味迄も締め付けてくるかするので、耐えているより他には方法が無かったのだった。自分の身体の中の「嵐」が過ぎ去ってしまう迄、翡桜は恋しい方の名を呼んでいた。それから、恋しい妹と弟の名を。恋しいムーンと、懐かしい歌の中の人達。夢で見る優しくて誠実な人の名前も、翡桜は呼んでいた。夢の中のその男（ひと）の名を。愛おしく、大好きだった猫と犬の名前を……。今は亡き父母の名前と、その親友だったフランシスコ神父の名前を呼んだ。

　父の真一とずっと文通を続けていたフランシスコ神父の事を、翡桜は真一と同じ位良く知っていた（二人の文面と、父親の話を通しても。そして夢でも）。美月と真一と同じ想いで、「彼」と一緒に桜の樹の下に立って、一族の者達と再会したいとも、強く願ってはきたのだったが……。

心臓が生まれ付き悪かった美月が逝き、同じように心臓を患っていた真一も逝ってしまった、あの年。心を、都（東京）の桜と、フランシスコ神父に残していた真一が、後の全てを翡桜一人に託して、逝ってしまった、あの年……。

翡桜は、呻いた。あの年、僕はフランシスコ神父様の跡を、見失ってしまったのだ、と……。

父親の天の国への「帰還」と、残された弟妹達との上京を報せた翡桜の手紙は、フランシスコの下には届かなかった。そして、はとバスを定年で退職「させられてしまった」フランシスコが、それでも尚、中小の観光会社に職を求めて「渡り歩き」、「流れ歩いている」という、何通かの手紙も、又、翡桜達の上京に依って「迷子」になってしまっていたのである。お互いに、お互いの足跡を見失ってしまった「あの年」を思うと、翡桜の胸は尚の事、締め付けられてしまうのだ。

不幸中の幸いは、と翡桜は思う。僕の妹と弟はもう、何もかも忘れてしまっていた事だった、と……。父の真一と母の美月、それに翡桜の三人は、まだ「さくらの一族」の事を憶えていられた。けれども。翡桜の妹の安美と、弟の一寿の二人はもう、「さくらの歌」も「さくらの一族」の事も、きれいに忘れてしまっていたのだった。その事が判った時、両親は泣き笑いのようにして、翡桜に言ったものである。

「ああ。そうね。これで良い。これで良かったのよ。ね？　あなた」

「そうだね、美月。これで、良いのだろう。あの子達は、全てを忘れたのだから。これから先のあの子達は、あのお方の庇護の下でだけ生きて、あの方の下へと昇っていけば良いのだろう。あの子達は、天の御国に還っていかれるのだよ。パール・アイリス。永かったね」

「うん。そうだね、パパ。ママ。あの子達が天のお国に還るのなら、ママとパパも一緒に、あの方のお国に還っていくのでしょう？」

その時、美月はもう既に、死の床に臥していたのだった。「行き先」は、決めておいた方が良い。誰よりも、何よりも、お互いのためにそうしておいた方が、良い……。両親は、泣いた。

「ええ。そうね。パール・アイリス。ああ、アイリス。愛しているわ。でも。あなたはそれで大丈夫？」

「そうだね。アイリス。わたし達はもう、あの子達の行く所に、還っていかれる。お前にもこうして会えた事だしね。だが、それで良いのかね。わたし達のアイリス。わたし達迄が天に還ってしまったら、お前は一人切りになってしまうのだよ。仲良しのユイハは、忘れていたのだろう？」

　翡桜は、答えた。

「ムーンが居る。ラプンツェルと呼んでいたムーンが、まだいてくれる。ランドリー・パトロとローザとジョセもいてくれる。それにね。顔と名前はバラバラになっちゃっているけど、他にも沢山の人をまだ夢に見られるの。会えば必ず解るし、思い出せるよ。ノバ達も。それから、三日月猫のキャットと黒い犬のドギーも。あの里人達の内の誰彼や、副村長の家柄だったフランシスコ神父様もいる。ユイハはもう、忘れていたけどね。心配要らないよ。ママ。パパ。何よりも、あの方が居て下さるのだもの。安心して逝って。何も心配しないで。愛しているの。愛している……」

　六歳だった翡桜の言葉に、美月と真一は唯、涙を零していたのだった。涙は、愛に染められていて美しい。

「安美と一寿の事は、あの方が見守って下さるでしょう。でもね、アイリス。わたしは、あなたが心配なの。ユイハも忘れたのだし、あの子も天に行けばあなた一人に……」

「そうだよ。アイリス。わたしもお前の事だけが、心残りだ。どうか約束しておくれ。例え残りの者達が見付からなかったとしても。例え、ムーンに、お前が会えたとしても。お前ももうさくらの民には別れを告げて、わたし達の待っている所に、フジシロ様と同じようにして……」

「天の御国に還って来ると、約束して頂戴」

「わたし達のアイリス。ずっとお前を愛していたよ。これから先もずっと。ずっと、お前を愛している。ママとパパの願いは、お前には酷な事だろうか？　アイリス。わたしとムーライはもう、お前と離れたくないのだよ。解って欲しい」

翡桜は頷いた。夢に見る懐かしい「あの方」にもう一度会えるのなら、其処が天国でも地獄でも、構わない。「あの方」の下に行けるのなら、もう何も他には、望まない。でも……。唯ひと言、ラプンツェルとパトロには「ありがとう」と「さようなら」を言ってから、行きたい。ジョイとライロにも、同じ言葉を言って行きたい。フランシスコ神父様が、きっと手を貸して下さるだろうから。「あの方」もきっと、手を差し伸べて下さる事でしょうから……。だからね。愛するママとパパ。もう何も心配しないで。安心して、愛するキティ（安美）とカニス（一寿）の還っていく所に、昇っていってよ。後から、行くから。きっと後から行くと、約束するから……。だって。「あの方」は「一族を再び集めて一つの船に乗せる」と言って下さったのでしょう？　ならば、乗っていくよ。必ずその船に乗って、ママとパパの居る所に連れていって貰うと、約束をする……。

「ありがとう。アイリス。わたしの子」

「ありがとう。アイリス。わたし達の愛する、愛する子。君と暮らせて、幸福だった」

「又、会いましょう。今度は天の国で……」

「又、会おうね。家族揃って。今度こそ永遠に……」

ええ、又、会いましょう。母さん。父さん。でもね。約束は、守れるかどうか怪しくなってしまったよ。肝心のフランシスコ神父様とは、逸れてしまったし。ラプンツェルは、たった五歳で逝ってしまっていた。ジョイとライロには、会えたのだけれど。物凄いような偶然で、というよりも、神の御助けによってね。だけど……。パトロには会っておかなければ僕は、逝くに逝けない気持なんだ。それは、解ってくれるよね？　そういう事だから、確約は、今は出来なくなっちゃった。それを、解ってくれるよね？　僕は、でも。信じて待っているんだよ。こんな身体で生きていられるのも「あの方」のお陰なのだからね。それならきっと紅の言うように、僕はきっとパトロに会って……。それから逝かれる、と思うようにしている。約束を破らなくても良いように、「あの方」がして下さると信じていたい、と祈っている。安美と一寿を守るために僕がしてしまった事は、許されない罪だろうね。この世界でも、「そちら側」でも……。でも、僕は悔んではいないよ。罪に巻き込んでしまった、ジョイとライロと紅には、謝る言葉も無いけれど。それでも僕は、あの時自分のしてしまった事を、悔みはしない。だって、解っていてくれるでしょう？「あれ」で、あの子達二人の人生は、守られたのだもの。心不全になってしまうような僕の人生と、これから先が長くて、希望に溢れているあの子達の人生とを取り替えられるものなら……。僕は、何度生まれ変わったとしても、こうしていただろうと思う。

丁度、母さんと父さんが自分達の生命よりも、あの子達の生命を救けて頂きたい、と願った時のようにね。ねえ、憶えているでしょう？「あれ」は、明るい陽の光の下で起こった事だった。そして「あれ」こそが、「あの方」と僕達との最初の、そして永遠の出会いのためのプロセスで、恩寵だったのだから。僕達が出会い、共に過ごした時間は全て「あの方」からの、父さんと母さんへの贈り物だった。キティとカニスの身体を治してさえ頂けるのだったら、自分達の病苦の事等は「どうでも良い」と言い切っていたあなた達の心を、「あの方」は憐れみ、慈しんで下さったのだと思う。

僕も、そうだった。あの時の母さんと父さんを僕は、心の底から誇らしいと思ったのだから。その父さんと母さんなら、僕が生命を捨ててあの子達を守るためにした事を、解ってくれると信じているよ。もちろん僕は、「あの方」に対しても、申し開きは出来ない。何と言ってみても、犯罪は犯罪なのだからね。解っている……。

それだからこそ僕は、今では尚「あの方」の御愛に頼っているんだ。あの方の憐れみ深さと優しさに頼って、生きているんだよ。だってね。父さん、母さん。そうしなければ僕は、こんな状況には耐えられない。水穂の両親と紅迄巻き込んでしまって、もしも彼等に迷惑が、と思うと恐くてね……。祈らずにはいられない。「あの方」の船に、皆と一緒に乗れなくなっても。「あの方」に手を引かれなければ、僕は、どちらに行って良いのかさえも解らない、子供のようだよ。僕は、逃げている。そして、捜している。だけどね。僕が本当に探しているのは、「あの方」が僕を進ませて下さる、この船の行き着くべき「岸辺」なのだと思うよ。この、可哀想な心臓を乗せた僕という名の船は、もうそれ程長くは、進めない。それならば、考えないとね。僕という船に残された「時」の長さよりも、その「時」の濃さと、実りの豊かさの方の事を……。

翡桜は漸く起き上がって、超遅い朝食を少しだけ、船の燃料室に送り込んでやった。それから支度をして、出掛ける。下町に。花木町に建てられている、古いアパートへと、翡桜は行く。

それは、通い慣れた道だった。そして今では遠い、禁じられている道。紅に心配をさせまいとして、嘘を吐いて迄、忍んで来た、昨日の夜の暗い道。

翡桜の仮の住まいは、市ヶ谷から奥まった所に在った。墓地に囲まれた一角の、古いアパートである。取り壊しが決まっていたので、ふた月だけの契約で身元保証人は要らなく、礼金も敷金も不要だった物件に、翡桜は喜んで入居した。墓地なんて恐くない、と翡桜は思っていた。恐いのは、人と呼ばれている生き物の心だ。そして愛しいのも又、人間という生き物の心の在り方と、その愛の行方なのだと翡桜は思う。

十二月の風は、例え真昼のものでも、翡桜の心臓と肺には悪い。翡桜は黒いニットのキャップを被り、瞳を眩しさから守るための黒いサングラスを掛けて、衿元はマフラーでしっかり保護していた。おまけに用心のための大きなマスクも付けている。誰一人振り返って見る人もいない駅のホームの雑踏の中で、翡桜は咳き込む。胸の中に、焼鏝(やきごて)を押し当てられているかのように翡桜の胸は痛く、吐く息も熱くて、痛かった。

「そおっと行って、見て来るだけから」と翡桜は心の中で紅に言う。

翡桜はこのようにして紅にも黙って秘(ひ)っそりと、この二年の間に何度か久留里荘の柊達と沙羅達の様子を見に、アパートの部屋の近く迄、行って見ていたのであった。正確に言うとその古いアパートの前に建つ小学校の、狭くて暗い裏庭か、校門の近くに立っている巨(おお)きなプラタナスの樹の陰等に……。其処からは、久留里荘全体の部屋の窓がこっそりと見られて、「あちら側」からは見付かり難いという利点があったのだけれども。

けれども、昨日は失敗をしてしまった。美しい金瞳銀瞳の真っ白いルナが足元に擦り寄って来ていて、クレッセント（翡桜の可愛がっていた猫だった）のように甘えたもので、つい足が止まってしまったからなのだ。いつもなら、只の通りすがりの男のような振りをして、何も変事は無いかどうかを確かめてみるだけで済んでいたのに、と翡桜は嘆く。

それなのに柊がどういう積りなのかいきなり窓を開けて、真っ直ぐにこちらに向かって立ち、手を振ったりするものだから、思わず逃げてしまったのである。服装は男に変わっているし、変装もしているし、第一もう二年も会っていなかったというのに。お陰で沙羅達の様子は、少しも判りはしなかったのが心残りで……。

縦は、又、痛みが一層酷くなっているのじゃないかとか、沙羅は、あのイカサマ宗教の仲間達か、イカレポンチの教祖自身を、縦のためとか柊のためにか、どちらかの部屋に入れたりしているのじゃないか、だとか。心配してイライラしているよりは、ちょっとだけでも様子を見に来たいと思うのは、人情だものね。だけど、用心しなくては。柊がいつ又、昨日のように、いきなり窓を開けて、どうしてだか僕だけを真っ直ぐに見るような事になっては、困るもの。変だな。あんな事はこれ迄は、一度も無かったのに。柊は大抵窓の近くに席っていて、只ぼんやりと空なんかを見ているのが、普通だったものなのに。やっぱり沙羅に、何か有ったのではないのかな。余程変わった事でも、沙羅の身に起きて。その事が柊にも伝わったか何かして。それで柊と縦の生活に、乱れが出て来ているんじゃないのかなあ。それなら薊羅は？　薊羅はどうしているのだろうか……。変人クラブの皆は？　特に咲也君は、どうなってしまっているのだろうか……。

「ニャアン。アン」

「ああん。ルナちゃん、待ってってばあ……。あん？　アレ。やっぱりミーちゃんだ。ミーちゃん、ろうして今迄会いに来てくれなかったのお？　ろうして昨日は、スーッって消えちゃったりしたのお？」

翡桜は、頭を抱えたくなってしまった。紅の言う通りにしておけば良かった。「馬鹿ったれ」と、自分を責めて。こんな事が起きると困るから僕は、妹と弟の傍にだけは、絶対に近付かないでいたのに。ルナを追って来た柊に、ばっちり「姿」を見られてしまったなんて、最悪だ……。

「僕は、ヒオっていうんだよ。ミーじゃない。君は？」

柊はルナを抱き締めて、もう半泣きになっていた。

「僕、柊だよお。ミーちゃん、柊を忘れちゃったのお？　そんなの酷(ひど)いや。そんなの、酷(ひど)いやあ……。ああん、わあん……。ミーちゃん。ミーちゃんってばあ……」

「困ったね。僕はミーじゃ無くて、ヒオだって言っているのに。ちょっと。そんなに泣くものじゃないよ。そうでないと、樅ちゃんが起きてしまうだろう？」

そう言いながらも翡桜は、少しずつ後退していった。その翡桜の後を、柊は追っていく。

「ミーちゃんじゃないんなら、ろおして樅が眠っているって、知っているのお？　おおん。おおん……」

「ミーから聞いた事があるからね。君が柊ちゃんかあ。コラ。泣くな。泣くと、その猫ちゃんが悲しがるからね」

「ルナちゃんがあ？　猫ちゃんは、悲しがったりしないよお。ああん……」

「悲しがるよ。それに、心配もするんだよ。こんなに泣くなんて、どこかが痛いのかなあ、とか何が悲しいのかなあ、なんて心配してくれるものなんだ。君は、猫ちゃんに心配を掛けたりしたくないだろう？　可愛い猫ちゃんだものね」

「うん。グウズッ。グズッ。この子はねえ、柊が好きなの。ルナちゃんていうんだよ……お、おおん。お、お兄ちゃんは、ルナちゃんが好き？　グウズッ」

「ヒオだよ。ヒオっていうんだ。宜しくね。柊ちゃん。宜しく。ルナちゃん。僕も、その子が好きだな。柊ちゃん、君もとっても良い子みたいだね。ミーが死んでしまったから、淋しかったのかな」

「うん。ズズッ。淋しかった。グズンッ。ねえ、お兄ちゃん。お兄ちゃんは本当にミーちゃんじゃないのお？　だって。そっくりだよお……おおおん」

「どこも似ていないよ。柊ちゃん。ほら、良く見て。ミーは髪の毛がウェストの辺り位長くてさ、お姫様みたいだっただろう？　でも、僕の髪の毛はこんなに短いし、声だってミーより低くて、ガラガラだ。瞳も悪いし、頭も性格も、ミーよりも悪いんだよ。男だからね。仕方無いけど。柄が悪いのさ。解った？」

「ううん。ズズッ。ママもルナちゃんのおばちゃんも、ミーがどっかから会いに来たって、言ったのにい……」

「天国の事かな？　それなら、会いに来てくれていたかも知れないね。でも、僕は君とは初めて会ったんだ。このルナちゃんともね」

嘘吐いてごめんよ、柊。ルナも、ごめんよ。僕は今では、翡桜なんだ。ミーは、確かに死んでしまったのだからね。「あの時」に……。今はもう、何処にもいない。いないんだよ。柊。ごめん。君達のミーは、僕がこの手で、消してしまった。殺してしまったと言われても、仕方が無いけど。ごめん……。だけどね。ミーは、余り苦しまないまま逝けたんだよ。お医者様からも「自然死」だと思われるぐらいに上手く、僕は遣れたんだ。もちろんね。神様と、ジョイとライロにその後の事は、全て助けて貰っての、話だったのだけど。紅には……。紅にだけは僕は、後からそっと連絡を取って、会った。だってね。紅は、僕の分身みたいなものだったからね。そして、何よりも紅は、僕が急にいなくなってしまったりしたら、生きられない程に苦しむ、と良く解っていたからなんだよ。紅は、一人ぽっちだ。柊、君や樅が居ても。沙羅と薊羅が居てくれても、やっぱり一人ぽっちなんだとしか、言い様が無いんだよ。紅にいて下さるのは、「あの方」唯、お一人だけで……。それは僕にしたって、似たようなものだけどね。僕達は、弱い生身の人間なんだ。「あの方」一人がいて下されば十分だと解っていても尚、共に行く船人が誰か、たった一人でも良いから欲しくなるんだよ。あの方を慕い、誉め合う誰か。愛し合う誰かが、要るんだ。紅のために僕は、この身を危険に曝した。本当なら僕は、紅の前からも消えてしまうべきだったのに、そうはしなかった。

出来なかったんだ。紅が、余りにも不憫だったから、可哀想で……。でも、柊。君と樅は、違うんだ。君達にはママが、薊羅が、紅が居てくれるのだからね。

それでも、ごめん。嘘吐きは、僕だって嫌いなんだよ。

「ニャ・ニャアン。ニャ・ニャアン。アン。アーン」

柊の部屋に通ってきていた頃に、何度か可愛がっていた白猫のルナが、翡桜の所に来たがって甘えた大きな声で鳴く。翡桜は、思った。

ああ。そうだったのか、と……。ルナは翡桜を、未だに良く憶えていてくれたのだ。そして昨日もルナは、柊の足下か何処かにいて、思い切り柊に「昔馴染み」の来訪を、告げてやったのに違い無かったのだろうと。翡桜は、退いた。

ごめんよ。柊。ルナ。僕は、もう行かなくちゃ。

僕はもうこれ以上、此処にはいられそうに無い。だって、僕は。だって僕は、生き物全てに、弱いんだもの。生きて在る物全てが、愛しいんだもの。君達と一緒にこれ以上いたりしたなら、きっと僕はじきに「尻尾」を出してしまうのに、違いないだろうからね。それだけは、駄目なんだ。

「あらまあ、ルナったら。そんなに甘えた声で鳴くなんて、赤ちゃんみたいだわよ。柊ちゃんもよ。こんな所に来ていたら、樅ちゃんとママが心配しちゃうでしょう？　アラ。こちらの方は？」

晶子だった。間の悪い事に、柊の大声を聞き付けた幸男と咲也も、こちらに向かって歩いて来ている。そして、その咲也の手には、作り掛けの魔除けのリースとヒイラギの枝で作った十字架が握られていたのであった。晶子は微笑む。

「まあ。咲也ったら、もう作ってくれてしまったの？」

「ううん。まだだよ、晶子姉。そんなにすぐに、九つも作れやしないもの。けど、夕方迄なら全部、完成させられると思う」

「ええ。お願いね。出来るだけ陽のある内に、完成させて頂戴よ。日が落ちてからだと良くない気がするの。魔除けなんていうものは、特にね。暗くなる前に全部の部屋のドアに掛けておきたいのよ」

魔除け？　そのためのリース。それに十字架だなんて、と翡桜は逃げ出す事も忘れて、一瞬その場に立ち止まってしまっていた。魔除けは良いとしても、それにプラスしてクルスが要る？　嘘。

この晶子さんという人は、一体何を考えているのだろうか。まるで。まるで、僕と同じように、あのイカレポンチキ教祖が、本物の「悪」だとでも感じているみたいに、思えてきちゃった。でも、何で？　何で晶子さんには、「あいつ」が悪いモノかも知れないと、解ったりしたのだろうか。

黒い帽子に、黒いサングラス。黒のマフラーに大きな白いマスクという翡桜の両腿に手を掛けて、ルナが「抱っこしてよ」と鳴いている。

「アレ？　あんた」

と言ったのは、幸男だった。晶子も小さく「ア」、と言い、咲也は柊を抱き寄せるようにして、翡桜を見詰めてしまっている。

「あんた。確か、一年かそこら前頃、摩奈にいた緑じゃないのかな」

「ミロリ？　違うよ。このお兄ちゃんの名前は、ヒオちゃんだよ。それとも、ヒオちゃん。僕に嘘吐いたのお？　あれ、嘘だったのお？」

あちゃーっ、と思った翡桜は、ルナを胸に優しく抱いてやる。ルナはすぐに、嬉しそうに喉を鳴らし始めた。

仕方が無いなあ、もう。翡桜は、言った。

「僕はね、嘘は吐かない主義なの。解る？　柊ちゃん。お兄ちゃんの名前はね、緑色の桜という意味なんだ。だからお兄ちゃんは、緑でも、ヒオでもあるというわけ。緑だけにしちゃったのはね。一々名前の由来を説明するのが、面倒臭かったからかな。僕の本名は、ヒオなんだよ」

それは、半分本当で半分嘘だった。だって、そうじゃないか、と翡桜は考えている。沙羅と薊羅に聴かれたら、すぐにお里の知れてしまうような名前を、柊に教える訳にはいかない。では、まるきりの嘘なのかというと、そうでは無かった。

「翡桜」は、紅にだけ通じる「愛の証」の名前なのだから。紅を紅い桜、紅桜と呼ぶのが、この世の中では翡桜一人だけなのと、同じ様に……。

「さくらの一族」と、そうではないが彼等の内の一人と運命を共にしよう、と誓った少女との間の愛の証に、二人は互いに互いを「桜」と呼んでいたのだった。その事は、沙羅と薊羅も、ダミアン神父もシスター・マルト達も、知らない。その事を知っていたのは、紅の宿命を憐れに思った、山崎美月と真一夫婦だけだった。その二人の人も、今は、もういない。いないのだ……。

柊には、翡桜の理屈は通じなかったようだった。

「ミロリ色の桜ぁ？　嘘だあい。そんなの、無いよお。桜は白いのとピンクなの。お兄ちゃんの、嘘吐きい！」

「嘘じゃないのよ。柊ちゃん。桜にはね。きれいな緑色の花の咲く種類も、ちゃあんとあるのよね」

そう言った晶子の顔色は、白くなってしまっていた。幸男の顔色も、咲也の顔色も、青いというよりは、白っぽく変わってしまっている。

晶子は、思っていた。

ヒオですって？　一体どんな字を書くの。いいえ。そんな事は、どうでも良いのよ。あ。何という事なのかしら。緑。碧。あの、知世ちゃんの抱かれていた桜の樹。あの樹の花こそ、碧(あお)だった。緑だった……。

幸男は、翡桜と知世は知り合いか、奈加のような友人か、と考えていた。そうでなければ。そうで無ければこいつは、何でわざわざ俺達のケツの後を追い掛けて、摩奈に出入りしたり、このアパートに迄来たりするのか、と。

咲也は、もっと悪い事を考えてしまっていたのであった。知世は、「運命の恋をした」、と言っていたのではなかったかしらん、と……。そしてその恋に破れて、あの内気で可憐な少女は「帰らずの山」に一人切りで入っていき、その山の緑い桜に抱かれて今も眠っているのだから。だとすれば。この黒メガネ男は、知世ちゃんの元恋人で、彼女の恋を踏躙った、人で無しでロクデナシの、張本人という事になるではないのか、と……。

翡桜は、ルナを抱いたまま後退し始めた。

何故その三人が三人とも、揃いも揃って紙のように白い顔色になり、揃いも揃って、自分を敵か何かのようにして見ているのかが、解らない。

「アレ。ヤだなあ、皆。そんな顔をして。僕、何か気に障るような事、言っちゃいましたっけ。でも、御屋敷さん。どうして三ヶ月も保たなかった僕の事を、憶えていてくれたりしたんですか」

幸男は渋く、凄みのある声になる。

「あんたの腕前が、良かったからだよ。緑。あんた、俺と同じでプロのバーテンなんだろう？　摩奈でも大事にされていた筈だぜ。そいつがどうしてたったの三ヶ月で、ドロンを決めたりしたんだよ。知世の所為じゃ、なかったのかい？」

今度は咲也の訊く番だった。

「緑という名前が有るのに、どうしてわざわざヒ、ヒオだなんて言うの？　知世ちゃんを死なせてしまって、後悔したの。知世ちゃんが眠っているあの緑い桜の樹を、それで名前に付け足しでもしたの？　今更、遅いよ。今更何をしたって、あの子はもう帰っては、来ないんだから」

翡桜は、慌てた。何の事やら、解りもしない。

「……。話が、全然、見えないんだけど。困ったな。僕は、その知世ちゃんとかいう女の子とは会った事も無いし、話をした事も、無いですよ。摩奈を辞めたのは、ですねえ……」

翡桜はそう言って、何故か咲也を見てから、ニッコリとしてみせていた。マスクの中からだったけれども、その事は咲也達にも伝わった筈であった。翡桜は言う。

「摩奈の社長の真奈さんてね。すっごい年下好みだったの。知らなかった？　僕は、彼女に目を付けられちゃっただけだよ。君はまだあの頃は、十七か十八歳位だったんでしょ。でも、大人になってきたよね。だったら、気を付けた方が良いな。真奈さんのお目に適うと、後が怖いからね」

真奈さん、ごめん。嘘を言っちゃって。でもね。本当の事を言われるよりも、ずっと良いでしょう？　真奈さんには、愛人が居るけど。その愛人とは腐れ縁みたいで、気晴らしに僕を誘惑しようと「仕掛けて」きて、突き飛ばされたなんてね。そんな不名誉な話よりは、嘘でも良いからこの位、色気のある事を言って欲しいと、真奈さんだって思うでしょう。ね？

翡桜の「ニッコリ」の意味を悟った咲也は、危くリースとクルスを取り落としそうになった。

幸男はフンと、鼻で嗤（わら）った。

「緑。嫌、ヒオか。どっちでも良いが、良い加減な嘘を言うと承知しないぞ。摩奈の社長が、お前みたいな年下のゲイに、色目を使ったりするものか」

翡桜は幸男に対しても、ニッコリとしてみせた。

「ゲイだなんて、心外だなあ。御屋敷さんは、もっと捌けている人だと思っていたのに。尊敬していて、損しちゃった。ねえ、藤代君。君には僕は何に見えるの。ゲイ？　それとも男？」

咲也は、答えられなかった。実際「緑」が摩奈に入って来た時には、「寄せ集め家族」の皆は彼を「ゲイのバーテンだ」、と思い込んでしまっていたものだったから……。翡桜は、肩を落としてみせた。わざと。うんと。大袈裟に……。

それから逃げる支度に掛かって、ルナを柊に渡そうとしたのだ。

さようなら。柊。さようなら、ルナ。僕はもう、此処には来られない。だから、さようならなんだよ、もう一度。もう、二度とは会えない。許してよ……。

「待って。待って。あなた。緑……ヒオさん。あなた、知世ちゃんの事は知らないと言っていたわね。それなら。それなら、エメラルドの瞳をした女の子の事は、知っていないかしら？　エメラルドの瞳をしている、森番の少女なのだけど……」

晶子には、昨夜の今日で現れた美少年（確かに、摩奈にいた時の「緑」は、美しかった）が、ヒオ（緑色の桜）と名乗っている事が、天啓のような気がしてきてしまったのだ……。

「帰らずの山」で眠っている知世の守護精は緑い色の桜で。その山を「わたしの山」と呼ぶ森番の娘は、深く、哀し気な緑色の瞳をしている。そして、今此処には、自分の名前は緑色の桜である「ヒオ」だと名乗っている、美しい（筈であった。今は黒メガネに大きなマスクで良くは解らないが）、少年だか青年だかが、突然姿を現したのだから……。

だから、「そこ」には何か理由が在る筈なのよ、と晶子は感じ取ったし、信じられもした。晶子はどうしても、あの、エメラルドの瞳をしていた娘の名前を、知っておきたかったのだ。そうでなければ、知世に良く似ていたような、内気そうでいながらも優しく、儚気だった娘が告げていた「アレ」というモノが何か、誰なのかが、解らないままになってしまう恐れが強いのだから……。龍の石は、気紛れだったり、自分の映し出す人間達や霊達の「選り好み」をしたりするのだ。つまり、晶子の水晶球は石の癖に人の好き嫌いをするという、変わった石なのだった。

だから石は、知世や緑の瞳の娘の秘密を、彼女達の涙を、晶子にも見せてはくれない。青味を帯びた澄んだ水か、湖のように美しいその石が見せてくれるのは、それ以外のあらゆる事柄と人物なのだった。晶子は占い師として、それ等の厖大なガラクタだか宝の山から、自分の見るべきものを見、探すべき物を探して「相談者」の悩みや「冷やかし」に、答えなければならない。一筋の糸を、探さねばならない。それは、骨の折れる仕事だった。

それこそ知世や、今朝の「森番の娘」のように、龍精が「向こう寄り」である場合には、こちらからは何一つ、石から引き出せさえもしないのだから……。

あの、エメラルドの瞳の少女の名前さえ解れば……と、晶子は願う。知世の時のように、こちらから呼び掛けてみる事が、出来るかも知れない。そうして、彼女は何に対して「警告」をしてくれたのかを、もっと詳しく尋けるかも知れないのだから、と縋るように思う……。

晶子の様子を見た咲也は自分の今作らされている「物達」が、「緑色の瞳」をしているらしい女の子に関わりが有る事に、気が付いた。

瞳の色が緑の女の子って、と咲也は思う。

外国人になら沢山居るのだろうけれども、巽うようだね。でも。日本人には、エメラルドの瞳をしている子等、居はしないだろう？　だったら。だとしたら「その子」も、知世ちゃんと同じような「眠り姫」の一人と考えて、良いのだろうか……。

幸男も、咲也と同じようで、違う事を考える。

緑色の瞳をしている、森番の娘だって？　まさかな。そんなものが、この日本にいる筈は無いだろうが……。嫌、待てよ。何で晶子は知世を知らないなら、「そいつ」を知っているかだなんて、この女男の緑に尋（き）いたりしたんだろうな。知世の桜は碧（みどり）で、こいつの名前も緑の桜？　その上、もう一人、緑の瞳の女って……。どうしてこう、どいつもこいつも「緑」に関係していやがるんだろうな。クソ。こいつ。この女男は絶対に、知世のいるあの桜山か、「入れずの森」の中からでも出て来た「死神」みてえな奴に、違い無いんじゃないのかよ。それなら、願い下げだぜ。

幸男は自分に付き纏って、散々な目に遭わせてくれていた黒い「影」達の事を思い出して、ゾッとしてしまっていた。もしかしたら。もしかしたら、このヒオだか緑だかも、黒い運命の手先の「影」か、ゴーストのような奴なのでは、ないのかと。「奴等」は、本当に執こかったのだから……。

「桜山……」

幸男が思わず呟いた言葉に、翡桜は反応した。

「帰らずの山の事だろ。あんた達、あの山や閉ざされた森の事を、知っているとでも言うの？」

「そっちこそ」

と、幸男は翡桜を睨むようにして、言った。

「何でお前が、帰らずの山の事を知ってなんかいるのかな？　閉ざされた森ってのは、何の事なんだ」

「昔はね、只の森だった森の事なんだけどさ。二十年前に、大きな事件が有ったんだよ。それで人喰いの森だとか、入れずの森だとかと呼ばれてしまうようになったんだ。きれいな湖が在って。川も流れているけど、とにかく奥深くてね。帰らずの山っていうのは、その森の奥、北東側で、荒ぶる山とも呼ばれているんだよね。どうしてあんた達が、あの山や森の事なんかに、興味を持っているのかなあ」

翡桜には、「其処」は特別な場所だった。想い出の場所と言っても良いし、神聖な場所と言っても良い程に、特別な場所であったのだ。

晶子は翡桜が「その場所」に就いて、まるで生まれ故郷のように詳しい事に驚き、希望を持った。

それなら。それなら彼は、知世の山も抱いているという、その森の「番人」の事も知っているのに違い無い、と……。けれども、黒いサングラスの翡桜は言う。

「番人なんて、あの森にはいなかったけどな。誰でも自由に入れたものだよ。湖の辺り迄だけだったけどね。だけど。その事件が起こってからは、立入り禁止になってしまってさ。残念だったよ。僕達にとってはね……。もう、行っても良いかな。僕はこれからまだ、いる。

に。翡桜の前にはまだ半ベソのままの柊が立っていて、翡桜の肩にはルナがしがみ付いている。

用事があるんだ」

晶子に目配せをされなくても、幸男と咲也は翡桜の逃げ道を塞いでしまっていた。それ

晶子は柔らかな、優しい声で繰り返した。

「でもね。その子は確かにそう言ったのよ。わたしの山だって、桜山の事も、言ったのよ。それで。気を付けて、って言うのよね。此処は狙われているから、気を付けて、って。そう言ったの。それから、こうも言ったのよ。ソレが狙っているのは此処の住人だけでは無くて、東京中の人達もなんだと、わたしに言ったの。ソレって何なの？」

「待って下さい。少しだけ、待って」

翡桜は、晶子の顔を熱心に見詰めている柊に、そっとルナを抱かせて遣ってから、柊に向かって言ったのだった。

「柊ちゃん。こんなに長くお外に出ていると、樅ちゃんとママが心配するだろう？　ルナちゃんと一緒に、もう帰った方が良いと思うよ。外はとーっても、寒いからね。風邪でも引くと、ママが泣く」

「ママが泣く」と言われた柊は、恨めしそうに翡桜を見た。

「ミーちゃん。又、会いに来てくれるう？」

「ミーちゃんじゃないの。ヒオ。僕は只のヒオで男でね、君のミーじゃない。でもね。そうだな。又、来れそうだったら来てみるよ。それで良いね？　さあ、帰って！　ヨーイ・ドン!!」

ああ。柊。樅。そして、沙羅と薊羅。ルナ猫。今度こそ本当に、さようならだね。さようなら。又、会う日迄……。さようなら。僕は、天の国にひと足先に行って、君達を待っている。待っているからね。バイ。又、いつか。又、いつか……。

晶子は、翡桜の心遣いと優しさに接して、自分を恥ずかしいと思った。そうなのだ。こんな話は、柊に聞かせてはいけない。こんな話は、他の誰にも聞かれても、いけない。そして。こんな寒い冬の日には、どんな話であってもこんなに長く、外で立ち話等をしていてはいけなかったのであった。その証拠に、と晶子は胸に手を置く。その証拠に、ヒオと名乗っている緑の顔色は、白く塗り替えられた校舎の壁よりも、白くなっている。

「悪かったな。気が付かなくて。お前、どこか悪いんじゃないのか？　立っているのも辛そうに見えるぞ」

幸男の言葉の方が、先だった。咲也も頷く。

「僕の部屋に、来ない？　今、リースを作ったりしているから、散らかっているけど。熱くて美味しいローズティーを淹れるよ。良く温まるからね。あの……。良かったらの、話なんだけど」

「悪いけど。本当に僕はもう……クッ。コホンッ」

寒い所に、立って居過ぎたんだ。翡桜は、思う。でも、もう少し。もう少しの間だけ、頑張っておくれよね。僕の心臓……。

「咲也の部屋では、お隣に近過ぎるわ。ねえ、緑……ヒオさん。いっその事、このすぐ近くにあるお食事処に行きません？　その店なら小上がりが有るから、ゆっくりとお話ししながら食事も出来るわ。今のお話の続きを、もう少しして頂けないかしら。車を呼ぶから……」

「このすぐ近く？　この辺りにはそんな洒落た店は、無かった筈だけどな……」

「それが、有ったんだよな、緑。この花木町のすぐ隣にある綿木町に。日本料理屋だけど、旨い店だぞ。其処の二階には、これ又結構なバーも有る。仕事に困っているのなら、お前の腕なら雇ってくれそうな、良いバーだ」

翡桜は、逃げ出すチャンスを狙っていた。

「隣の町に迄なんか、行くのはヤだよ」

「どうしてなの？　近くには綿木公園っていう区立の広い公園も在ってさ。食事をした後には散歩も出来るし。良い所なんだよ」

「公園？」

翡桜はサングラスを取って、咲也の瞳を覗き込んでいた。

「その公園には、桜の樹はあるの？　コホンッ」

咲也は、思わずまじまじと翡桜を見てしまった。はしばみ色の大きな瞳に、長くて黒い睫毛。陶器のように白くて、透き通っている肌。

「桜なら、あるよ。桜並木の他にも、公園の中に一本、巨（おお）きな桜の樹があるからね。見に行ってみる？　そんなに好きなら、行ってみると良いよ。そういえば君の名前も、緑色の桜だものね。食事が済んだら、僕達は帰るけど。駅からも、そう遠くは無いからさ。迷いたくたって迷わない。本当に、すぐ近くなんだから。ね、行こう」

綿木町にあるという、区立の広い公園。その名も単に地名を取っただけのその公園の存在を、翡桜はこれ迄知らなかった。紅と一緒に巡り歩いてきたのは、人の集まる大きな公園や、桜の名所ばかりだったからなのだ。翡桜達は「宮城」を中心にして、探していたのである。

そうなんだ……と、翡桜は思う。都は広くて、桜の花が咲いていてくれる時期は余りにも短い。そうなのか、とも翡桜は思っていた。

それなら僕は、来年の春にはその綿木町に在るという公園にも、必ず行ってみる事にしよう、と……。でも、それは今では無い。冬枯れて眠っている樹の下にでは無く、見る者の心の色も染めてしまいそうな、淡くて甘い、桜の花の海の下でなくては駄目なのだから。

そう「あの方」は言われたのだと聞いているし、僕はラプンツェル（ノエル・ムーンの、ブラウニ・デイジー）からも、そのように聞いた事がある筈だった。

ムーンは占いをするけれども、水晶球やカードに頼ったりはしなかった。ムーンは、月を見て（先行きを読んで）占い、夢を見させたり、見たりしても占う、「月読み」の娘で、花族の末の娘でもあったのだから。だから、ムーンは花樹と「会話」を交わし、喜びを分かち合うのだ。僕が「生き物」達と、同種の様に心が通じ合えるのと、同じ様に……。そのムーンが言っていた事を、僕は憶えている。と、いうよりも、想い出させて貰ったのだ。「あの時」に。「あの方に」。生きている夢の中でも。目覚めたままに見る夢の中でも、繰り返し……。

「さくらの民」の娘長（むすめおさ）、神官のムーンは告げていた筈だという事を……。

「あたし達、又会える。ヤポンの東京シティの、桜の樹の下で」と。

僕は、信じる。ムーンはラプンツェルと呼ばれて。この地ではもう逝ってしまったのだと知らされても、僕は信じている。でもね、ムーン。ラプンツェル。僕の身体には「穴」が開いてしまっているんだよ。生命を留めておく器の身体に、穴が開いてしまったら、どうなるかは解るよね。僕も逝く。そう遠く無い間に、ラプンツェル。愛しいムーン。君の居る所へ。でも。「其処」は一体、何処なのだろうか。ねえ、ラプンツェル。「其処」は、「あの方」の港の近くなのかな。光り輝く宮の中だと良いけれど。ラプンツェル。ラプンツェル。ノエル・ムーン。君はもしかしたらまだ、「時の神」の事を想っているのではないか、と思えてね。僕は、それが心配で。僕にはそれが、心残りでならないの……。

　父さんと母さんに誓った安美と一寿の事は、「あの方」の御手に委ねているから、余り心配しないようにしている。でも、ラプンツェル。愛する、長い巻毛の、美しい瞳のラプンツェル。ねえ。ムーンの神様は「あの方」のようには、優しくは無い。「あの方」のようには、慎み深くも、情け深くも無いと、早く気付いてくれないと……。僕は、ムーライとトルーとは、「約束」をしたけれど。それは必然で成就なの。あの美しい日に僕達が、「あの方」のものになってしまったのだという事を、憶えていてくれた？　僕は多分、もう帰らない。さくらの民に。ラプンツェルの神様には、もう帰らない。僕は、日毎夜毎に夢に見る方の港に向かって、進んでいるのだもの。ああ。ラプンツェル。早くその事を、思い出してくれないと。間に合わなくなってしまうよ。僕達は、天の国では永遠に、会えなくなってしまうかも知れない。天の何処でも会えなくなってしまうかも知れないと思うと、僕は悲しくて泣けてくる。だけど、ジョイとライロが付いていてくれるから。「あの方」がいて下さるから、僕は唯、祈っている。愛しい妹！　ラプンツェルの「旅」が、此処でもう終りになるように、と願っている……。

　ああ。ごめんなさい。お水を、落としてしまいました。ごめんなさい。お水を、落としてしまいました……。

「ごめんなさい……」

「おい。しっかりしろ。クソ。やっぱりこいつ、ゲイなんじゃないのかな。こんなに低い声でも女みたいな顔で言われると、こっちの頭の方が可笑しくなってくる」

「何やってるのよ、皆でこんな所に居て。アラ。この人、誰だったっけ。そうだ。ゲイのバーテンさんの、緑さんじゃない？　何で緑さんを、幸男が抱いているのよ」

「抱いているのじゃ無くて、支えてあげているんだよ。ヒオさん、急にフラフラーってして、倒れ掛けるんだもの。こっちまで倒れそうになっちゃった。お帰り、奈加ちゃん。早かったんだね」

「あんたのは、いつもの事でしょ、咲也。それよりもさ。ねえってば……。何で彼氏がこんな所にいて、皆で揃って面倒みているのか、教えてよ」

「相変わらず元気が良いのね。奈加ちゃんは」

そう言いながらも晶子は、困った事になってしまった、と思っていた。緑だかヒオだかの事を説明してやるためには当然、奈加の親友だったという、知世の話もしなくてはならないのだけれど。けれども奈加は、知世が逝ってしまってから三年も経っていても、彼女の話になると泣いてしまうのだったから。ポロポロと。そうでなければ、声を忍んで泣くのだから……。

「済みません。お水を……」

「お水が欲しいのね？　奈加ちゃん、お願い。お水を持って来てあげてくれない？」

「そんな事をしているよりも、運んで行っちゃった方が早いってば。幸男……。ヤなの？　んじゃ、咲也。あんたが背負っていって遣れば良いのに」

「僕だって、駄目だよ。もっと、駄目だよ。知っている癖に……」

翡桜は気が付いて、バツの悪そうな声をした。まだ胸が痛んで、目も回っているけれど。それを知られたいとは、思わなかった。絶対に。

「ア。ごめん。貧血起こしちゃったみたいだね。時々なるんだよ。寒冷アレルギーなんだ、僕」

「何よそれ。そんなの、聞いた事も無いわよ」

晶子が瞳で合図をする前に、幸男は奈加をアパートの方へと引っ張っていってしまった。翡桜に向かって、晶子は言う。

「まだ調子が良くないのでしょう？　楓は又という事にして、わたしの部屋で少し休んで行ったらどうかしら」

楓？　ああ。そうか。さっきの話に出てきていた、綿木町の日本料理を出すという、店の事なのか。

翡桜は、晶子と、咲也の手の中のリースと、素朴な、枝を組んだだけの十字架を見た。何の事なのかを、話してあげておかなければいけない、とは思う。だが、一体どこから始めて、どこ迄を話して良いのだろうか？

「ありがとう。でも、僕はもう大丈夫だから……。それよりも、さっきの話なのだけど」

「知っているのね、やっぱり。それなら、教えてくれないかしら。あの、エメラルドの瞳の少女の名前と、彼女がゴーストなんかになってしまった、その理由を……」

翡桜は、もう一度咲也の手の中の、クルスを見る。

「沢野さん、でしたよね。それで？　その子はあなたに何と言ったのかな。あなたは何で、その子の名前なんかを知りたいんですか」

「気を付けて、としか言わなかったの。とても悪いモノが、このアパートの住人全部と、東京中の人を狙っているから、気を付けて、って。それだけじゃあ、何も解らないでしょう？　だから、尋いてみたいの。誰に、何に気を付ければ良いのかを。そうするためにはね、あの子の名前がどうしても必要になるの。だって。名前も知らないのに呼び出そうと思っても、それは無理な話なのですもの」

この人の占い方は、ラプンツェルの遣り方とは異うのだ、と翡桜はやっと思い出した。ラプンツェルだったら、そんな回りくどい事はしなくても良い。ラプンツェルだったら、直接相手の「頭」の中に、話し掛けられたものなのに……。

晶子の心配事は、翡桜の心の奥に届いた。

翡桜は、知っていた。五年も前に「離れた」とはいっても、故郷の全てを捨て去ってしまったという訳では、無かったのだから……。文通を交わしていたシスター達もいたし、愛猫のクレッセントと犬のミアを預けてきた、友達のユイハであった娘もまだ、N町やN町の近くの村里で暮らしているのだ。紅が、文を交わし合っているコルベオ執事や、シスター・マルト達もいる。「情報」も「噂話」も、「憶測」も、全てが翡桜と紅、薊羅達の耳には入って来ていたのであった。他の誰も知らない事をも、翡桜と紅は知っている……。

翡桜は、迷わなかった。即座に判断を下すだけの「材料」を、翡桜は持っているのだから……。だが、一番大切な話だけにしておこう、とも翡桜は即断をしていたのである。一番最初から、全てを話して聞かせて遣るだけの時間と体力は翡桜には無かったし、何よりも翡桜は「彼等」と、その心の中程には近しくしていない。それは、これから先も変わる事が無いだろうという事は、翡桜自身が良く解っている事柄であり。何よりも「約束」が、有るのだから……。

「知世」という名前の少女が、愛猫の亡骸を抱いて「帰らずの山」に入ったまま消息を絶ってしまった。多分、彼女はもう帰っては来ないのでしょうね。可哀想な事……。という文は、シスター・テレーズが書いて寄こしてくれたものだった。翡桜が、クレッセント達に会いに故郷に帰っていった時にも、親友のユイハ・結衣が同じような事を言っていたものなのだ。結衣はその上に、知世が家出をした時の様子や、その後の家族達の怒り（悲しみは、容易に怒りに変わるものなのだ）にも、詳しかった。

「新聞と、テレビの所為なのよね」

と、結衣は笑っていたけれども。翡桜は笑えなかった事を、憶えている。家族を失う悲しみに、翡桜は極端な程に、敏感だったから。翡桜が知らなかったのは、その哀れな少女と「変人クラブ」の面々との、深い関わりだけだったのである。「御屋敷知世」というのが、その少女の氏名であると知っていたなら翡桜はすぐに、幸男と知世の間柄に興味か、疑問を持ったのだろうけれども。その事迄は、知らなかった。

「緑色の瞳」をしている森番の娘というのは、と翡桜は一瞬で悟っていた。それは、あの森にいつの頃からか「出る」と言われている、ある可哀想な娘の「亡霊」の事なのだろう、と……。

その娘の名前は、確か「唐沢榀子（しなこ）」といった筈だった。娘というよりは、まだたった十八歳の、少女と呼んだ方が良いようなか細くて控え目な、それでいて不可思議な魅力を湛えている、森の妖精のような少女だった事を、翡桜は知っている……。それは、翡桜ばかりでは無く、紅もそうだったし、「彼女」よりも一歳だけ年下だった沙羅と蓟羅ならば、その少女に就いては、もっと詳しく知っていた筈なのだ。「魔の森」等と呼ばれるようになる前の、その森に並行していた古い桜の巨木の並木道。別荘地を抜ける小道と、テニスコートに降（くだ）っていく道。湯川を流れている滔々とした水の音を聞きながら、歩いていける林道。何処迄でも自分達を運んで行ってくれるかのように思えた、湯川に架けられていた小さな二つの橋の上から見る、川面の流れの豊かさ。サワサワと。ザワザワと、枝を鳴らして歌っていた、あの森の樹々と、山の斜面の老木達。そして。美しい千の波の様だった、蒼くて澄んでいるあの、湖の水。落葉松の林の中にはフカフカした林床が在って、いつでも良い匂いがしていたものだった。まだ幼かった、翡桜は願っていたものだ。

ああ。此処にラプンツェルもいてくれたなら、と……。ラプンツェルとパトロとローザとジョセがいてくれて。夢に見る、懐かしい美しい都と、山々と丘と湖が在って。蒼黒の空に白い月が浮かんでいるのを見上げていたベッドで、共に眠っていた可愛いキャットとドギーも居てくれて。穏やかな陽射しの下を旅していた人達が皆揃っていてくれたなら、どんなにか幸福だった事だろうか……。とも、幼心に神に願い、求めた事さえあったのだ……。けれども。「彼等」は、其処にはいなかった。いなかった……。

その代りのようにして翡桜には、掛け替えのない仲間としての、紅と沙羅、薊羅が与えられていたのであった。その四人のグループは教会の庭で、唐松荘の屋根裏部屋で、高い鐘楼の上で、「椐子の森」の丘や湖や林道で、遊んでいたものだった。いつも。いつも。いつも……。「聖女ごっこ」に「ジャンヌ・ダルクごっこ」、「ノートルダム・ド・パリごっこ」に「聖家族の暮らしごっこ」と「罪の女ごっこ」。「真夏の夜の夢ごっこ」や「オフィーリアごっこ」、「ベニスの商人ごっこ」に、「ファントム・ジ・オペラごっこ」等もした。

要するに、何でも遊びにしてしまっていたという訳で、自然はその舞台であり、観客でもあってくれたのだ……。その「遊び」に翡桜は、即興の台詞と歌曲を付けて語り、歌い、皆で演じて、笑って泣いた。

幼い妹の安美と弟、一寿は、その楽しい遊びに参加は出来なかったのだが……。二人は健康だったから、保育園を休めなかったし、一方の翡桜と紅、沙羅と蓟羅達には理由が有って、学校には行ける時（好きな時という言葉と同義語だった）に行けば、それで「良し」とされていたものだったから……。

だから厳格なダミアン神父と、厳しくも優しくもあったシスター達の目から逃れて、翡桜達は森に、山に、丘に、林道や湖のボート小屋の中に、逃げ込んでいたものであったのだ。四人が一番好きで、一番多くした遊びは、「お祈りごっこ」だった。それは、罪深い事だったのだろうか？　四人には、解らない。ダミアン神父ならば顔を顰め、コルベオ執事だったら黙って手を振ってみせ、シスター達だったなら、笑い転げてしまっただろう、幼いその「お祈りごっこ」は、けれど。四人を愛し、四人が愛した神の御子であるイエスと、両親のマリアとヨセフだったならば、喜んで受け取ってくれていた事だろうと、翡桜達は信じていて疑う事をしなかった。

その証拠に、と翡桜は思っていた。その証拠に「あの方」は、あの少女の歌う美しい賛美の歌を、恋歌を、聴かせてくれたのだろう……と。

少女は。一人だけだと思い込んでいたその少女は、細いけれども美しい声で歌っていたのだ。何度も。何度も。何度も……。

「それ」は、恋の歌だった。美しい若者と乙女との。

「それ」は、愛の歌だった。神を求める人間と神の。

「それ」は、熱烈な賛美の歌だった。愛する方を探し求める魂の、旅と嘆きと、手放しの神への恋歌、誉め歌であったのだ。

翡桜達は少女を驚かせてはいけないと思って、いつも彼女の瞳からは隠れて、その歌を聴いていたものだった。そして、四人の他にも少女の歌をこっそりと聴いていた、長身の美しい少年がいた。その少女、榀子の恋人なのだと翡桜達は思っていたものだったし、今でもそれを疑ってはいない。何故なら彼、沢木渉は、榀子がその森で行方不明になってから二十年後のこの年の夏の終りに、榀子を追うかのようにして、忽然と姿を消してしまって帰らないのだったから……。紅と翡桜は沢木渉という超有名な美しいタレントは、若き日々の恋人の後を慕っていったのだ、と考えて納得をしていた。

榀子という少女が亡くなったと言われている、あの森の中へ。二十年前の夏の終りの大嵐の夜に、十数名の若者の生命を奪ったあの蒼い森の奥深くへと、消えて行ったのに違いない、と。

何故なら。何故なら、「あそこ」には、今は亡き恋人の「亡霊」だか「ゴースト」だかが「出る」と言われているのだから。もちろんそれが彼女の現し身だとは、誰も言わないし、考えてもいない。姿形は、彼女の「よう」な感じであったのだとしても……。その娘の瞳は、エメラルドのようで。森の魔物や獣達の瞳と同じように緑色に煌めき、輝いているのだ、と言われているのだから。

だから、その「緑の瞳の魔女」と、死んだとされている少女とが、同一人物（同一ゴースト?）だとは、誰も考えてみた事さえ無いのだった。けれども、翡桜と紅は知っていた。沙羅と薊羅も多分、「そうであってくれたら良いのに」ぐらいには、感じている筈だという事を、知っているのと同じだけ、確かに……。

人には決して言えない重過ぎる「罪」を犯し、故郷にも帰れず、弟妹の前からも消えて、両親の墓参にも行けなくなってしまっていた翡桜は、一度だけ、その、夜の「魔の森」の中へと入っていった事があったのだった……。東京での桜の季節は終り、長野県N町ではまだ桜の蕾が固く閉じていた、その凍えるような森の夜の中に……。

翡桜は、慣れない逃亡者の生活に疲れ切っていた。慣れ親しんでいたその森で、湖かボート小屋の跡（昔、大嵐の夜に潰れてしまった）の近くの山の中でか、しばらくの間で良いから「休みたい」、と望んで行ったのである。幸い、湖の近くには、無傷と迄は言えないが、比較的損傷の少なかったと言われている別荘やコテージが散在しており、惨事から二十年近くも経てば、別荘族もかなり戻って来ているという、噂もあった。それ等の空き別荘か（冬のN町に来る観光客や別荘族は、ゼロに等しかった）何処かに身を寄せて、心身に負った傷を少しでも「癒やしたい」、と翡桜は願って森に帰った。

丁度、傷付いた獣が自分の巣穴に潜り込んで、傷を治そうとするのと同じ理屈で……。休暇を取った紅が、無理矢理翡桜に同行していた。翡桜が何処に落ち着くのかを見届けない内は「帰らない」、と言い張って。

夜だった。闇（くら）かった。そして、身を切るような寒さと、痛いような敵意が辺りに満ちていた。敵意の塊のように変わってしまっていた湖の上の山の中で、翡桜と紅は途方に暮れて、立ち尽くしていたのである。暖かくて優しく、懐かしくて恋しかった森の変わり様に二人は驚き……。唯、行きあぐねてしまっていたのだ。

怯えては、いなかった。けれども、何故なのか森が「通せんぼ」をしているような気迄してきて、それ以上進む事も、退く事も出来なくなってしまっていたのである。そうでなくても夜の森というものは、不気味なものなのに。

その夜の森の、その物凄まじい敵意と暗黒は、一体何だったのだろうか。紅が、震えていた。

気が付くと、白い半月が遠く、空に掛かっている姿が認められて……。凍えるような森の中にも幾筋かの、白い月の光が射し込んで来るのと同時に、「其処」に、一人の少女が立っていたのである。

いつ遣って来たのか、足音も立てずに密やかに、其処に「彼女」は来ていて、弓張月(半月)を見上げて佇んでいたのだ……。

白くて蒼い月の光の中に進み出た「彼女」は、寂し気に儚気に、それでいて毅然とした瞳をして、遠い月を見上げていた。月の光を受けて明るく、碧く、深く輝いていた、緑色の瞳。

「本当に、エメラルドのようだ」と翡桜は思った。シスター達ばかりでは無く(その、シスター達とダミアン神父は、近隣の町の信者、特に森の近くに住む者達や別荘族から訴えられて知ったらしいのだが)、無鉄砲な若者達や雑誌の「観光」記者達迄もがこの森の中で、緑色の瞳をした「化け物」に脅かされたと吹聴して歩いているというヨタ話は、翡桜達も聞いて知っていたからなのである。

二十年前の嵐の夜に、たった一人だけ遺体が見付からなかった少女の「亡霊」が、恐ろしい「化け物」になって魔の森の中をさ迷い歩き、出会(でくわ)した者達の後を追い掛けて来るのだ、という。そして、「それ」に捕まえられた者達はもう、二度とは帰らないのだとも……。

「魔の森」の亡霊、あるいは化け物には、足が無い。その上「それ」は恐ろしい事に、何十にも何百にも分裂したり、合体したりして、緑の瞳を燃やして脅す、とも言われていた。

そんな「イッチャヤッテ」いるバカ話を最初に流したのは、湯川リゾートホテルで働いていた若い娘達だったのだ、と翡桜達は知っていた。それにその「事件」というのか「惨事」とかいうのを取材に来ていて、結局何も真相を掴めず、真実に迫れもしなかったマスコミ関係者達のヨイヨイ頭が捏ち上げた、出鱈目なのだという事も、翡桜達は知っていたのだった。その少女を巡るあれこれや、「事件」の真相に就いては、沙羅と薊羅の方が、翡桜達より詳しく知っている筈であったし、実際にそうだったのだが。

二人共、その不運だった「榀子」という少女に就いて語るような事は、殆どしなかったのである。沙羅と薊羅にはその少女の事よりも、自分達の身に降り掛かってきた「現実」の方が重くて、頭の中と心が一杯になってしまっていたからだった。けれども二人共、「榀子」という名の娘に対しては好意的であったという事実は、忘れてはならない。それは、翡桜と紅も同じだった。

消息不明になってしまう以前迄の、その少女に対しての四人グループの感じ方は、ほぼ一致していたものであったのだから……。

「あの人も、淋しいのね。本当には、幸福では無い」

「でも。あたし達よりは、ずっとマシだわよ、紅」

「そうね、沙羅。あんなに素敵な恋人がいるもの」

「だけどさ……。あの人は、クリスチナだもんね。此処にいる皆と同じ、カトリーヌ。何だか親しみを感じちゃうな。ボ……あたし」

「それは、あたし達も同じ気持だわ。紅はどう？」

「わたしもよ。わたしもなの。わたしだって、皆と同じ。あの人はカトリーヌ（カトリックの娘）よね。わたし達みたいな、クリスチナ（クリスチャンの娘）よね。わたし、あの人が好き」

「あたし達だって、あの子が好きだわよ。ねえ、薊羅」

「だよね。ボクも好き」

「又！　ボクなんて言っちゃって。コラ、ミー。ちゃんとわたしと言いなさいよ」

「ヤだよ。沙羅と薊羅みたいに、あたち、なんて女言葉で話すようになると、困るだろ」

「生言っちゃってえ！　それが、お姉様達に対する態度なの？　コラ。ミーってば！」

沙羅と薊羅はその頃は、翡桜と紅の姉さん気取りだったし、それは今でも変わっていない筈だった。あれから二十年が行った今でも……。

いずれにしても、と翡桜と紅はその時思った。

誰が言い出して言い触らした噂にしても、誰か一人ぐらいは本当に、「緑の瞳」を見たのかも知れない、と……。それともそれも良い加減な当てずっぽうで、猫族や犬族の瞳の色が、夜になると緑(あお)くなったり赤くなったりして光る事を知った上での、悪意あるホラ話だったのかも知れないが、とも思っていたものだ。

だが……。それでも月の光の中に立っている、美しい娘の瞳の色はやはり、美しいエメラルドの色であったのだ。そして……。その娘は、全く年を取っていなかったのであった。二十年もの昔に、物陰からそっと見ていた時のように、彼女は未だに十八歳位の少女の様にしか、見えなくて。未だに寂し気で、儚気で。それでいて、凛とした気品の様なものさえ漂わせている所迄も、昔のままであったのだ……。足も、ちゃんと有る。

「彼女」は、二十年も前と同じような少女のままの姿で、ラプンツェルと同じように樹々達や月とさえ話し、心を通わせているように見えたものだった。細く澄んだ、暖かなその声……。

春はまだ浅く、N町の山深くの森の中では、夜になれば気温は北海道のそれに等しかった。それなのに、寒さの中で眠っている裸木に、緑濃い喬木に話し掛けている少女のその声は暖かく、その姿は、森の精のように変わったものだった。薄い夏物の上に粗糸で織った布のような物を羽織っているだけの姿に、両足には手編みのサンダルを履いているだけなのだ。そのような姿でも寒そうでは無く、月明かりの下でも彼女の頬は、桜の花の色をしていた。

ゴーストでは無い、と翡桜は思った。亡霊でも無ければ、化け物等でも無い。悪でさえ、無い。

「彼女」は生身の人間で、生きている。生きて、いるのだ。でも。どうやって？　どうしたら生身の人間が、年を取る事も無く、寒さを感じもしないでいられて、隠れる家一つ無いこの森の中で、あの大掛かりな探索の目を遣り過ごせたり、出来たのだろうか。見逃されたり、したのだろうか？

「エメラルドの瞳で」、と翡桜の中のどこかで答える声がした。翡桜と紅は、立ち尽くしていた。

少女は決して、二人の姿を見はしなかった。それだけは確かだ、と翡桜も紅も言えるのだ。それなのに、一陣の風が吹いていったような森の樹々達の騒めきの後で……。エメラルドの瞳になってしまったクリスチナ、翡桜達の隠れた「仲間」でもあったカトリーヌは、言ったのだった。

「早く行って。森がこれ以上、騒がない内に。あなた達のような人達が、昔、二人だけいたわ。どんな目に遭わされても帰らなかった人達が、二人だけいたのよ」

「あなたの恋人の沢木さんと、上司だった堀内さんという男の人達でしたよね」

少女は、振り向かなかった。そして、月を見ていた。黒々とした森を、山々を照らして、高く遠く行く弓張月の、白い光を……。

「そうだったわね。でも結局は、彼等は帰らされた。あなた達も、帰るのよ。この森に入ってはいけないの。此処から先には、誰も行かれない。

さあ、行って。わたしが彼等を宥めていられる内に」

それは、不思議な声と言葉だった。彼女が「宥める」というのは一体、何者の事なのだろうか。

森の心？　森の妖怪？　森の物の怪？　それとも森に棲むと言われている、デーモン（悪魔）の事なのだろうか？

紅は、涙声で訴えていた。

「でも。でも、翡桜はもう動けません。心臓が悪くて、疲れ切ってしまっているのよ。それに、寒過ぎるし。樹が、わたし達を通してくれないの」

「僕の事ならもう良いよ、紅。君一人だけでも、帰った方が良い。この山の下の湖の所迄、何とかして行くんだよ。コホンッ。僕も、すぐに行くからね」

二人は、小さな声で囁き合っていた。

「嘘吐きね。翡桜。もう一歩も歩けないって、知っているのよ。わたしも、此処にいる。ねえ、あなた……」

紅は、詰まった。「彼女」なら、もう二十年近くも前に死んだ事になっているのだ。「彼女」は死んで、他の多数の犠牲者達と共に、合同葬儀ミサで、天の国に送られた。あの教会堂の、美しい光の降り注いでいた礼拝室から、天へ。

でも。それでは、今、瞳の前にいるのは、誰なのかしら？　悪いものでは無い。けれども……。唯の人間でも無い。唯の人間が年を取らなかったり、エメラルドに輝く瞳になれたりする筈は、無いのだもの……。翡桜にはその先が、解った。

「ねえ、君。森の精霊さん。昔馴染みの僕達を、一晩だけでも此処に、泊まらせてくれないかな？　邪魔はしないよ。何一つしないと、約束をするから……。コホッ」

「昔馴染みですって？　いいえ。わたしは知らないわ」

「わたし達は知っている。わたし達、国道の向こう側の山にある、孤児院で育ったの。この森は、わたし達の遊び場だった。怖くなんか、無かったわ。それなのに、変わってしまっていたの。あなたは変わっていないのに……」

「彼女」は、驚いたように振り返った。そして、翡桜と紅とを、その緑の瞳で見たのだった。

「変わっていないですって？　わたしが？　いいえ。わたしは変わってしまったのよ。もう、元には戻れない。どうしてそんなに酷い事を言うの？」

何も知らない癖に。何も、知らない癖に！

緑色の瞳の中に一瞬、激しい哀しみの色が過っていった、と翡桜は感じていた。

「仲間だったから。あなたと僕達は、同じ一つの船に乗っている、船人のようだったからです」

「仲間ですって？　わたしには、仲間なんて一人もいなかったのよ。第一、あなた達、年は幾つなのかしら。花でも季節は解るものなのに。あなた達にはそれも、解らないみたいね」

要するに「彼女」は、自分は全く年を取らないのに、歳月だけは行き、全てが過ぎていく、と言いたかったのだろう。

けれども、翡桜には「彼女」の哀しみが良く解ったのだった。

「年を取らない」のは、何も「彼女」一人だけという訳では、無いのだから。さくらの一族達も又、「彼女」とは異う方法で、「時の船」からは下船してしまった一族であるとも、言えるのだろうから。

翡桜は、一人ぽっちの「彼女」の心の中の海を思った。その海の中は穏やかなのだろうか。その海の波頭は、千々に乱れているのだろうか。それとも、暖かな、陽光に包まれて、在るのか。

翡桜は、囁いた。涙で一杯の瞳をしている、紅に。

「ねえ、紅。僕は、今は歌えないから、君が歌ってあげておくれよ。あの歌を。そうすればこの人にも、僕達は仲間だったという事が、解ると思うからね」

紅は、頷いて「彼女」を見た。涙が、月の光の色に染められて。青く、白く光っていた。

「わたしとこの人は、まだ六歳でした。この人はあの年、お母さんを亡くしたばかりだった。それだからこそ、わたし達は出来る限り一緒に過ごそうとしていました。時間と事情の、許す限り……。子供だったけど、この人とわたしはもう、哀しみというものを知っていました。あなたも、悲しそうだった。その一方では、楽しそうでもあった。それは、わたし達も同じだったのです。わたし達は、良く似ている者同士でした。だからわたし達、あなたを仲間のように思っていたの。年なんて、関係無かったのです」

紅の言葉は、「彼女」の心を打ったようだった。

翡桜を支えるようにしながらも、紅は歌った。唯一つ、「彼女」と自分達を繋いでいてくれる、その歌を。唯一人の、自分達が愛した人を想って歌われていた、その歌を……。

緑の中で　乙女は歌う
わたしの恋しい人は
どこに行ってしまったの
森の花々が尋ねて歌う
あなたの恋しい人は
何をしている人なの

わたしの恋しい人は

群れを飼っている人
ゆりの花の中で
群れを飼う人
あの人は
昼はどこにいるのでしょう
あの人は
夜はどこで眠っているのか……

美しい乙女よ
わたし達も一緒に
探してあげましょう
あなたの恋人は
あなたを何と言って呼ぶの

乙女は答える
これがわたしの愛する人
これが、

わたしの慕う人、と。

緑の中で花々は歌う
美しい乙女よ
わたし達も一緒に
探してあげましょう
あなたの恋人はきっと
ぶどうの園にいる

わたしの恋しい人は
どこに行ってしまったの

美しい乙女よ
わたし達も一緒に
探してあげましょう

弓張月の、白い姿を見上げていた少女の瞳から、一筋の涙が静かに零れて落ちてゆくのを、翡桜と紅は見た。少女の唇が、動いている。二十年の時を超えて翡桜達は、昔に戻っていた。

美しい乙女よ
あなたはどこに行ったのか

わたしの恋しい人は
どこに行ってしまったの……
愛は死のように強く

熱情は陰府（よみ）のように酷（むご）い
火花を散らして燃える炎
美しい乙女よ
あなたはどこに行ったのか

恋しい人よ
あなたはどこに行ってしまったの

昼は呼び求めても
答えて下さらない
夜は黙る事をお許しにならない

教えて下さい
わたしの恋しい人
愛が死のように強く
熱情が陰府(よみ)のように酷(むご)い　そのわけを
火花を散らして燃える理由を……

美しい乙女よ

わたしの恋しい人よ

わたしの恋しい人に
どこに行けば
会えるというのでしょうか

細く澄んだ歌声が、一つ。二つ。三つ……。重なってゆき、いつか、「森の娘」と紅と翡桜の歌う声は一つになり、空に昇っていっていた。弓張月が行く空に。遠い昔に、白く輝く衣を着け、「時」を止め、娘達の心に語り掛けてきて下さった方が、渡って行きもした、あの空に……。翡桜と紅の憧れと、「森の娘」の憧れが、天に昇っていく。

どうかわたしを刻み付けて下さい
あなたの腕に　印章として
わたしの心に　印章として……

どうかわたしを刻み付けて下さい
あなたの腕に　印章として
わたしの心に　印章として……

わたしの心に、印章として。永遠に、刻んで……。
ああ。わたしの恋しい人は、もう戻っては来ない。
エメラルドの瞳の少女の涙は静かで、諦めに満ちていた。痛いように美しく、光ってもいた。

ああ。わたしの恋しい人には、何処に行ったら会えるの？　紅の、黒くて大きな瞳の涙は、翡桜と共に愛した唯一人の人への、切望の涙だった。

ああ。僕の恋しい人は、いつになったら迎えに来てくれるのだろうか。昼は呼び求めても、答えて下さらない。夜は黙る事をお許しにならない。あの方は、何処にいるのでしょうか。

深くて闇い、オリーブの樹の下陰の、岩の傍らに。夜露に濡れている、冷たい下草の上に。照り映えていた明るく強い陽射しの下の、丘へと続いて行っている、坂道の途中に。打ち据えられて。傷付けられて。弱り果てていたお身体に、あの、十字架のための木は重過ぎて。重過ぎて……。あの方は、倒れ伏し……。

ああ。ごめんなさい。お水を、落としてしまいました。これだけしか持っていないのに。あれだけしか、持っていなかったのに。喉が渇き切っていらした筈のあの人に、差し上げようとした水を、兵士達が打ち落としてしまった。

いいえ。そうではない。僕が、兵士達に突き飛ばされて倒れ、水を落としてしまったのだった。そして。あの人は通り過ぎて行かれてしまった。あの丘の上へ。あの、丘の上へ……。

ああ。何という悲しい、悔んでも悔み切れない夢なのだろうか……。

翡桜の、大きくて翳りのある、はしばみ色の瞳から流れ落ちていった涙の理由は、誰にも言えないものだった。「その方」の他の、誰にであっても……。
弓張月が、空を蒼く染めて渡っていく。翡桜の夢の中の記憶も、蒼く、白く、染めていく……。

教えて下さい
わたしの恋しい人
愛が死のように強く
熱情が陰府（よみ）のように酷（むご）いそのわけを
火花を散らして燃える理由を……

美しい乙女よ

わたしの恋しい人よ

あなたの愛を探しながら
わたしは生きます

あの山々を越えて
彼の岸辺を通って……

物恐ろしかった筈の、森の樹々達の「歌う」声は優しく、しめやかであり、甘やかでもあった。

森が「歌っている」と知っても、翡桜と紅は驚いたりはしなかった。それでこそ、翡桜と紅が（もしこの場にいられたなら沙羅と薊羅も）馴染み、恋しく想ってきた「故郷」の森であったのだから……。翡桜は亡き父と母とを、想い出して、泣いた。生き別れて、二度とは会えない妹と弟の、幸福を願って、泣いていた。二度と会えない。もう二度と、会えない……。

どうかわたしを刻み付けて下さい
あなたの腕に　印章として
わたしの心に　印章として……

だけど。幸せでいて欲しい。だけど、平和に暮らしていって欲しい……。

翡桜の身体が、静かに崩折れてゆき、紅も翡桜を抱き締めるようにして、その場に膝を突いてしまっていたのだった。

「済みません。お水を、落として……」

ああ。又だわ、と紅は思って尚泣いた。愛しい翡桜の、そんな姿を見るだけでも堪らないのに。それなのに翡桜は又、他の夢を見ている。又、他の人達の夢に浸って、泣いている……。

気が付いてみると、くったりとへたり込んでいる翡桜と紅の前には、「森の乙女」も静かに坐っていたのだった。かつては、「唐沢榀子」と呼ばれていた筈の、嫋やかで美しい、その娘が。

「もっと生きたいと思う？」

と、榀子だった少女は翡桜に尋ねた。

「生きたい」と言うのなら、生かしてあげても良いのよ。わたしの「力」というよりは、森の「力」で。あなた達二人を、生かしてあげても良いのよ。だって。あなた達は、わたしと同じだったから。あなた達は、わたしの仲間だったから。わたしは知らなかったけれど、あなた達がわたしを知っていてくれた。そして、憶えていてくれたのね。沢木君の事迄も……。沢木君の事を、あなた達は知っていたのですもの。わたしの「あの人」の事も、知っていたのでしょうね。きっと。言って良いのよ。言って頂戴、「生きたい」と。そうしたら。そうしたら、わたしの森は、あなた達をも、生かしてくれるでしょう。森のエナジー（精気）があなた達に「力」を注いで、生かしてくれるわ。さあ、言って頂戴。わたしの見知らぬお友達さん達。「あの方」を恋う歌を共に歌い、共に涙を流した、あなた達。

翡桜は、そのエメラルドの瞳の中に、優しい懇願のようなものを見て、その美しい唇の呟いている言葉をも「見て」、しまっていた。

御像の神様。この人達の命のために使うのは、わたしの「力」ではありません。楡と、空き地の「力」をほんの少しだけ……。それなら、良いでしょう？　それなら、許して下さるでしょう？　わたしは、この人に生きて欲しいのです。わたしに良く似ているこの人と、この人の恋人のような、名も知らぬ娘（ひと）にも。十字架の御像の、わたしの神様。わたしは名乗れない。けれどもこの人達の名前を、わたしは知っていたいのです。思い出の糸車に、今夜の事も紡いで巻けるように。それは、無理ですか。それは、叶わない事なのでしょうか。淋しい訳では無いけれど。ああ。やっぱり嘘は言えません。淋しいの。淋しいの。思い出車に飾る花の名を、どうぞわたしに教えて下さい。

ああ。何という寂しさ！　何という哀しさ！

翡桜は、思わず又泣けてきてしまった。今では森の「何か」に変わってしまったクリスチナの願いのそれは、何という慎ましくて小さなものなのだろうか。それ程にこの人は、淋しくて哀しい。それ程にこの人は、愛に渇いている。丁度、僕と紅のように。丁度、沙羅と蒯羅のように。丁度、置いてけぼりにされてしまった、僕の妹と弟のように。そして、丁度「あの方」が、愛に傷付いて、渇いていたように……。

翡桜は、言った。

「僕は、このままで良いのです。でも、あなたに癒やしの力が有るというのなら、紅の身体を治してあげて下さい」

「癒やしの力？　そんなものは無いわ。わたしには、何も出来ないのですもの。でも、森には生命が溢れていて、その生命をあなたに分けてあげられる、というだけの話だったのだけど……」

要らないと言うの？　生命が。本当に、要らないの？　ああ。お友達。わたしはあなたをもっと好きになったわ。でも、その娘さんの病気って……。

紅も、静かに首を振っていた。自分の病に就いては、考え尽くし、泣き尽くし。その後になって「受け入れる」と決めて、何もかも忘れて生きたのだから。だから紅は、翡桜の「天使」として生きられる事だけで、もう、満足出来る自分を知っていた。

森は鎮まり、騒めかず、おどろおどろしくも無い。森は今では昔の、かつての優し気だった森の姿に、気配に戻って、あの「愛歌」を歌っていた。

翡桜は「森の娘」の瞳に、傷付けられた切望の涙を見た。その涙は流される事は無く……。今では雲間に姿を見え隠れさせている、弓張月の蒼と白の中へと、溶け込んでしまっているのだった。

「せっかく親切に言ってくれたのに。ごめんよ。でも僕達は、子供の頃から決めていたんだ。自分に与えられている運命というのか、宿命のようなものを全て、黙って受け入れて生きるという事を……」

丁度、あなたがあなたの運命を黙って受け入れて、「それ」に従って生きているように……。

「僕の名前は、エスメラルダ。あなたの瞳の色と同じで、エメラルドという意味の名前です。翡翠のみどりでもあるし、カワセミのみどりでもある。美しいあなたの瞳の色の、名前。この娘（こ）はロザリア。ロザリオに使われているという、バラの花から取られた名前。バラの香りの、ロザリア・ローズです。あなたを好きだった、四人組の内の二人です」

「憶えていてくれますか？　わたし達の名前を。わたし達が今夜、弓張月に抱かれて歌った歌と一緒に。わたし達の船はあの月の光と歌で、わたし達の海はあの頃の思い出と、あの歌の中の愛なのですもの。わたし、忘れません。この人も、絶対にあなたを忘れません……」

「椙子」だった娘の瞳に、喜びの涙が湧き上がった。

「わたしは、森番の娘です。『エメラルドの瞳のクリスチナ』。忘れたりしないわ。忘れない……。でも。わたしの事は、忘れて下さい。わたしのエスメラルダとロザリア・ローズ。わたしは森の娘なの。この森の樹々と、花々と、小川の水の娘なの……。それ以外の何者でも無いけれど。呼ばせて下さい。お友達さん達と。わたしもあなた達のように強く、美しい花で在れますようにと願って生きます。さようなら。お友達のエスメラルダと、お友達のロザリア。さようなら……」

今夜はもう、此処から動かないでいて。この場所の樹々達が、あなた達を守っていてくれるでしょう。朝になったらこの森を出て、もう二度と帰って来てはいけません。冷たいとは、思わないでね。エスメラルダ。ロザリア。わたしはあなた達に、無事に生きていって欲しいの。生有る限り、強く在って下さい。そして、生在る限り、愛歌を歌った月夜の事は、忘れて下さい。わたしが憶えていますから。わたしは、憶えていますから……。あなた達は……忘……れ、て……。

「森の娘」の願いは、どこまでも淋しく、悲しいものだった。自分だけは一人、エスメラルダとロザリアである翡桜と紅を憶えていて、「思い出車を飾る花」として、抱き締めていくと言うのに。その翡桜と紅には「全て」を忘れてくれ、と言うなんて……。

どんな事情と運命の力が、二十年前と今でも十代の少女のままでいる、「椙子」という娘の上に働き、生かしたのだろうか。翡桜と紅は、昔と同じように優しく包んでくれている森の中で、森の樹々達の歌う「愛歌」に抱かれていつか、安らかな眠りに入ってしまっていたのであった……。

その不可思議な、夢のようでもあった夜から三月の間、翡桜の身体はいつになく軽く、暖かかった。そして。その頃に翡桜は「摩奈」に入り、僅かばかりの月日を「ゲイのバーテン」と思い込まれて、変人クラブの面々と共に働き、そして、別れた。「さようなら」の言葉の一つも、互いに言う事は無く、言われる事も無い、別れをした。

「ねえ。あなた。緑さん……。ヒオさん？　黙りこくってしまっていては、何も解らないのよ。教えてくれないかしら。あの子の名前を。わたしに……」

翡桜は、晶子を真っ直ぐに見て言った。

「名前なんか、知らないよ。だけど。その子が何を悪いと言って、何に気を付けるようにと警告してくれたのかという事なら、知っている」

エメラルドの瞳の森の娘は、紅達と同じように「クリスチナ」だったのだという事を、翡桜は思った。十字架の、あの神様を信じて、愛してもいた、クリスチナの「椙子」。椙子が「あの方」を信じていて。しかも、頼まれもしていないというのに、あれ程までに人目を避けていた娘が、どうしても警告をしないではいられなかった程に、「悪いモノ」。それは。それは、と翡桜は震えてしまいそうになる。それこそは、翡桜の危惧していたモノに違い無いのだろう、と……。

長野県N町の山深く、森の奥深くに隠れている筈の椙子に、「ソレ」の存在を教えたのは一体、誰なのだろうか？　クリスチナの椙子になら、「あの人」はその事を教えてくれるだろう。けれど。それは変だ、と翡桜は考えずにはいられなかった。もしも「クリスチナ」である事が警告を受ける条件だったのだとしたら、「あの人」は紅と薊羅にも、同じように警告をしてくれていた事だろうから。特に、沙羅には念入りに。それだけでは無くて、東京中の、日本中のクリスチナ達にもクリスチャン達にも、警告をしてくれていた筈なのだから。だから「エメラルドの瞳のクリスチナ」に、アレの事を教えたのは、「あの人」なのでは無かったのだろう、と翡桜は推測するしか無かった。「彼だ」、と翡桜は思う。

そう。「あの人」では無かったのだとしたら、この夏の終りの日に姿を消してしまっている榀子の恋人だった、沢木渉なのではないか、としか、今の翡桜には思われ無いのだった。

沢木が恋人だった娘の下に戻って、アレの事を、何かのついでに話しでもしたのでは？　と。そして。「クリスチナ」であった娘には、「ソレ」の正体がすぐに解ったのでは、ないのだろうか。丁度、翡桜が「ソレ」に就いて、疑問と不安を同時に持ったようにして、解ったのではないのだろうか……。だからこそ、「森の娘」は危険を冒して迄、それこそ見も知らない女占い師に「警告」をしてくれる積りになったのだろう、と翡桜は考える。「ソレ」が何故、このアパートの住人達をまず狙ったのかに就いてなら、翡桜には嫌になる程良く解っているのだから。

沙羅なのだ。それに、薊羅。そして柊と樅？

咲也の方も又、少し焦れたような声になっていた。翡桜の口は重く、顔の色は失せたままなので。

「あの。ヒオ？　さん。勿体を付けていないで、早く教えてよ。僕は何のために、こんな物を作らされているのかなあ。緑……ヒ、ヒオさん」

咲也は晶子を（晶子の占いの力をも）信じてはいたのだが、晶子の言動にはそれでも時々、付いていけなくなる時があった。例えば、クリスマス前のこんな寒い日の朝に、いきなり魔除けのリースと十字架を、九つも「作るように」と、急かされる時等には、どうしても……。

翡桜は、逃げ出す用意をもう済ませていた。

「緑で良いよ。呼び辛そうだからね。あのね、再来教っていう、新興宗教の事を知っている？」

晶子と咲也は、頷いた。

「それの教祖の事だよ。その子が気を付けろ、って言ったのは。とても、悪いモノだからね。そのリースと十字架でも、かなり効くのだろうけど。本当に身を守りたかったら、もっと別の物も要ると思うよ。例えば教会に行って、聖水を頂いてくるとか。十字架の神様に、頼るだとか。それが嫌なら大天使のミカエルに、守護を願って祈願をするだとか、してね」

「それ、本気で言っているの？　ヒ、緑さん」

「咲也。黙っていて頂戴。緑さん。それ、どういう意味なのかしら。良かったら、もっと詳しく言って聞かせて欲しいのだけど。聖水だとか、キリストだとか、ミカエルだとかって……。何だか、それではまるで……。まるで、あの……」

晶子はたじろいで、思わず翡桜の前から身体を引いてしまっていた。その晶子の顔色に驚いた咲也も同じように後退したので、翡桜の前には、一本の道が出来ていた。ほんの少しの間だけ我慢をして走れば、後はすぐその辺りの細い路地に逃げ込めそうな、一本の白くて細い道が……。翡桜は、教えて遣った。

「悪魔のようだと言いたいのなら、答えはイエスだよ。沢野さん。あいつの名前は、太白光降だったよね？　太白は、中国では金星の名前だ。金星は、明けの明星の事だよね。その、明け星から墜ちてきたモノだと、あいつは堂々と名乗っているんだよ。誰にも解らないだろうと思って、きっと陰では嘲笑（あざわら）っているのに、決まっているんだ」

「だけど……。何で？　何でそんな事が、あなたに解るの？　何でわたしの水精は、あの子にあんな事を言わせたりしたのかしら？」

「あの水晶には、その子だけしかいなかったの？　他の人は？　例えば柊ちゃんや樅ちゃんとか。例えば、再来教の教祖の、あいつだとかは？」

翡桜に言われて、初めて晶子は、ゾッとした。

「確かに……。確かに、そうだったわ。あの子の声が聞こえてきたすぐ後に、龍精が最初に映し出して見せたのが、その男の人だった……」

「男なんかじゃ無いよ。人間でも無い。アレはね、沢野さん。モノなんですよ。悪いモノ。物凄く悪賢くて、腹黒いモノである、モノ……」

「ヤだな。晶姉さんも緑さんも。そんなモノが、本当に、今の世の中にいる筈が無いでしょう」

「ヤなのは君だよ、藤代君。アイツはね。いつの世の中にも、ずっといたんだよ。だから、君達も気を付ける事だね。アレを、このアパートには近付けたりしないように。特に危なさそうな、柊ちゃん達の傍にはね……。それと、」

と言って、翡桜は詰まらなそうに、ニッとしてみせた。

「ヤだな、藤代君。君、ねえ。窓が開いているままだってば……」

翡桜の目配せに驚いた咲也と晶子が、思わず咲也の「そこ」を見ている間に、翡桜はダッシュして逃げて行ってしまった。

「クソ。あいつ、何て奴なんだ」

嘘だと悟った咲也が、珍しく激しい言葉を使うのを他所に、晶子は感心していた。

「でもねえ。咲也。あの、ヒオだか緑だかの、あのゲイボーイ。あの子は案外、大物なのかも知れないわね」

「そんな事、ある筈無いでしょ。どうして、そんな事を言うのさ。あいつは嘘吐きのゲイで、きっとロクでも無い奴だったのに、決まっているよ」

「でも、そのロクデナシには、君のあの力が全然通じていなかった。通じていなかったのか、通じさせていなかったのか迄は、知らないけど。とにかくあの子は、ケロリとしたものだったわよ」

咲也の顔に、少しずつ血の気が昇ってきていた。「ああ。そうだった」と、咲也は思い、嘘吐きのゲイであった筈の緑・ヒオを求めて、泣きたくなった。

彼には、僕の「力」は、全然作用していないかのようだった、と咲也は逃げ去っていってしまった翡桜を、恋い求めていた。ヒオにだけ、咲也の「力」が通じなかった等という筈は、無いのだ。その「力」は、蒼の石が守っている晶子に対してさえも、時に及んで行くのだから。ましてや「寄せ集めの家族」の中では新顔の、年若い奈加や、数奇な運命に翻弄されてきて辛辣になり勝ちな幸男は「要注意」で。心からの同情を示してくれる霧子でさえも「訪問者」が近付いている時には、気を引き締めていなければならない程に、強力で制御不能なものなのだ。それなのにヒオは、苦も無く咲也の「中」に入って来て、平然としていたのである。それ程親しくも無く、その「力」の存在すら知らない筈のヒオに、どうしてそんな真似が出来たのだろうか？　咲也は、悟っていた。

あいつは、僕に親和していたんだ。僕だけでは無くて、多分、晶子姉さんと奈加ちゃんと、幸男さんにも。「ミー」と呼び続けて泣いていた、柊にも。考えられない事だけれども、もしかしたら白猫のルナにさえもきっと、親和して。それぞれの「想い」の中の哀しさや、痛さや喜びに共感し、同化さえもしてしまっていたのに、違い無いのだろう、と。

その事を理解した咲也は、ヒオが恋しく、恨めしかった。「同化」なんて、それこそ簡単に出来る事では無いからだ。相手の「中」に深く入り込み、その人の哀しさ、切なさや、嬉しさに触れて、一瞬で理解をし、それこそ「天使」のような無垢な心の全てをもって、その相手の「今」そのものに成ってしまわなければ、絶対に出来ない。

咲也は、叫びたかった。

「けれども、あの人は出来るんだ！　僕の心の中の海に入って。花月夜を行く船の中に立って。僕が自分でも知らない間に、相手の感情をガタガタにしてしまうお化け人間なのを知った。それできっと、僕そのものに迄も成ってくれていたのだ。こんな、僕に!!」

こんな僕にあの人はするりと入ってきて、触れてくれて、行ってしまった。それを思うと咲也は、ヒオが恋しくて堪らなく、泣けてきてしまう。

晶子も霧子も、咲也に優しい。けれど。けれども、咲也の心の中の海に入って、その水の苦さを知り、共に飲んでくれた人は、ヒオ一人だけだった。

「ねえ。晶姉。あの人に、又会えないかな。僕、あの人となら、親友以上になれそうな気がする……」

「そうね。咲也。又、会えると良いわね。あの変わったバーテンの、緑と名乗っていたヒオさんに」

晶子には、咲也の切望が悲しい程に良く解った。出来るものなら、と晶子は願った。咲也自身のためばかりでは無く、わたしのためにもあのヒオに、もう一度会いたい、と……。翡桜は、晶子に対しても誠実で暖かく、彼女の占いを小馬鹿にするような事を、全くしなかった。知世を知らないと言いながらも、「森番の娘」の警告の意味していた事を知っていて、それを教えてくれて行きもしたのだから……。

ああ。それだからこそ、と思うと晶子は戦いた。

ヒオが言い残していった事を、頭から否定してはいけないのだ、と。でも。それなら一体この先には、何が待っているというのだろうか？　緑の瞳をしていて、幻のように美しい、半月の光に包まれていたあの少女と、ヒオとが揃って「悪い」と言ったモノ。

いいえ、それだけでは無い、と晶子は思い返していた。「魔」を見破ると言われている猫族のルナと、ブーツの、あの異様な唸り声。昨日の夜迄は一度も無かった程の、凍えるような部屋の寒さと、龍の石の凄みが有るとさえ言える程暗い、碧の深さと光とは、「何か」が起きる前兆であり、予兆のようであったのだから……。

緑・ヒオはその事を既に、知っていたのだ……。

「何か」が、起きる。いいえ。きっともう起き始めているのよ。そう思うと晶子は、身内が寒くなってきてしまうのだった。聖水？　お祈り？　そんな物は見た事も無いし、した事も無いのだけど。取り敢えずは、出来る事は全てしてみた方が良いのかしら。それとも、わたしの思い過ごしなの？　霧ちゃんはまだ良いとしても、奈加ちゃんと幸男さんを、一体どうやって納得させれば良いと言うのかしら、と。教会に行って「聖水」とかいう水を、「貰って来て頂戴」だとか。イエス・キリストと大天使ミカエルに「ソレ」から守ってくれるように、「祈ってくれないかしら？」等という事を。第一、そんなモノの事を、皆は信じてくれるのかしら。いいえ。そうでは無い。このわたしは？　このわたし自身がまず第一に、そんなモノの存在を、心から信じているのかしら。「アレ」は、物語の中だけのものでは無かったの？

「信じるのよ……」

晶子は、思い掛けない程に強い自分自身の内からの「声」を、聴いたように思った。

「信じるのよ。信じられないと思う時こそ、信じるのよ。この世界は、見掛け以上のものだわ。何でも有りの、仮想劇場のような所だという事は、晶子。あなたが、一番良く知っている筈では無かったの……」

「声」に従って、晶子は言った。

「咲也。急いでリースと十字架を作っておいてくれないかしら。わたしは教会に行ってみてくるわ。それと、ブックストアに寄って、聖書の小型版でもあるかどうか、調べてみてくる積り……」

咲也は、言い難そうにして、尋ねた。

「皆には、何て説明する積りでいるの、晶子姉さん。その……さ。あの人の、ヒオさんの言っていた通りに言う積りなのかな」

「まさか」

晶子は、薄っすらと微笑ってみせるより他に無かった。そう。まさか。まさか、それはまだ言えない。

「あなたの言った通りよ、咲也。クリスマスが近付いてきたからお祝いのお飾りだとか、古いアパートに出る妖怪除けだとか何とか、言うしか無いでしょう？　今はまだ……」

「今はまだ、って……」

と、咲也は絶句し掛けてしまった。

「それって、さ……。もしかしたら晶姉。自分で行って、確かめてみる積りだとか、いう事なの」

「ビンゴよ。ボクちゃん。まだ、はっきりと決めた訳では無いけど。その必要があればね。行ってみるしか、無いじゃないの。違う？」

「そりゃ、違わないんだろうけど。もしかすると、僕にもお鉢が回ってくるのかなあ……」

晶子は、真面目な顔になった。

「悪くすると、全員動員する事になるかも知れないのよ。でもねえ、咲也。そうならないように、願っているの。二人で行きましょ？　まずは、二人だけででも。もしかしたら其処でヒオさんに会えるかも、知れないのだし。ね？」

出任せでは無かった。晶子にはヒオが、このまま黙って「ソレ」を見過ごすとは、とても考えられなかったのだ。ヒオに会えるのなら、と咲也は思った。僕は、どんな所にだって行く事だろう……。


翡桜の心臓は悲鳴すら上げずに、静かにその動きを止めようとし掛けては、又少し動く。翡桜は、自動販売機でエビアン水を買い、ポケットの中に入れていた薬を一気に飲み下して、へたり込んでいた。駅に戻るには、遠過ぎて。翡桜の身体には、遠過ぎて……。

翡桜はそれでも、やっとの思いでタクシーを止めて、言った。

「ビジネスか、カプセルがこの辺に無いかな」

まだ陽が高いというのに、近頃の若い奴ときたら……と、タクシーの運転手は、首を振っていた。

「無いのなら、ゲーセンかなんかでも良いんだけどさ……」

「どっちですか。ビジネス？　ゲーセン？」

「……。近い方」

チッ、というような舌打ちの音がして、車は乱暴に発進した。翡桜は、瞳を瞑って背中を丸める。

さようならだね、今度こそ。今生のお別れだ。柊。樅。ルナそして。沙羅と薊羅にも「又会う日まで」を、もう一度。変人クラブの皆とも。「花愛ずる君」の藤代君とも、これが最後の、お別れだ……。

翡桜の想いは涙に濡れていて、止め様が無い……。

隣町の綿木公園には、春になったら必ず行こう、と翡桜は考えて、呟き込んでいた。その春迄、僕の身体が保ってくれると良いのだけれど、とも願いながら。

「着きましたよ、ゲーセン」

翡桜は思考能力どころか、心臓の働き迄も危くしてしまいそうな、ゲームセンターの暗がりと、雑多な機械音と、大音響のサウンドの海の中へと、游いで行った。その一番奥の暗闇の、一番空いていて寂れているマシンの前の椅子が、これから翡桜の「教会」になるのだ。翡桜は、祈った。

紅にさえも打ち明けていない、秘密の祈りを……。

秘密であり、夢でもあるがその夢は生きていて、生々しく痛ましい。翡桜の憧れと哀しみを宿していて狂おしい……。

それは、弓張月の渡ったあの夜に、森の精と化してしまっていた「椙子」と、紅との三人で歌った歌の元になっている書に記された、祈りの言葉の中に在る……。
わたしの神よ。わたしの神よ……。翡桜は、祈った。
あなたは救い主。あなたは、わたしの命の樹。お聴き下さい、主よ。あの美しい日のように。わたしの愛する美しい方よ。わたしのソウル（魂）はあなたを求めて、御前に行きます。

恋しいあの人はわたしのもの
わたしはあの人のもの
ゆりの中で
群れを飼っている人のもの

祈り、呼んでいる翡桜の胸の中には「声」が聴こえていた。恋しくてならなかった「その人」のお声が聴こえているのだった。あの美しい丘と、月影の林から……。

あなたはわたしのもの
わたしはあなたのもの

愛に傷付いた人のもの

どうかわたしを刻み付けて下さい
あなたの腕に　印章として
わたしの心に　印章として……

明るく光り輝いていた春の野と、蒼いオリーブ畑。
翡桜は、その深くて暖かく、静かな懐かしい「声」に追いて祈り続ける。人々の群れに交じって坐りながらも、唯、その人だけのお声に聴き痺れていた日を求めて……。

わたしは　あなたのもの
あなたは　わたしのもの
愛に傷付いた人のもの

どうかわたしを刻み付けて下さい
あなたの腕に　印章として
わたしの心に　印章として……

あなたの娘の願いを、憐れんでお聴き下さい……。

何度も、何度も。翡桜と「声」との応答は、続けられていった。「声」は、「あの日」と変わらずに優しい。

翡桜は、額衝く。「あの日」のままに。あの日、その人は翡桜の前を行かれた。あの日、その人は翡桜の祈りを聴いて下さり、小さな花に目を留められた。

夢の中の、焼かれる程に恋しい、懐かしいその日。懐かしい、その日……。

流れのほとりに植えられた木は
ときが来れば実を結び
葉もしおれる事がありません

その人は、応えて言われる。「あの日」のように。明るく輝いている丘の上で言われた、その言葉を……。

わたしはまことのぶどうの樹

その方の深いお声に、翡桜は泣く。夢の中のお声と知りながら、翡桜は訴えるのだった。いつものように。

恋しい人よ
わたしは知っているのです
あなたが、わたしに刻み付けられたから
永遠に消えない炎で、刻み付けたから。
愛は死のように強く
熱情は陰府（よみ）のように酷（むご）い

あなたの炎は、刻むために燃えます
永遠に消えない　新しい名を刻むために。
ああ。愛しい方
愛は、愛によってしか贖えないと言った方……

夢に見る、美しい方（かた）。わたしの望みは唯、あなたへの愛だけでした。あなたへの愛であったあの時の水を、せめてひと口だけでも、差し上げたかった。

恋しいあの人はわたしのもの
わたしはあの人のもの
ゆりの中で
群れを飼っている人のもの

青い花の娘よ　ヴェロニカ
わたしはあなたのもの
あなたはわたしのもの
愛に傷付いた民のもの
わたしが愛に渇いて死ぬ、と泣いてくれた娘よ……

翡桜は、泣いていた。愛のために。「彼」のために。

「済みません。お水を、落としてしまいました……」

ああ。主よ。せめて、「あの時」にあの水を、あなたのために落とさないでいたかった！　そうすればわたしは、こんなにも痛まずに済んでいたでしょう。

「おい、兄ちゃん。何遣ってんだよォ。寝惚けちまって。涎なんか垂らしてるんじゃねえよ。遊ばねえんなら、とっとと消えちまいな」

「涎じゃないよ。鼻水だ。悪い。金、失くなっちまったもんでさ。もう行くよ」

翡桜は、素早く相手の後ろへと廻っていった。

「ボク。新インフルに罹ってるんだって。ゴホッ。んでもって、熱があるから、もうスッテンテンなんだよね。ゲホッ」

「ウワーッ。汚ねえ。このクソ坊主。コラ。待ちやがれ」

その時にはもう、翡桜の姿は人混みの中にと消えてしまっていたのだった。翡桜の、ひと時の「教会堂」となってくれていた、ゲームセンターの中からさえも、秘っそりと。

心臓は、まだ痛んでいた。翡桜の心の中の海には変わる事のない、蒼くて白い月が出ている。それは、あのオリーブの丘の上に掛かっている月。

それは、「あの方」の祈られていたお姿を、静かに照らし出して、涙にくれているパール・ヴェロニカ・翡桜に見せてくれていた、夢の月……。

翡桜は、二度目の薬を飲んだ。初出勤の夜に遅刻をしたり、ましてや欠勤をしたりする訳には、いかないからだった。翡桜の頭の中では、陰々とした嗤い声がしている。

「次はお前の番だ。嫌、それともお前の好きな娘か、子供達にでもしようかね。あの男を神と呼ぶお前達がわたしのものになれば、あの男は身悶えをして悲しむだろうからな」

それは、翡桜の頭の中ばかりでは無く、身体の中にも手を伸ばしてきて、弱々しく喘いでいる心臓に触れていく。氷のように冷たく、蛇の肌のようにウロコの生えている、黒い手で。

「絶対に！」

と、翡桜は自分に言って聞かせた。絶対にそんな事は、させない。僕達は弱いが、「あの人」は強いから。「あの人」が、お前の好きにはさせない！

「本当にそうかね？」

嘲る声が、空ろに響いて言った。

「あの男は、十字架の上で死んだのだ。神なら、死ぬまい。そう思わないか……」

「死んではいない！　あの方は、今でも生きていられるのだから！　退け。サタン。あの方は既に、お前の悪に打ち勝っておられる、と書いてある」

「本当に、それを信じているのかね。面白い。それなら何故、この世の中にはまだ有りとあらゆる悪が在るのかな。何故お前達のような、半人半魚がウヨウヨしている？」

「その理由を知っておられるのは、神だけだ。お前のようなモノが許されて生きている理由が、僕達には隠されているようにね！」

翡桜の心臓に焼鏝(やきごて)が押し当てられていった。翡桜は、それには構わずに「摩耶」への階段を下りていく。頭の中の「声」の事も、火のような焼鏝の事も、白い月の光の中にいられる「あの人」と、その人の「御父(おんちち)」に任せて……。

時刻は、夕方の四時を少し過ぎたところだ。

「摩耶」の扉を押して、翡桜は明るく言った。

「お早うございます。井沢翡（みどり）です。宜しく」

「魔の森」と呼ばれるようになってしまった森の秘密の空き地には、十二月の寒気は忍び寄れなかった。「其処」は、常夏の秘密の場所。

「其処」には、巨大な楡の樹が立っていて、空き地の端には湧水の、澄んだ小川が流れているのだった。「森の娘」は今では、野の花の精のような姿ではいない。彼女の肩には小ざっぱりと洗い上げられた、男物の白いシャツが掛けられている。娘の傍らには、ずば抜けて背が高く、美貌で鳴らした沢木渉の姿が有った。沢木は囁く。

「愛している。椙子。俺だけの、魔女っ子。エメラルドの瞳の、クリスチナ……」

「愛しているわ。渉さん。でも、その魔女っ子というのは、もう止めてくれない？　わたしは森の、本物の魔女に成ってしまったのですもの。それでは、洒落にもならないわ」

「お前が俺の事を、お友達と呼ばないと約束して、実行する迄は、駄目だと言っただろ」

「解ったわ。わたしのお友達の……アラ。嫌だ」

「全く。これだもんな。馬鹿ったれの柗子。でも、愛している。二十年前も今も変わらずに、お前を」

「わたしもよ。渉さん……」

あの月が、又、半月になる夜に、わたしは帰らない人を想って、森をさ迷いはするけれど。もう帰らない人を想って、弓張月と、十字架の神様に祈りはするけれど。許して下さい、渉さん。それ以外のわたしは全部、あなたのものだから。楡と空き地とこの森の、全部があなたのものの様に。わたしの大切な、唯一人の真実の友であり、愛であったあなたのものなのです……。

柗子は自分のした事を、痛みを持って考えていた。帰らないその人が行き、住んでいる東京に、凶々(まがまが)しい悪が「いる」、と告げていった桜の精と龍の言葉を晶子に伝えた、その事を。知世の友人に警告する前に柗子は、自分の神様にその「モノ」の事を尋ね、確かめてみたのであった……。

答えは、イエス。「ソレ」は、暗黒よりも闇(くら)く、黒く、人間に対して害を与えるモノだという事だったのだ。そして、「ソレ」は。そして、「ソレ」は、知世の友人達ばかりでは無く、帰らない人を偲び、さ迷い歩いていた夜に出会い、あの「愛歌」を共に歌った「仲間達」をも害そうとしている、と「その人」は柗子に告げてくれもした……。

もう帰らない愛しかった人と、その周りにいる人達も、いつかは。いつかは。柗子は祈る。

「守ってあげて下さい。どうか……」

榀子の懇願に、白い衣の「その人」は答えた。

「守っている親鳥の懐にいても、死ぬヒナがいるという事を、思い出しなさい。全ては神の内に在るという事を、あなたは知っている。例えヒナが死んだとしても、わたしの腕の中に抱かれて天の国に行くという事も、あなたは知っているではないか。エメラルドの瞳の、わたしの娘よ……」

それは、あの人達の内のどちらかが、犠牲になるかも知れないという事なのでしょうか？　嫌です。嫌です。そんな事は……。十字架の、御像の神様。救けてあげて下さい。あなたが、わたしを救けて下さった時のように。「愛」を、守ってあげて下さい。

榀子の祈りは、樒の梢の上高く、森の上の空の、更に上にと昇っていくのだった……。

薊羅は、半分上の空で仕事場に入っていた。柊と樅の夕食の準備を済ませてから薊羅は出勤する事になっていたし、今夜もそれはちゃんと支度をして、出勤をしたのだ。

けれども。けれども、と薊羅は繰り返す。けれども、「あれ」は何だったというの？

けれども「あれ」で、良かったのかしら……と。

「イアイ。イアイイ……」

痛い、痛いと樅が泣き叫んでいる声で、薊羅は目が覚めた。樅が自分の意志を伝えられるたった一つの言葉である、「イアイ」。その「イアイ」が、本当に「痛い」なのか「嫌だ」の変形なのかさえも、初めは沙羅にさえも解らなかった樅の、心と身体からの悲鳴の、「イアイ」。

薊羅は急いで樅の身体を抱き締めて遣ってから、捩じ曲がって、思い思いの方向によじれてしまっている樅の四肢を、優しく摩って言う。

「痛いの痛いの、飛んで行け……。痛いの痛いの、ママに移っておいで。大丈夫よ、樅。ママは、此処にいる」

「イアアイ。イアアイイ……」

「痛いの、嫌ね。我慢しなくて良いのよ、樅。ママが今、お薬を持って来てあげる。待っていてね……」

痛み止めの薬等、何の役にも立たない事を知っている薊羅は、それでも樅に「薬」を与えないではいられないのだった。内臓に悪い強力な痛み止めと、せめてもの胃腸薬と、鎮静剤であるバルビタールを与え続けるのは、端的に言えば樅を少しずつ「殺していくようなものなのだ」、と解っていながら、泣き叫ぶ樅に薬を与えて遣るしか無い現状に、薊羅は戦慄する。

樅の痛みは、原因不明の心身の障害からだけでは無く、全身の骨と関節の異常からくるものなのだ、と何処の病院でも言われた。原因の解らない障害や痛みに対して繰り返し行われる「検査」という名目の、「弱い者苛め」としか思われないような、残酷な処置の数々に沙羅と薊羅は立ち合ってきたのである。検査は、何処でも同じだった。そして結果も同じで「不明」なのだ。

「イアイ」と泣き叫ぶ樅の代りに、「もう止めにして下さい」、と涙声になって頼んだ事が、どれ程有った事だろうか……。今の樅に沙羅と薊羅が与えて遣れるのは、持てる限りの愛情と、整形外科医に診せてやる事と、マッサージや温熱療法の他には一時凌ぎでしかない劇薬を、飲ませてあげる事だけに、なってしまっているのだった……。例えその薬には習慣性が有り、肝臓や腎臓を侵していって、最終的には「死に至らせるかも知れない恐ろしい薬なのだ」、と十分に承知をしていながらであったとしても。

樅は、薬を飲んだ後での薊羅のマッサージによって、次第に泣き声を小さくしてゆき、涙の跡を残した顔のままで眠りに落ちていった。

薊羅は樅の顔を丁寧に拭ってやりながらも、愛しさに、哀しさに、泣いてしまいそうになった。樅の眠りの中には、夢は在るのだろうか？　もし在るのだとしたならば、樅はその夢の中では幸福でいられるのだろうか、と……。

寝入ってしまった樅の手と足を柊は、薊羅を真似して不器用に、しかし優しく摩ってやっている。その柊の面立ちは稚(いとけ)なく、幼気(いたいけ)なかった。

薊羅が「それ」を見付けたのは、コープから届けられていた食材や何やかやのあれこれを、部屋の中に入れようとして、ドアを開けた時だった。

誰が置いていったのか、一号室と二号室の前には「お清め用」のような盛り塩が置かれており、ドアの上の壁板には十字架が、ドアの取手にはクリスマスリースが、掛けられていたのである。おまけにそのリースには、ルルドの聖水入りの小さなロザリオと、聖天使ミカエルの「御絵」迄が、器用に留め付けられてあったのだ。薊羅は素早く周囲を見回してみて、そのリースとクルスとが、一階の部屋のドア全てに掛けられているのを確かめてから、扉を閉めた。

「柊。今日、誰かが此処に来たの?」

「ミーちゃん。それとね、ヒオ? ちゃん。それからルナちゃんと、ルナちゃんのおばちゃんと、隣のお兄ちゃんと、おじちゃんと、お姉ちゃん達……」

薊羅は柊に対しても、優しかった。

「そんなに沢山の人達が来てくれたの? それは良かったわね。柊。嬉しかったでしょう? それでね。あの、入り口の上の十字架とクリスマスリースは、誰が、何と言って飾ってくれたのかを、ママに教えてくれないかしら」

「うん。良いよ。ママにお話ししておきなさいって、ルナちゃんのおばちゃんも言っていたもん。あのね。あれは魔オケのお呪いなんだから、絶対に外したらいけないんだって」

「魔オケ？　……魔除けじゃなかったの？　柊」

「そう。魔オケ。だから、外したら駄目なんだってよ。ママ。そんでね。ルナちゃんのおばちゃんがママに会いたいって言ったんだけろ、ママは寝ているから駄目、って言っておいたの。いけなかった？」

「いけなくない。いけなかった？」

「いけなくない。それで良いのよ、柊。ママは眠かったから、起こされなくて良かったわ。ありがとうね」

「良いよ。ママが眠たいの、僕知っているもん。ママは柊と樅の所為で、いつでも眠いんだもんね」

柊が、どこまで沙羅と薊羅の日常の大変さを理解しているのかは、解る術も無かった。けれども、自分達の所為で「ママは眠たいのだ」と言う柊の、幼いなりの切なさに、薊羅は胸が苦しくなってきてしまうのだ。

「そんな事、無い。そんな事じゃないのよ。柊。ママはね、お仕事が忙し過ぎるから、眠たいの」

柊は、小首を傾けたまま、薊羅の顔を見詰めていた。何だ。今日のママは、優しい時のママなんだと思うと、柊は嬉しくなってニコリとする。

薊羅には、柊のその笑顔も痛々しく思われてならないのだった。樅はもちろん、仕方の無い事だとは言っても……。柊に迄も、どうやら沙羅と薊羅の区別が、判然としていないらしいと判った時には、沙羅は大粒の涙を落としていたものだった。けれど、それは柊の知能の所為ばかりでは決して無かったのだ、と薊羅は思う。

　全く同じ面立ちの沙羅と薊羅が、全く同じ髪形をして、全く同じ色柄の服を着て。全く同じような声と口調で話をし、柊と樅には同じように自分の事を「ママよ」、と言い続けてきたとしたら？　それも、十九年間もの間、ずっと……。樅には、二人を「ママ」と呼ぶ事すらも、出来ない。柊も、時々混乱はするらしい（気性の激しい沙羅が、少しきつい物言いをしたりする時等）のだけれども。二人にとっての「ママ」は、今では完全に二人で一人に成ってしまっているようなのである。沙羅と薊羅の二人で、一人の「ママ」。

　それも仕方の無い事だ、と薊羅は思っていた。

　何故なら。何故なら、二人は本当に、二人で一人として、生きて来たのだから。「あの時」も、どの時にも、いつでも二人は二人では無くて「一人」なのだった。そんな生き方を、もう何十年もしてきてしまった自分達の船は、一体何処に流れ着いていくのだろうか。あたしと沙羅の「罪」とは、一体どこ迄深いものなのかしら、と薊羅は想いを巡らせ掛けて、止めてしまった。いつものように。いつも、してきたようにして……。「それ」を考えるのは、あたしの「分」では無いのだから、と薊羅は考える。確かに、あたしと沙羅の「罪」は深くて、重いのだろうけど。どんなに悔んでみても、行き過ぎてしまった「あの日」と「あの時」を、取り戻す事は、出来はしないのだもの。そして、「あの時」以後のあたし達は、それこそ二人が一人に成って、必死に生きて来ただけなのよ。柊と樅を守って育て上げるためだけに、歯を喰い縛って、生き抜いてきただけ……。柊にさえも「二人は一人なのだ」、と思い込まれてしまう等とは、思いもしなかったし、望みもしない事だった。でも、柊は。でも、柊は、あたしと沙羅を、たった一人の「ママ」なのだと思い込んだまま、成長をしてしまった。柊には、あたし達が別々の人間で、別々の「ママ」なのだとは思ってしまうようにして。丁度、小鳥のヒナが最初に見た「生き物」を、親だと考えられもしない頃から、あの子の頭の中では「優しいママ」のあたしと、時々叱りもする「怖いママ」の沙羅とは大切な、「たった一人のママ」になってしまっていただけの事なのだもの。でも、あたし達の最も重い「罪」は、そこに有るのだわ。柊に、「違う」と言い聞かせて、きちんと理解をさせてあげる努力をしなかった、という「罪」。柊を馬鹿にしていたからなんかでは、もちろん無かった。説明をする時間を惜しんだ、という理由から等でも無い。

　幼かった柊と樅を、只管に唯愛していただけ。愛して。愛して。愛し抜いていただけなのに……。「それ」が罪深い事だ等とは、あたしにも沙羅にも解っていなかった。そうして。やっと解った時には、柊の誤解を訂正してやるためにはもう、遅過ぎていたというだけの、話だと思う。

それでも。「罪」は罪なのだと、沙羅は自分とあたしを責めた。あたしは言いたかったわ。

愛した事の、どこが罪なの？　と……。でもね。今のあたしには、沙羅の言い分が解る。あたし達は、怖かったのだと……。柊に、どちらか一人だけが好かれて、他方は疎んじられるのではないかと思う事が、きっと恐くて仕方が無かったのよ。「それ」が、あたしと沙羅の罪だというのなら……。もしも「あの方」が、そう言われるのなら、あたしは喜んで罰せられるけど。けれども、「あの方」がそのように言って、あたしと沙羅を罰するなんていう事は、あたしには考えられないの。ミーと紅も、あたし達にそう言ってくれていたものだった。罰等、無いと……。「あの人」は、そんな事では怒らない。「あの人」が怒るとしたら、沙羅と薊羅とあたし達が、柊と樅を冷たく見捨てる時だけだよ、と。

それでも、沙羅の心には暗い影が出来るようになってしまった。あたしでは無くて、沙羅だけが「ママ」と呼ばれるべきなのでは？　と考えるという、暗い影が……。沙羅は、知らないのよ。知らないから、そんな事が言えるのよ。

本当は。本当は、柊と樅は……。あたしが言えなかった、本当は……。

「ストップ。そこ迄よ、薊羅」、と薊羅は、自分に優しく言った。そこから先の事は、「あの方」とあたしだけの、秘密なのだから。そう。そこから先の事は、一生誰にも言わない、と決めたのだから……。

それにしても、と薊羅は想いを他に向けてやる。

盛り塩と十字架と、魔除けのリースとルルドの聖水入りのロザリオに、聖ミカエルの御絵って？

一体、何のためなの。何を「除ける」ための、道具立てだというのかしら、と。盛り塩なら、何となく解るけど。日本人なら、必ず思い付くだろう物だから。でも、クルスと、バラとヒイラギのリースは？　聖水入りのロザリオ？　物語の中のヴァンピール（吸血鬼）とかには、十字架とバラとニンニク、聖水が効く、といつかミーは言っていた事があったけど。ミーは言うだけでは無くて実際に、「ドラキュラ」のミナを巡るハーカーと、ドラキュラ伯との恋の行方とその悲しい結末を、「ドラキュラ伯の奥方」という転生物語の一つとしての劇にして、自分達の遊びにしていたりもしていたものだった。

たった六歳か七歳のミーの紡ぎ出す遊び、「……ごっこ」は多彩で多岐に亘っていて、沙羅と薊羅を内心大いに驚かせていたものだ……。

薊羅達が、唐松荘を出た後になっても、ミーと紅は二人だけで、あの「遊び」を続けていたのかどうか迄、沙羅も薊羅も知らなかった。

「あの夏」の頃の事は、「あの方」の事も含めてそれぞれの大切な、あるいは重い秘密になってしまっていたからなのだけれども……。

けれども。その上に更に、聖ミカエルの御絵だとは。聖ミカエルといえば、御絵の防ぐモノは限られている。天使の軍勢の旗頭、ミカエルが「追放」したのは、暁の天使ルシフェルなのだ。ミカエルに負けて、暁の天使だったルシフェルは、地上に墜とされた。ルシフェル。ルシファー。サタン。暗黒の悪魔。

薊羅は、冷たい手で心臓を掴まれたように思った。思っただけでは無くて、感じた。その、冷酷で残忍で、悪賢い「サタン」と呼ばれているモノの黒く冷たい、巨大な手と闇を感じた。

「ママ。頭、痛い、痛いの？　顔が青いよ。痛いの？」

「ううん。平気。大丈夫よ、柊。ママはちょっと寒かっただけなの。もう治った。柊が良い子良い子をしてくれたからね」

「本当に？　本当に？　柊の良い子良い子で、ママ、治ったの？」

「うん。本当よ。だからね、柊。ママがお出掛けをしたら、樅にも良い子良い子をしてあげて」

解ってるよ、ママ。僕、樅が痛く無いように、って「良い子」をいつもしてあげているんだもん。ね？　ママ。

薊羅は柊のおでこにチュッとキスをしてやってから、深く考える事も無く、柊の千代紙に神への祈りの言葉を書き付けていった。

このアパートの住人達が、何故「悪魔除け」のための品々を、各々の部屋の戸口に取り付けたのか迄は、理解が出来なかった薊羅であったが……。「彼等」は柊と樅と沙羅のためにも同じ様に、「魔除け」をしておいてくれたようなのだ。だから……。あたしは沙羅の「影」だけれども、沙羅の代りにお返しと、「補強」をしなければ。

聖天使ミカエルと共にサタンと闘えるのは、聖母マリアなのだから……。ルルドの聖水入りのロザリオと一緒に、聖母への祈願をリースに付け足して補ってから行こう、と薊羅は考えたのである。「彼等」は、幾つこのリースを作ったのだろうか？　多分、少なくとも上下合わせた全部屋の数の八つは作ったのだ、と薊羅は数えた。それに、もしかしたら他にも幾つかは、管理人の金子美代子と、二階の部屋の住人である「ルナのおばちゃん」こと沢野晶子とは、親しいらしいのだし。それに。それに、「彼等」は知らない筈だけれど、きっと紅にもこのような、「魔除け」が必要になるかも知れない事だし、と。

薊羅の書いた千代紙の数は、全部で十二枚と一枚になった。十枚は、柊に「ルナのおばちゃん」に渡して貰えばそれで良いだろう、と薊羅は考え付いたから。それ以上必要ならば、「彼等」は自分達で書いてくれるだろう。後の二枚は柊と樅の部屋と、沙羅の部屋の窓の上に貼り付けておくためのものであった。念には念を入れて、と良く言われているではないかと薊羅は思う……。

そして、残った一枚を薊羅は、青い封筒に入れた。その表書きには「紅へ」と認めておいてから、柊にその封筒を預けて、急いで出勤して来てしまったのであるが……。それよりも、紅の家の方に送っておくのだった、と薊羅は仕事中ずっと考えていたのだ。もしもあのアパートの住人達全員が（柊と樅、沙羅と薊羅を除いた全員が）、あんな「魔除け」が必要なのだと本気で考えているのだとしたら、の話ではあるけれど。「彼等」が「信者」なら、盛り塩等置きはしない筈なのに。一体彼等は、何を恐れて、何から身を守ろうとしている積りなのかしら、と薊羅は危ぶむ。

「あれ」で良かったのかしら。本当に「あれ」で良かったのかしら、と薊羅は思い巡らしてみるのだが、解りはしなかった。薊羅は、フランシスコ神父に相談をしたかった。あの「魔除け」が、彼等の「お遊び」のようなものなら、それはそれでも構わない。でも、あたしがあの時一瞬だけど感じた、黒くて冷たい巨大な手と闇とは、一体何だったのだろうか。あたしがルルドの聖母に捧げた祈願文だけで、本当に効き目が有ってくれるのだろうか。久留里荘の住人達である男女五人は、彼等の相手にしているのが、サタンと呼ばれている堕天使ルシフェルだと、本当に解っていての上での、あの「魔除け」なのかしら？ ええ。そうよ。黒い堕天使は確かにいる、とあたしは信じているけれど。理由？ そんなの、簡単だわよ。「ソイツ」の所為で、この世の中から「悪」が無くならないんじゃないの。「ソイツ」の所為で、柊と樅や、ミーと紅や、あたしと沙羅のような「人魚達」は、未だに海の上に、陸に上がれないで、喘いで生きて跪いている……。

そして、「ソイツ」の所為で神の御子は、十字架の上に上がられる事になってしまった。

「上げられた」のでは無いわ。あたし達の「あの方」は、あたし達の苦役を見兼ねて、十字架に上る事を引き受けて下さるのよ。「身代り」に成って下さると決めて、十字架に上る事を引き受けて下さったのよ。だから、あたしは信じられるの。神であり、人となられた「あの方」を信じるからこそ、「この世の父」と呼ばれている墜ちた天使の存在も、信じられるのよ。だけど、この考え方で本当に良いのかどうかを、神父様にお尋きしてみたい。「彼等」は一体何を恐れ、何から身を守ろうとしているのかも、神父様にお聞きしてみたい。もしも、もしも、何かが起ころうとしているのなら、その事も訊きたい。薊羅は、フランシスコ神父に会いたかった。けれども、彼は、それを喜ばない事だろう。けれども彼は、それを望まない。彼の望んでいるのは隠れた「愛行」の道を、一人静かに行く事なのだから。例えあたしに出会っても、神父（パパ）はきっと、話さない……。

お食事処「楓」と、バー「楡」の経営者である小林平和は、店内がそれ程混雑していないのを良い事にして、コックの渡辺長治とその妻由利子に店を任せて、出掛けようとしていた。冬の日暮れは早く、外はもう闇だ。

三十代中半（なかば）になろうかという小林の片手には、まだ温かい総菜の入ったパックと握り飯を詰め込んだ白い紙袋が提げられている。小林はラフな服装に着替えていて、厚手のハーフコートに洒落た色合いのマフラーを首に巻き付けて、二階にあるバーの「楡」を覗いてみたところだった。

「あれ。平ちゃん、又、お出掛けですか。こんな寒い夜に」

「楡」のマスターの瀬川卓郎が尋ねると、小林は、何とも言えない妙な瞳付きをして言った。

「寒いから、行くんですよ。卓郎さん、何か乾き物の余り物でも有りませんかね。日持ちのするヤツも、少しは持っていきたいもので」

「寒風の中で酒盛りをするだけでは足りなくて、寝泊まりでもしてくる積りなんですか？　それで？　何泊分位が入り用なんでしょうかね」

瀬川の声には毒は無かったが、小林は渋い顔になってしまって、情け無さそうな声を出す。

「卓郎さん迄も、由利子さん達みたいな事を言うなんて。嫌だなあ。止めて下さいよ。それより、有るんですか？　無いんですか」

と、子供のように性急な催促の仕方をしてくるのだった。

笑顔のままで瀬川が手渡してくれたチーズとドライソーセージ、アーモンドの類を紙袋に無造作に入れて、小林は瀬川に「ありがとう」とだけ、言った。何処に行くとも、いつ帰るとも言わないで出掛けていく小林の背中を見送りながら、コックの長治は一人言を言ってしまっていたのであった。

「あいつも、損な性分だなあ……」と。

どんな風に損な性分なのかは、小林自身にも解ってはいる積りだった。一度関わり合った事から、容易に手を引いてしまう事が出来ない、というのもその一つなのだ、と小林は思う。

フーちゃん擬きのロックボーイとホームレス達のための通いの賄い人を、五ヶ月も続けている等と店の者達に知られでもしたら……。何と言われるのか、と思うだけでも目が回りそうになってくるのに、止める事が出来ないでいるというのも、その一つの中に入るのだろう。

夜の綿木公園には、人の姿も無かった。有るのはいつでも移動出来るように作られている簡単なダンボールハウスと、それよりは少しはマシなビニールテントが、人目に付かない樹の陰や、繁みの中に置かれているばかりで……。

小林は目当ての桜の樹の下に、真っ直ぐに向かって行った。その時には小林のもう片方の手には、酒や熱いお茶の缶等が入れられたビニール袋も、提げられていたのである。

時刻は、夏ならば夜というのにはまだ早い午後八時前になったばかりで、その桜の樹の下にはダンボールを被って震えている「歌謡い」達が四人、一塊になって、恨めしそうに震えていた。

「腹減った」

「俺も」

「平さん、遅かったね」

「待ちくたびれちゃった」

わたしは、お前達の父親でも兄貴でも無いんだぞ。「良く来てくれたね」ぐらいは、言えないのか。まあ、言われ無くても来る、こっちの方が馬鹿なのは、解ってはいるのだが……。

小林は歌謡いのジョージとジュン、リョウとアキ達の陰に隠れている、年老いたホームレスとその仲間も一人、ダンボールハウスの中から見付け出していた。その内の一人とは、もう顔馴染みになってる。

小林はまだ何も知らず、夢にも思ってはいなかった。

そのロックボーイ達を「拾った」自分が同時に何か大きな運命の手に、強いて言うなら神の手によって「拾われていた」のであり、そのホームレスを「見付けた」と思っている自分が、逆にホームレスの老人に「見付けられた」のである、というその事実を……。

小林にとっては、その年老いたホームレスは見知らぬ浮浪者であり、綿木公園の桜の下にいた寄留者でしか、無かったのだから。小林は、彼を忘れてしまっていた。彼ばかりでは無くて「いつ迄も愛す」と決めていたパールの名も、パールの妹であるムーンも、自分の属していた一族の事も、全てを忘れてしまっているようだった。桜の花を除いた、全てを……。だが、それは彼の咎では無い。人は、忘れてこそ生きていける種類の、「生き物」でもあるのだから。余りにも長い船旅に、余りにも辛かった船道に疲れ果て、あるいは記憶が「抹消」されてしまった者達がいるとしても、誰がその事を責められるのだろうか。事実、フランシスコ神父も小林を責める気持等は、これっぽっちも無かったのである。フランシスコの心は唯、寂しいだけだった。

マテオ、あるいはランドリーと呼び（一族の中で近しい者には、パトロとも呼ばれていた時がある）、助け合い、又、愛し合ってもいた小林が、すっかりフランシスコを忘れてしまっていたという事が悲しく、それでも尚、彼を愛おしいと思っている自分の「記憶」と心とが、哀しかったのである。

フランシスコは既に起き上がる事も出来なくなってしまった、山田のための食料を小林から受け取って遣りながら、心の内では涙していた。

ああ。マテオ。嫌、ランドリー。真夏の暑さの中でひと目見た時から、わたしには君が君だと、すぐに解ったのだよ。神は、正しかった。「あの方」は、嘘は言われなかったのだ。わたしは東京の桜の樹の下で、君を見付けたのだからね。だが、君はもう「記憶」を失くしてしまっていたのだね。それは「あの方」の君への、せめてもの心配りなのだろうか。君のパールは此処にはもう、来られなくなってしまったのだから。君のパールは二年前に、天の国へと還っていってしまったのだから……。君達は、もう二度とは会えなくなってしまった。君が、天の国に還っていくその日が来る迄は、会えまい。哀しい事だがね。

君のパールは……。パールは、君を思い出したよ。そう、トルーからの手紙にあったのだけれども。

神は、情け深くも君からパールの記憶を、「さくらの一族」の記憶もろとも、消し去ってくれてしまっていたのだね。それとも。君はまだ少しは誰かの事を憶えているのだろうか？　君の妹の、利発で美しかったミナの事は？　君は誰をも、一度たりとも夢には見ないのかね。君の両親の名は？　スミルノとジョルダン（彼等はローザとジョセとも呼ばれていた事を、フランシスコは知らない）で良かったのかな。彼等は？　勇敢だったチャドや、医師のワイドとナルド（彼等は別に、ライロとジョイとも呼ばれていた）の事は、どうかね？　わたしはこの町で一度だけ、ブラム（ユキシロ）とアンナ（フローラ）を昔、見掛けたように思った。一度だけ、チャドとラリーに似ている男達も見た、と思っているのだよ。近くの町でね。確信では、無いけれど。それ、君とわたしの瞳の前にいる四人のカボチャ頭（実際に彼等は時々、カボチャの中味のような金色に髪を染めていたりした）達の顔にも、どこか憶えが有るような気迄、してきている始末なのでね。此処に居さえすればその内に、ユイハかサトリや、リスタ（ドギーとも呼ばれていた大きな犬で、リトラ・リスタ・おチビの名を貰った）や、シトルス（猫）にも会えるかも知れないし。何よりも、わたし達の長であるムーン・ブラウニ・ラプンツェルと、ベリルとビアンカにも、会えるかも知れないのだからね。君は、わたし達の故郷の事も、忘れてしまったのだろうね。わたし達の里の美しさも、わたしが其処で共に暮らしていたローラ達の事もなのだろうか。ローラとはもう随分前に、別れ別れになってしまって久しいのだがね。ローラも君と同じように、すっかりわたしの事等、忘れ果ててしまっていたのだよ。あの、奥深い山地とぶどう畑に囲まれていた里の想い出も、さくらの歌も、何もかもをだ……。彼女は、結婚したよ。ランドリー。わたしを忘れて。全てを忘れて。他の男と、結婚してしまった。もう五十年近くも、昔の話になるんだがね。わたしは忘れられていても良いから、ローラともう一度故郷に帰りたい、と願いもしたのだが。駄目だったよ。その事も又、神の計らいの一つだったのだ、と今のわたしは言う事が出来るようになったがね。当時は、失意の底に落とされてしまって。それでわたしは、兄の家から逐電してしまった。解るかね？君にも。愛して、共に生きたいと願っている女性が、自分の兄嫁になると決まった男の哀れさが……。わたしはそれで、消えたのだ。

だが、それで良かった。それで良かったのだ、とフランシスコは今では、心から思えるようになっているのだった。そのお陰で彼は、全寮制の「神学校」等という所に逃げ込み、そのお陰で彼は、其処で後に親友ともなった、ダミアン・真山功に出会えたのだから。何よりもそのお陰で彼は、憐れみの神、「ナザレのイエス」にお会いする事が出来たという訳だったのだから……。

フランシスコはもう、彼女を心から祝福して、神の御手の内に預け、委ね切っていられた……。フランシスコは祈る。今では「藤代涼」と呼ばれるようになってしまった、一人の女の幸福と、天の国への道筋を。

年老いたホームレスが仲間の食事の世話をするために、樹の陰に置かれているダンボールハウスの中に入っていってしまうと、四人の歌謡い達は一斉に、脱力したような顔になってしまう……。

「俺、あのじっちゃんに睨まれているみたいな気になっちまう事が、時々あるんだけどな……」

ジョージの言葉に、ジュンとリョウ、アキも頷く。

今年の夏の盛りの日に、ジョージが小林に「拾われた」のと時を同じくして、どういう理由なのかは判らないが、その年老いたホームレスが一人、「彼等」の中に紛れ込むようになっていたのである。

「睨まれるような事を、お前の方が何かしたのではないのか。フジさんは無口だが、気が悪いという訳では無いだろうが」

「あれ。酷(ひど)いや平さん。俺は何もしていないってば。何でそうくるのか、知りたいもんだね」

「そんな事、わたしにだって解るものか。大方お前達の歌が、空きっ腹に堪えでもしたのだろう。ジョージ」

「あれ。それこそ酷（ひど）いよ、平さん。ジョージも俺達も、でっかい声でなんて歌わないよ。第一そうしたくたって、俺達はいつも腹ペコなんだもん。これ以上腹が空くような真似は、しやしないってばさ」

「何だ。アキまで。それじゃお前達は、毎日わたしを当てにでもしているみたいな言い草だぞ。しっかり歌えよ。自分の食い扶持ぐらいは稼ぎ出して、たまには綿木温泉にでも、行って来る事だな……」

そう言いながらも小林は、何故なのか変な気持になってくるのを、抑えられなかった。ジョージ達ばかりでは無く、この自分迄をも、その「フジ」というホームレスが、熱情とも似ているような眼差しをして時折見たりするという事に、小林は初めから気が付いていたからなのである。ハテ？　わたしは見知らないホームレスの老人の「恨み」か「好奇心」のどちらかを、あるいはその両方を買うような真似をした事が有ったのだろうか？と、小林は考えてみた事があるが、答えはノーだった。思い付くのはせいぜいが、酔っ払って、眠っていたフジの足でも踏んだか、蹴飛ばしたかしたのだろう、というぐらいの、詰まらない事ばかりでしか無かったものだから……。小林の瞳に映るフジは、孤独で無口な老人で、気難しい、老いた友のようだったのである。

昨日の夜、この男、小林と四人の若者達はまだ、何も知らないで深く眠っていたのであった。それでも。小林平和と四人の歌謡い達の上にも、フランシスコ神父の信じている神の「御手」が働き、柔らかな神の息（風）が吹いてくる時が、来るのだ。日が巡り、新しい年が来て冬が行き、或る春の夜に月光の下、桜の樹の下で……。

その「風」は、今はまだ吹き付けて来てはいない。その「息」は、今はまだ、彼等の船の帆を脹らませる事は無い。今はまだ彼等の船路と船の舳先に、干渉してくるという事も無かったのだった。そう。今のところは、まだ……。

「その時」が、来たら。彼等の船は、「船主」の思いのままに運ばれていくしか他に、無くなるのだろう。船人達は恐れ、疑って、大海の中の道を惑って航くのか。それとも。愛し、幸福に満たされて、潮の道に乗って進んで航くのだろうか。その事を知っておられるのは、あの空の上に掛かっている白い月よりも眩い、光り輝く衣を着けた「天の鷲」だけである、とフランシスコは知っていた。山田の口元に箸を運んで遣っているフランシスコの胸の中に、小林平和と四人の歌謡い達の夢の中に、ムーン・ブラウニ・ラプンツェルの歌う「さくら恋歌」は、静かに流れて消えていく。

さくら　さくら

弥生の空は　見渡す限り
かすみか雲か　匂いぞいずる
いざや　いざや　見にゆかん……

さくら恋歌。さくら歌。あたしのロバの皮に会わせてよ。さくら花と歌を思い出させて、民達に会わせてよ。あたしの一族達を、集めてよ。集めてよ、春。あの、桜の樹の下に。いつか見た、美しい樹の下に。

ラプンツェルの歌う声は、翡桜の胸の中にも流れ着いて、鎮めるのだった。翡桜の哀しみと怖れと、愛の炎の酷(むご)さとに触れて、慰める……。

紅は、沙羅を説得しようとして、失敗してしまった。沙羅にはあのように美しく、輝くばかりであり、癒やしの力を備えている太白が、紅の言うような「近付いてはいけない人」だとは、どうしても思われなかったからだった。沙羅は、信じ込まされてしまっていた。人は本来健康であり、「完全であるように」と造られて生を受けたのだから、柊と樅も、必ず「いつかは」治るのだ、と……。

人は、神の想いの中で「完全に愛され、愛するためにこそ、生まれてくるものなのだ」という事を、沙羅は、忘れさせられてしまっていたのだ。完全に……。

例えどの様な状態、状況の下に生まれて来たのだとしても、全ての人間は神の「愛する子供」であり、神の「最も親しい友」なのだ、と知っている筈の沙羅の心を、愛を、信頼心を、太白は巧みに利用して、捩じ曲げてしまっているのだった。人はその外見や健康、障害の有無に係わらず全て、神の愛によって抱き締められるためだけに、生まれてくるのである、というのに……。

紅に、再来教の礼拝に同行する事を断られた沙羅は、蓟羅が柊に預けておいた紅への「いろがみ」を見て、首を傾けてしまっていた。

「柊。あんたはもうお風呂に入って寝なさいね。ママはその間に、樅の身体をきれいに拭いて摩ってあげるから。一人で入れるわよね、柊」

沙羅はドアのクリスマスリースと盛り塩については、蓟羅程には気に留めないようにさ・・れていたのだ。

洗濯とか掃除は、蓟羅がしておいてくれる。樅の清拭が一番の大仕事で、それ以上に大変な入浴は、紅か、ヘルパーの手を借りなければ出来ない事だった。蓟羅と沙羅が二人、揃うという事は、無いからである。どちらかが休みの日には樅が医者に行く事になっているのでやはり、二人が揃う事はない。

ミーが居てくれたら、と沙羅は、涙を飲み込んで考えていた。ミーが居てくれたなら、紅にあんな可笑しな事は決して言わせはしないでくれるのに。ミーなら、太白様を信じてくれるのに、と……。

柊の言うところの「いろがみ」には、薊羅の手でルルドの聖母マリアに捧げる祈りが、書き留められていたのであった。沙羅は思った。

仕方が無い。今度はこの「いろがみ」を渡す事を口実にして、紅をもう一度誘う事にしよう、と。


プラチナブロンドとブロンドの双児の兄妹と「おチビ」は、今夜も「おチビ」の両親だった水穂広美と、香夫妻の自宅兼医院の二階の空き部屋の中で、抱き合ったままで祈っていた。祖父母であったベリルとビアンカは、今はもういない。ベリルとビアンカも、「おチビ」をムーンと思い込んだままで、還っていってしまったのである。天に……。

「おチビ」の祈りはムーンとパールと両親達の上に、愛するダーク・白菊とドール・黄菊の上にあった。そして、白菊と黄菊の祈りは「おチビ」の上にある。

神よ救けて下さい
あなたを避けどころとする　わたし達を
恋しいあの人は

どこに行ってしまったの
昼は呼び求めても
答えて下さらない
夜は黙る事をお許しにならない

神よ　救けて下さい
あなたを避けどころとする　わたし達を

ぶどうのお菓子で
わたしを養い
りんごで　力づけて下さい
わたしはあなたへの
恋に病んでいますから

あなたに望みをおき
無垢で真っ直ぐでいるなら
その事がわたし達を

守ってくれるでしょう

どうかわたし達を刻み付けて下さい
あなたの腕に　印章として
わたし達の心に　印章として……

ダークとドールとおチビの瞳には、希望と切望の、熱望の涙が溢れて、零れる。その三人が抱き合って祈る階下の夫妻の寝室でも、眠れないでいる香と広美医師の胸の中には愛と祈りの歌が、木霊のように響いていた。

さくら　さくら
弥生の空は……

その歌声は、ラプンツェルのものであり、パールであった娘のものだった。
その歌声は、「おチビ」のものであり、ダークとドールのものでもあった。
「一族」の船は、今はまだ、バラバラに行くかのように見えている。けれども、大空を往く鷲の眸から見れば、それぞれの船は確実に、ゆっくりと、一つの潮の流れを目指して航（い）って、集まろうとしている事が解るのだ……。鷲は、輝く白い翼で、力強く羽撃いていた。鷲は、輝く月の白い光より白く、灯台の灯りよりも明るく船人達の行く先で道を示して待っていて下さる。

黒い蛇は、その黒い翼をもって天を往く鷲よりも先へ行こうと、企てていたのであった。

同じ夜、男の夢と心は、恋する娘の下へと向かって進んで行こうとしていた。ダニエルという男と青木豊という男の船は、愛する乙女の下へと向かって航（い）っている。その娘に拒絶される事が有るかも知れない、等とは考える事も無く、一筋に……。

高沢六花と敏一は、ダニエルに向かって言っていた。心の海の、小さな船の中で揺れながら。

「お寝（やす）み。ダニー。ダニーパパ。良い夢を見てよね。そして、いつまでも此処にいて……」

ダニエルのベッドの傍らのカウチでは、勇二が安らかな寝息をたてていた。勇二の夢の中にも、桜の花は咲いている。咲き初めの、満開の、散り初めの桜の花の、海。海。海……。

けれど、勇二の夢にも頭の中にも、ラプンツェルが歌っている「さくら歌」は、一度も聴こえはしなかった。勇二の夢の中の桜は、爆弾なのだから……。

「さくら歌」は、呼んでいた。そして、泣いていた。その「さくら歌」を聴いている者達の心も又、互いに呼び合って泣いているかのようだった。夢の中だけの涙は、朝になれば忘れられ、消えていってしまうのに……。船は航く。一筋の月の名残りのような、白い光の指し示してくれている方へと、船は航く。黒い翼を持つ蛇が待ち構えている、海の中の道をも船は航く。岩の上を這っている蛇も又、自分の道を知っているものだ。船人達を虜にするための「歌」も、蛇は知っていた。小鳥達のように美しい声で歌われるべき「その歌」を、蛇も又、船人を惑わす罠にして、美々しく歌って聞かせて迷わせ、咬むために……。

　けれども蛇は知らないのだ。美々しさと真の美しさとは、全く異なるものだという事を。知らないままでいるのは、不幸な事だった。真の美しさは、密やかで慎ましい。隠されていても自らの光によって輝き出してしまうものなのである。丁度、あの空を往く「銀の鷲」が、白い月の光のように、見上げている花々の魂からは隠れ切れない、そのように。美々しさは、それとは異っている「何か」なのだった。美々しさとは、他者の目にそう映すというためだけのモノ。外見を飾って。飾る事に気を取られて。美の擬物ですらない、代物なのだとしか、言い様が無い。美々しさは主張し、自分をなるべく目立つ存在にしようとして苦心している、愚か者が着ている派手な衣装のようだった。それは自らの光で輝くという事は永遠に無い、夜の海を漂う幽霊船のようなモノであり、熱砂の国の岩を這っている毒蛇の色のように、凶々しい。誇る者は滅びるという事を、その蛇はまだ、知らないでいた。蛇が、その事を知る日はいつ来るのだろうか？　近い将来になのか、数百年先なのか。それともそんな日は、千年待っても来ないのだろうか。

蛇自身が知っていない事をも、天を往く「鷲」は知っているものなのだ。そしてある日「鷲」は、天空から蛇の上にも、舞い降りてきてくれる筈だった。だが、その日、その時がいつになるのかは、神お一人の他には、誰も知らないのだろう。「蛇」そのものであるモノにさえも、それは解らないのだから。明日という日が、どんな波浪の海になるのかを、人が知らない、そのように……。

翡桜は疲れ切り、痛み切って、その夜の仕事を最後迄、何とか笑顔で熟し、遣り遂げてからアパートに帰って来たのだった。

二年前に倒れて、藤代勇介の事務所を去ってからの翡桜は、それこそ数え切れない程の数の職場と職種を、転々として生きてきたのではあったが。それでも、「初日」はどんな時でも、大切にしてきた翡桜だった。それこそが、翡桜の「今」の全てを言い尽くしているのだから。翡桜には、「明日」は無いのと同じだったのだ。翡桜にとっての「明日」とは、目覚めない夢、目覚めない眠りの、続きのようなものに思われていた。今日、動いていてくれる心臓と肺が、明日も又動いていてくれて、翡桜に新しい一日分の「船路」という贈り物をしてくれるとは、限らないからである。

だから、翡桜にとっての「今、この時」とは、一期一会の祭りのようなものだった。その祭りの「初日」を無事に、何とか成し終えた翡桜は眠りにつく前に、いつものようにピエタのカードに描かれている聖母マリアと、愛するイエスの御姿に向かって祈りを捧げていた。

あの、黒くて空ろだった、自信に満ちていた「声」が、愛する紅に、沙羅と蓟羅に、柊達に、そして愛する妹と弟に、水穂医師夫妻に対して、害を及ぼす事の無いように。フランシスコ神父とダミアン神父、シスター・マルトとテレーズ達や、唐松荘の子供達をも守ってくれますように、と翡桜は祈って眠りの船に乗る。

その祈りとその船には、秘っそりと、影のように紅の船が付き添っていくのだった。

【注】さくらの民

二〇〇一年、宇宙で一人生き残った宇宙船「ハル」は、それでもワープ航法を使い旅をして、とうとう深宇宙の彼方に太陽系とそっくりな星系を見付けた。そして、その太陽系第三惑星に、故郷の星、地球（テラ）とそっくりな星を見付け、そこに第二の人工惑星テラを作り出したのだった。

宇宙船に積まれていた様々な種類の生物のＤＮＡの核から、次々に生物と植物を作り出していった「ハル」は、とうとう人類も作り出し、自分は「箱の神」あるいは「記憶や時間の神」となって、人々に知識を与えていった。

それら全てが完成した時「ハル」は、故郷の星である太陽系第三惑星の地球を目指して、巨大な使節船ムーンシップ号を、送り出したのだった。使節団の団長は、奥巫女長（娘長）のムーンスターであった。

ムーンスターには、箱の神「ハル」と話をする力、人の心を読む力、テレパシーの力、夢見の力、そして月読み（占い）の力を授けられていた。

その船旅は順調に見えたが、月読みをするムーンには、暗い影が見えるようになって行った。ムーンの予感は当たり、船は着陸の際、巨大なストーム（磁気嵐）に巻き込まれて事故に遭ってしまった。海面に叩き付けられた船、海に沈んで行く仲間達。大勢の怪我人と死者。生き残った者達はごくわずかであった。母船の脳が破壊され死んでしまったために、ムーン達は正確に自分達がはじき飛ばされた「場所」と「時」を、「ハル」に連絡できなかった。歴史学者達によると、そこは紀元前五千年位の太平洋のどこかであるという。「ハル」は、「時と場所が正確に分かればすぐにでも救援船を出せるが、それが分からないのなら、当初の予定通り地球歴二五〇〇年のヤポンの宮城の『さくら』の上空に救援船を出しておくから、皆そこ迄ジャンプ（生まれ変わり）を利用して跳んで来なさい」という至難な命令を下したのだった。「ハル」は、誰一人も失わずに、特にムーンを失わずに回収したかったのだ。

「ムーンスター、お前を愛している。お前達残りの者全員を失いたくない。ヤポンに着いたらヤポンの七家（その七家の者達が『ハル』に『愛』と『さくらの歌』を教えて、目覚めさせたのだったという）の血に入り、その家系を旅して一刻も早く二五〇〇年のさくらの季節に着きなさい。救援船はもうそこでムーン、お前達を待っている」

「ハル」はムーンに、「お前にはその能力と皆を率いる力も与えている」と言った。テレパシーは遠すぎたが、「ハル」の「帰って来なさい。互いに愛で支え合い、助け合って、さくらの歌を歌って……」という命令は、愛から出たものであったので、ムーンは逆らえなかった。

反対する人々と、賛成する人々……。混乱は避けられなかったが、それでもムーンは「アトランティス」と名付けたその島から、はるか七千五百年先の「ハル」の救援船の待つ、ヤポンの東京シティを目指す旅を始めた。「ハル」と「互いの愛」と「さくらの歌」を支えにして……。「さくらの歌」こそは「ハル」を目覚めさせ、愛を教えたヤポンからの技術者達のものであったから……。彼等の名前は、山崎、水穂、渡辺（わたべ）、瀬川、小林、高畑、井沢といった。

　ムーンの率いるジャンプ者達の旅は困難で熾烈（しれつ）を極めた。一人減り、二人減ってゆく落伍者達。だが、その一人一人の物語は皆哀切であり、劇的であったのだった。はたして何人が、二五〇〇年に「ハル」の下に辿り着けるのか？　それは誰にも予測のできない事であった。

　こうして、「愛」と「さくらの歌」を頼りに生まれ変わりをしてジャンプする者達のことを、ムーン達自ら「さくらの民」と呼んだのだった。

【既刊：『二千五百年地球（テラ）への旅』（鳥影社）より】

著者プロフィール

坂口　麻里亜（さかぐち　まりあ）

長野県上田市に生まれる。
長野県上田染谷丘高等学校卒業。
在学中より小説、シナリオ、自由詩の執筆多数。

【作品（小説）】
・君知るや（文芸社 2022年）
・竜の眷属
・恋の形見に
【『二千五百年宇宙の旅』シリーズ小説】
・二千五百年地球（テラ）への旅（鳥影社 2020年）
・カモン・ベイビー
・チョンジン（憧憬）【本書】
・もう一度会いたい　今はもういない君へ（文芸社 2021年）
・ラプンツェルとロバの皮
・亜麻色の髪のおチビ
・酔いどれかぐや姫
・ゴースト・ストーリー
【関連シリーズ小説】
・桜・桜
・夏の終り
・閉ざされた森
【詩集】
・ぶどう樹
・アレルヤ
・死せる娘の歌
・スタンド・バイ・ミー

カバーイラスト
イラスト協力会社／株式会社ラポール イラスト事業部

チョンジン（憧憬（あこがれ））　上巻
——花王双樹と沙羅双樹——

2023年12月15日　初版第1刷発行

著　者　坂口 麻里亜
発行者　瓜谷 綱延
発行所　株式会社文芸社
〒160-0022　東京都新宿区新宿1－10－1
電話　03-5369-3060（代表）
03-5369-2299（販売）

印刷所　株式会社暁印刷

ISBN978-4-286-26071-6